Kollisionskurs inklusive

Eine Satire von

Wolfgang Müller

wünsche Ihnen eine vergnügliche Reise. Grüße an die Frau Gemahlin und die Kinder.« Schmidt hob bei der Erwähnung der Kinder warnend die Brauen, bevor er die Suite verließ.

Commissario Rossi und Sergante Frattini mäanderten durch den mittäglichen Stoßverkehr Genuas. Auf den zerschlissenen, schwarzen Plastiksitzen ihres zivilen Alfa Romeo klebend, genossen sie den Duft der pulsierenden Metropole am Mittelmeer.

»Frattini, kurbel bitte das Fenster hoch. - Ich weiß nicht, was schlimmer ist, diese fürchterliche Hitze oder der Mief der Straße.«

»Rossi, bitte melden!«, quäkte blechern die Stimme der hübschen Rosalia aus dem Funkgerät.

»Hier Rossi, was hast du auf dem Herzen?«

»Würdet ihr bitte im Interconti vorbeischauen, dort soll ein Koffer gestohlen worden sein!«

Rossi war mit seinen 40 Dienstjahren der Vorgesetzte des jungen Kollegen Frattini, der erst seit einem Jahr in der Abteilung für Raubdelikte arbeitete. Die beiden kamen gut miteinander aus. Rossi hatte vorher der Mordkommission angehört, sich aber nach 35 Dienstjahren versetzen lassen. Zu der Zeit fühlte er sich nicht mehr in der Lage, die schrecklichen Bilder von zerstückelten Leichen, toten Kindern und Ähnlichem, abends im Büro zu lassen. Sie hatten ihn immer öfter bis in seine Träume verfolgt. Irgendwie hatte Rossi das Gefühl, dass das nicht gut für ihn war. Jetzt wollte er es, die letzten paar Jahre bis zur Pensionierung,

11

»Woher haben Sie --- ii?«

»Wir haben unsere Quellen Herr Bellmeyer.«

Die Unterschlagung seines akademischen Titels signalisierte Cornelius, dass ab sofort ein anderer Ton herrschte.

»Wir erwarten, dass die Exporterlaubnis bis morgen Abend auf unserem Schreibtisch liegt«, sagte Schmidt im Befehlston, bevor er mit leiser, aber bedrohlicher Stimme fortfuhr: »Bellmeyer, - da steckt ein Finger in Ihrem Arsch, - und wenn der sich krümmt, - dann nicken Sie, - ob Sie wollen oder nicht. Dieser Finger hat Sie in den Sessel gehoben, in dem Sie momentan sitzen, - und das hat der nicht aus reiner Nächstenliebe getan. Ist das so weit bei Ihnen angekommen?«

Dem Verteidigungsminister wurde schlagartig klar, dass er seine Seele dem Teufel verkauft hatte. Die Gutmenschalluren konnte er sich für den Wahlkampf aufheben. Hinter diesem Schmidt standen Leute, die in der Lage waren, ihm sein Leben von heute auf morgen zu nehmen, und das nicht nur im bildlichen Sinn.

»Sie können sich auf mich verlassen Herr Schmidt«, presste er zähneknirschend hervor.

»Sehen Sie, es geht doch. Betrachten Sie Ihre Kreuzfahrt als bezahlt Herr Doktor Doktor Bellmeyer. Wir haben uns erlaubt, Sie nebst Frau Belmonte auf die beste Suite umzubuchen, die auf dem Schiff zu bekommen war. Ich

»Aber Herr Schmidt, wir wissen doch beide, was hier gespielt wird. Verkaufen Sie mich jetzt bitte nicht für dumm.«

»Nichts läge mir ferner Herr Doktor Bellmeyer. Sind Sie sich dessen bewusst, dass an dem Deal, außer der deutschen Firma Moselblech, nebst zahlreichen Zulieferbetrieben, auch ein ganzes Konsortium einflussreicher Hersteller aus den USA und Frankreich beteiligt ist. Wenn die Komponenten der Firma Moselblech nicht in einem Monat per Schiff in Dubai eintreffen, können die - äh - landwirtschaftlichen Geräte weder montiert, noch zum Einsatz gebracht werden! - Herr Minister, davon hängen Menschenleben ab!«

»Jetzt verdrehen Sie aber die Tatsachen. Die Geräte sollen doch über Umwege an jene Kriegsparteien geliefert werden, welche wir angeblich in Syrien bekämpfen. Erklären Sie mir doch mal bitte den tieferen Sinn hinter dieser Fluchtursachenbekämpfung, Herr Schmidt.«

»So kommen wir nicht weiter, Herr Bellmeyer. Sie scheinen vergessen zu haben, wer Sie in den Sessel gehoben hat, in dem Sie jetzt sitzen. - Sie planen eine Kreuzfahrt? - Mit Ihrer Gemahlin, wie ich annehme. Ich könnte mir vorstellen, dass Ihre Frau sich über ein wenig Reiseliteratur wie diese hier, freuen würde.« Mit den Worten drapierte Schmidt ein paar kompromittierende Fotos auf den Tisch.«

Die großformatigen Bilder zeigten, in hochaufgelöster Offenheit, Cornelius ausschweifendes Schlafzimmerleben mit Larissa Belmonte. Und das, aus allen erdenklichen Perspektiven.

»Darf ich Ihnen etwas zu trinken anbieten?«

»Nur ein Wasser bitte, der Arzt hat mir Alkohol strengstens verboten.«

»Oh, das tut mir leid.«

»Aber deshalb sollen Sie ja nicht darben, Herr Doktor, Doktor Bellmeyer. Ich habe mir erlaubt, Ihnen eine Kleinigkeit mitzubringen.«

Mit diesen einschmeichelnden Worten stellte er einen, in Geschenkpapier verpackten Karton auf den Tisch. Das dezente Etikett an der Schleife verriet einen exklusiven Shoppingtempel als Herkunftsnachweis des hochpreisigen Mitbringsels.

Nach ein wenig Small Talk kam Schmidt, der mit wirklichem Namen natürlich anders hieß, auf sein eigentliches Anliegen zu sprechen.

»Sind Sie in der leidigen Angelegenheit, die Ausfuhrpapiere für die landwirtschaftlichen Maschinen betreffend, schon weiter gekommen?«

»Tja, die Sache ist etwas delikat. Ihnen dürfte bekannt sein, dass das dort angegebene Empfängerland als Risikogebiet für die Ausfuhr von Kriegswaffen eingestuft ist.«

»Kriegswaffen? Was für ein hässliches Wort, landwirtschaftliches Gerät klingt doch wesentlich humaner, finden Sie nicht? Entwicklungshilfe zur Selbsthilfe, wie man so schön sagt.«

Kompetenz verdient zu haben.

Dass das Erreichen der Position des Landwirtschaftsministers nicht nur sein Verdienst war, bemerkte er, als eines Tages ein Lobbyist, nennen wir ihn der Einfachheit halber Fritz oder Franz oder so, vorbeischaute. Dieser bat ihn höflich, aber bestimmt, eine Gesetzesvorlage zu verhindern, welche einem großen Düngemittelhersteller Umsatzeinbußen bescherte und den Bürgern des Landes das Leben um ein paar Jahre verlängert hätte.
Als er, sich dem letzten Rest Verantwortungsgefühl beugend weigerte, klingelte kurz darauf sein Telefon. Eine Stimme machte ihm unmissverständlich deutlich, wer dafür gesorgt hatte, dass er da war, wo er war. Dass ein Minister über diverse Kleinigkeiten stolpern könne und dass ein Leben ohne Geld und Einfluss recht mühsam sein konnte.

Cornelius entschied sich damals, wie so viele andere auch, für den bequemeren Weg. Zu wichtig war ihm der erreichte Status, sowie der ihm - seiner Meinung nach - zustehende Platz in der Gesellschaft. Dafür hatte er hart gearbeitet - also seiner Meinung nach.
Jetzt, als Verteidigungsminister, vertrat Cornelius mehr denn je die Überzeugung, der richtige Mann auf dem richtigen Posten zu sein. Dafür sprach sicherlich auch, das ihm entgegengebrachte Vertrauen der Parteispitze.

Nachdem sich Larissa ins Nebenzimmer zurückgezogen hatte, klopfte es an der Tür.

»Ja Bitte! - Ah Herr Schmidt, schön Sie zu sehen!«

»Die Freude ist ganz auf meiner Seite Herr Minister!«

Vom Krieg verstand Bellmeyer genau so wenig, wie vorher von der Landwirtschaft. Das spielte aber keine Rolle, wie er vor Jahren, als er sich für die politische Laufbahn entschied, feststellen durfte.

Nach einem abgebrochenen Studium der Geographie auf Lehramt, verlegte er sich aufs Taxi fahren. Nebenher engagierte er sich bei den Grünen. Die Partei passte am Besten zu seiner damaligen, leicht ökologisch gefärbten Weltanschauung. In der Partei entdeckte man schnell sein Talent, Worthülsen überzeugend abzusondern. Die Parteiführung schickte ihn auf diverse Fortbildungslehrgänge, um die rhetorischen Fähigkeiten ihres vielversprechenden neuen Mitglieds weiter zu verfeinern. Mit dem Farbdrucker gefälschte Schul-und Universitätsabschlüsse, sowie zwei gekaufte Doktortitel dubioser, ausländischer Bildungsinstitute halfen bei einem bilderbuchartigen Aufstieg. Mittels der ihm zugeschanzten Ämter schoss auch sein Einkommen in komfortable Höhen. Cornelius schuf sich über die Jahre ein trautes Heim, Familie, Auto und Urlaub in fernen Ländern.

Plötzlich war er Teil des Systems, nicht mehr nur taxifahrender Studienabbrecher ohne Anstellung und mit nix auf der Tasche. Es fühlte sich gut an, dazuzugehören, auf Partys eingeladen zu werden und mit einflussreichen Leuten über flache Witze zu lachen. Man respektierte ihn. Der erste Ministerposten ließ nicht lange auf sich warten. Er lernte, dass man, auch ohne von irgendetwas eine Ahnung zu haben, alles erreichen konnte, wenn man nur in der Lage war, sich gut zu verkaufen. Und das konnte Cornelius. Irgendwann, es war eher ein schleichender Prozess, glaubte er wirklich, seine Stellung auf Grund übertragender

»Bitte Larissa Schatz, es ist wichtig. Danach hast du mich eine ganze Woche nur für dich allein. Also sei so nett - warte nebenan. Der Kunde muss ja nicht wissen, dass du hier bist. Bitte zieh dir vorher etwas über, du weist, nebenan wartet Bosco.«

Bosco hieß mit vollem Namen Bosco Strozzi und fungierte als sein Leibwächter. Er arbeitete seit zwei Jahren für den deutschen Politiker.

Damals hatte eine militante, siebzigjährige Tierschützerin sich die Kleider vom Leib gerissen, ihren runzligen Körper mit Schweineblut übergossen, sich dann auf ihn geworfen, ihn zu Boden gerissen und ihm Schweinemist in Haare und Gesicht geschmiert.

Dieser Vorfall, der drei Tage lang die Medien beherrschte, brachte Cornelius so sehr aus dem Gleichgewicht, dass sein Psychoanalytiker ihm eindringlich zu einem Ressortwechsel und einem Leibwächter geraten hatte.

Die nackte, blutbesudelte Oma, verfolgte ihn bis heute in außerordentlich plastischen Alpträumen. Der Geruch von Schweinemist, aber auch von sonstigen tierischen Exkrementen, ließ fortan fiese rote Pusteln in Bellmeyers Gesicht entstehen. Aus diesem Grund hatte er im letzten Jahr auch die Einweihung eines Schweinemastbetriebes im heimatlichen Wahlkreis absagen müssen. Vor sechs Monaten wurde er als Landwirtschaftsminister aus gesundheitlichen Gründen abgelöst und auf Grund seiner, angeblich herausragenden Kompetenz, zum Verteidigungsminister ernannt.

rieb aufreizend ihre harten Brustwarzen an seinem, mehr als deutlich über den Gürtel quellenden Bauch.

Prolog

Hotel Interconti, Genua

»Ich habe einen Termin mit Herrn Dr. Dr. Bellmeyer.«

»Sehr wohl der Herr, wen darf ich melden?«, fragte der Empfangschef der Geneuser Luxusherberge.

»Josef Schmid, mein Name.«

Der unscheinbare, mit einem eleganten Anzug sowie einem augenscheinlich teueren Mantel bekleidete Herr, zauberte diskret einhundert Euro unter das Anmeldeformular und schob es dem Empfangschef entgegen. Schmidt legte Wert auf gute Kontakte zum leitenden Hotelpersonal.

Der Rezeptionist nahm den Hörer ab, sprach kurz ein paar Worte und nickte Schmidt dann freundlich zu. »Herr Dr. Dr. Bellmeyer erwartet Sie in zehn Minuten - Suite 602 - die Aufzüge befinden sich dort drüben links.«

Oben in seiner Suite suchte Cornelius Bellmeyer hektisch, diverse, im Zimmer verstreut liegenden Kleidungsstücke zusammen und zog sich an.

»Larissa Schatz, gleich kommt ein wichtiger Kunde. Würde es dir etwas ausmachen, dich im Nebenzimmer anzuziehen, ich habe den Termin mit diesem Schmidt total verschwitzt.«

Larissa Belmonte schlenderte betont langsam, nur mit einem winzigen, schwarzen Slip bekleidet auf Cornelius zu.

»Und wenn nicht, mein Hasi?«, gurrte sie provozierend, mit betörend, rauchiger Stimme.

Dicht vor ihrem derzeitigen Geliebten blieb sie stehen und

**Für Uschi, Elke und Michael,
meine Testleser**

Geld macht nicht korrupt,
kein Geld schon eher.

Deutsches Sprichwort

Ähnlichkeiten mit
lebenden Personen,
Institutionen oder Schauplätzen
sind rein zufällig.
Sollte sich,
obwohl es, wie gesagt, nicht beabsichtigt war,
jemand wiedererkennen,
so hat er sich das selbst zuzuschreiben.

Der Autor

Wolfgang Müller, Jahrgang 1958, lebt mit seiner
Familie in einem kleinen Dorf im Sauerland.
Neben dem Hochseesegeln und der Malerei,
hat er das Schreiben für sich entdeckt.

Dies ist sein viertes Buch.

Dieses Buch ist auch als E-Book erhältlich.
Copyright der gedruckten Ausgabe: © Wolfgang Müller
Copyright der E-Book Ausgabe: © Wolfgang Müller
Umschlaggestaltung: © Wolfgang Müller

Alle Rechte vorbehalten.
Unbefugte Nutzung wie etwa Vervielfältigung,
Verbreitung, Speicherung oder Übertragung können
zivil- oder strafrechtlich verfolgt werden.

Herstellung und Verlag:
BoD - Books on Demand, Norderstedt
ISBN 978-3-7412-5413-0

ruhiger angehen lassen. Dass er in der Abteilung für Raubdelikte unterfordert war, störte ihn nicht im Geringsten. Nach dem Tod seiner Frau, vor zwei Jahren, war jeglicher Ehrgeiz von ihm gewichen. Er machte seinen Job und mehr nicht. Das reichte ihm vollkommen.

»Ruf jemanden aus der Trachtengruppe, wir haben jetzt noch einen Überfall auf 'nen Kiosk zu bearbeiten!«

»Negativ, im Moment ist niemand verfügbar. Die sind alle am Fußballstadion, beim Spiel Madrid gegen Bayern. Dort ist der Teufel los.«

»Da wäre ich jetzt auch lieber, allerdings auf der Tribühne und mit 'nem Becher Gerstensaft in der Hand. Also gut, wir übernehmen - sind sowieso gerade in der Nähe.«

Nach fünfzehn Minuten betraten die beiden Polizisten die Hotellobby. Der Portier hatte die Polizei nur ungern im Hause, deshalb ließ er die Ermittler direkt zum mutmaßlichen Tatort auf Zimmer 622 bringen.

Das Telefon in der Suite des Verteidigungsministers klingelte erneut.
»Kann man hier nicht mal in Ruhe sein Mittagessen genießen!«, polterte Bellmeyer los. Er war noch immer ausgesprochen sauer auf diesen aufgeblasenen Lobbyisten Schmidt.

»Bellmeyer?!«, brüllte er in den Hörer.
»Hier ist die Rezeption, entschuldigen Sie die Störung Herr

Doktor Doktor Bellmeyer. Ein Monsieur Maxime Dubois wünscht, Sie zu sprechen.«
»Oh! Ja, selbstverständlich. Sagen Sie ihm, er möchte bitte heraufkommen.»

»Wer ist denn da, Mausi?«

»Eine Überraschung, mein Schatz. Deshalb must du auch jetzt für eine Stunde shoppen gehen, sonst würdest du zu früh sehen, was ich für dich habe machen lassen. Ich werde es dir auf unserer Kreuzfahrt geben.«

»Oh! Da bin ich aber gespannt!«
Hier hast du meine Karte Liebling, geh und kauf dir was Schönes.«

»Gerne, mein Hasi! Jetzt hast du mich wirklich neugierig gemacht!«, schnurrte Larissa und verließ die Suite, während sich der stark übergewichtige Verteidigungsminister, vermutlich zum Ärger seines Hausarztes, wieder über das fettige T-Bone Steak hermachte.

Ein paar Minuten später klopfte es an der Zimmertür.
»Herbein!«, rief er mit vollem Munde.

Obwohl dieser Besucher ein lang ersehntes Geschenk für Larissa angefertigt hatte, durfte er ruhig spüren, wer hier das Sagen hatte.

»Kommen Sie herein Dubois! Ich darf doch zu Ende essen, während wir uns unterhalten? Es wäre schade um das schöne Stück Fleisch. - Na los, dann zeigen Sie doch mal, was Sie mir mitgebracht haben!«

»Oui Monsier! Isch `abe `ir in Kofer! Ist wirklisch três magnifik gewordä! Meinä Meisterwerkä!«

Dubois, dem man den durchgeknallten Künstler auf den ersten Blick ansah, wuchtete einen roten Rollkoffer auf den, ihm nicht angebotenen Stuhl. Theatralisch lies er die Verschlüsse aufschnappen. Dann öffnete er in einer schwungvollen Bewegung den Deckel.

»Voilà!«, strahlte, der mit einem bunten, großblumig gemusterten Sakko bekleidete Künstler seinen Kunden an.

Cornelius starrte entgeistert auf den geöffneten Koffer, während Maxime ihn noch immer erwartungsvoll anblickte.

»Ist das niscHt magnifik?«

Dann, als Bellmeyer nicht reagierte, blickte auch der Franzose auf den Koffer herab und erstarrte bei dem Anblick diverser weiblicher Reisebekleidung.
»Oh no!!! Was hat da passierä?! Kofär mus gewordä sein échanger, oder wie Sie sagän würdä, värtauscht, an Fliegehafän! Grande désastre!«

»Sie wollen mit Ihrem Kauderwelsch doch wohl nicht andeuten, dass irgend so eine dahergelaufene Tussi, jetzt mit dem Geschenk für meine Freundin durch die Gegend rennt?!!«, schrie Cornelius aufgebracht und warf erbost, sein Steakbesteck klirrend auf den Teller.
Dubois stand hilflos wie ein Schuljunge vor dem Schreib-

tisch des Politikers.
»Isch fürchte, so es ist Monsieur. Es tut mir unändlisch leid, das Alläs. Isch abär jetztä kann auch nischt änderän.«

Cornelius lief rot an. Blasebalgartig pumpte er Luft in seine Lungen, bevor er beide Fäuste mit der Kraft eines Dampfhammers auf die Tischplatte krachen ließ.

»SIE SIND WOHL VON ALLEN GUTEN GEISTER VERLASSEN! - KANNÄ ISCHÄ NISCHTÄ ÄNDÄRÄN!!!«

Unglücklicherweise erwischte die Rechte seiner beiden niedersausenden Fäuste, die Spitze des Steakmessers, welche ein paar Zentimeter über den Tellerrand hinausragte. Das mit Wellenschliff versehene Schneidwerkzeug wurde dadurch wie von einem Katapult beschleunigt. Wild kreiselnd sirrte es auf den Franzosen zu, durchtrennte dessen, mittlerweile deutlich hervortretende Halsschlagader zur Gänze und blieb danach vibrierend, im dezenten Dunkelblau des Teppichbodens stecken. Das Blut des Franzosen spritzte meterweit durch die Suite.
Cornelius sprang entsetzt auf. Seinen Stuhl dabei polternd umwerfend, stürzte er sich von planlosem Aktionismus beflügelt auf den spastisch zuckend daliegenden Dubois.
Ohne weiter darüber nachzudenken, griff er mit der einen Hand nach dem, im Teppich steckenden, bluttriefenden Steakmesser und versuchte mit der andern, der pulsierenden Blutfontäne Einhalt zu gebieten.

In dem Moment klopfte die Zimmerkellnerin.
Cornelius schrie in seiner Hektik: »Ja!!!«, und setzte mit diesem unscheinbaren, kleinen Wort, eine Folge von Ereig-

nissen in Gang, die nicht nur sein Leben für immer verändern würden.

Die ahnungslose Frau trat ein, um das Essgeschirr abzuräumen. Beim Anblick des, über dem Sterbenden knienden, blutbesudelten Politikers, fing sie hysterisch an zu schreien.

Commissario Biagio Rossi und Sergante Frattini hatten ihre Untersuchung, das gestohlene Gepäckstück in Zimmer 622 betreffend, soeben ergebnislos abgeschlossen. Angelockt vom panischen Geschrei der Zimmerkellnerin, stürmten beide in Bellmeyers Suite.
Frattini erfasste mit einem Blick die Situation. Diensteifrig stürzte er sich auf den mutmaßlichen Täter, um ihm, unter vollstem körperlichen Einsatz, die mutmaßliche Tatwaffe zu entwinden.

Der so entstandene Lärm, ausgelöst durch den sich, warum auch immer, heftig gegen den Polizisten wehrenden; und dazu »Lassen Sie mich los!«, schreienden Politiker, Cornelius Bellmeyer, weckte im angrenzenden Raum dessen Leibwächter Bosco Strozzi aus dem Mittagsschlaf.
Noch nicht ganz wach, stürzte dieser ins Zimmer, erfasste ebenfalls mit einem Blick die Situation; - blutbesudelter Schutzbefohlener, drei unbekannte Eindringlinge, davon einer leblos am Boden liegend; - und handelte, wie man es ihm auf der Leibwächterschule beigebracht hatte.
In einer fließenden Bewegung zog und entsicherte er seine neun Millimeter Sig Sauer, rollte sich filmreif auf dem Teppich ab, schoss dem Sergeanten als Primärziel in die Stirn, kam dicht vor dem zweiten Angreifer wieder auf die Beine und setzte diesen, als Sekundärziel, mit geübtem, harten

Handkantenschlag gegen die Halsschlagader, vorübergehend außer Gefecht. Schnell, effektiv und mit auf das Nötigste reduziertem Personenschaden.

»Boss! Alles ine Ordenung?! Sinde Sie verletzte?!! Was iste denn hier überhaupt passiert? Wer sinde die Leute?!«, fragte Bosco, dessen Atem nicht sonderlich schneller ging als vor seinem Einsatz.
Er beugte sich über den erschossen daliegenden Mann und zog einen Ausweis aus der Innentasche der Lederjacke des Toten.
»Polizei!!? Scheiße Boss, Polizei! Iche habe Bulle getotet.«
Jetzt beschleunigte sich Boscos Herzfrequenz erheblich. Der Leibwächter stürzte eilig zu dem anderen, bewusstlos am Boden liegenden Mann und betrachtete auch dessen Polizeiausweis mit vor Schreck geweiteten Augen.
»Iche bine tote! Iche habe Polizisten getotet! Porca Miseria! Dieser hier hate mich gesehen! Wasse iste mit die tote andere Mann!? Der ganze Zimmere vollgeblutet?«

»Den, - äh -, den habe ich getötet, - aber nur aus Versehen.«

»SIE??! Warum??!«

»Ich sagte doch, AUS VERSEEEHEN!«

Cornelius betrachtete die skurrile Situation aus zwei Leichen, nebst einem Bewusstlosen und konstatierte pragmatisch: »Wir müssen weg. Wir müssen uns aus dem Staub machen, sonst sind wir am Arsch. Am besten ins Ausland. Aus der Scheiße holt uns kein Anwalt dieser Welt wieder heraus. Diplomatische Immunität hin oder her.

Bosco schaute seinen Arbeitgeber an. Er erkannte, dass dessen Einschätzung der verfahrenen Situation, durchaus zutreffend war.
Nur das WIR wollte ihm nicht gefallen.

»Iche werde allein abhauen Boss, Sie sinde nur Klotz an Bein!«

»Aber das kannst du doch nicht machen, du arbeitest für mich! Außerdem kenne ich hier in Italien niemanden!«

»Das nichte meine Problema!«

»Bosco, ich habe Geld, - viel Geld, - ich kann uns damit ins Ausland bringen. Wir müssen es nur irgendwie auf das Kreuzfahrtschiff schaffen, auf dem ich mit Larissa sowieso gebucht bin. Ich nehme dich mit!«

Strozzi kam nach einigen Überlegungen zu dem Schluss, dass das Geld dieses schwammigen Weicheis, wie er Bellmeyer insgeheim titulierte, tatsächlich noch von Nutzen sein könnte.

»Gut, aber iche bestimmen von jetze an wasse wir mache, iste das klaro!?«

»Alles klar Bosco, - sonnenklar!«

»Dann aufe zu Hafen, Bellemeyer, aber pronto, bevore der Eine hier wieder wache wird.«

»Ich muss noch Larissa anrufen, dass wir uns auf dem Schiff treffen!«

»Das kannste du auch von unterwegs aus mache, los avanti!!«

Cornelius, der geflissentlich überhörte, dass er von seinem Untergebenen jetzt geduzt wurde, folgte diesem gehorsam auf den Hotelflur.

Drei Wochen zuvor in Hamburg

Holger Pfeifer residierte in seinem bequemen, ledernen Chefsessel. Der sechsundvierzigjährige Geschäftsführer der Nautilus Reederei schaute in Gedanken aus den großen Panoramafenstern seines Büros auf das rege Treiben im Hamburger Hafen.

Wie schnell doch die Zeit verging.

Acht Jahre war es jetzt her, seit der damalige Reederei Chef, Hans-Werner Klose, nach einer höchst dramatischen Kreuzfahrt, zusammen mit der ehemaligen Buchhalterin Arabella Ziegler, in der Karibik untergetaucht war.

Ein befreundeter Autor hatte über die aberwitzige Reise sogar einen Roman geschrieben, nachdem Holger ihm die Ereignisse geschildert hatte.

Er trauerte den beiden allerdings keine Träne nach. Beinahe hätten sie die Reederei durch ihre Gier in den Ruin getrieben.

Demnächst würde er seine große Liebe, Samantha Klose heiraten. Ihr Mann Hans-Werner war vor einiger Zeit für tot erklärt worden, daher stand der Hochzeit nichts mehr im Wege.

Seit Kloses Verschwinden leitete Holger die Firma. Samantha legte ihr Hauptaugenmerk auf die Unterstützung diverser Hamburger Boutiquen. Unterstützt wurde Holger von seiner hübschen Sekretärin Bernadette Möhrenschläger.

Die junge Dame war damals von Samantha persönlich eingestellt worden. Bernadette sah phantastisch aus, war außerordentlich kompetent, fühlte sich sexuell allerdings mehr zu Frauen hingezogen. So war Holger vor ihr sicher und die Reederei konnte sich zudem über eine fähige Mitarbeiterin und ein repräsentables Aushängeschild freuen.

»Holger, ich habe den Manni in der Leitung, darf ich durchstellen?«
»Aber gerne Bernadette. - Herr Rammelhammer, wie ist die Lage an der Sangesfront, - Stimmbänder alle geschmeidig?«

Manni Rammelhammer fuhr seit Jahren immer mal wieder als Entertainer auf der Happy Sea, dem größten Kreuzfahrtschiff der Nautilus Reederei.
»Wegen der Stimme rufe ich an, Herr Pfeifer. Die ist seit gestern nicht mehr in Ordnung. Mein Arzt hat mit für drei Wochen das Singen, - ja - eigentlich sogar jegliche Absonderung von Geräuschen, verboten. Ich werde also bei der Kreuzfahrt in drei Wochen, nicht auftreten können.«

»Das ist schade, Herr Rammelhammer, aber kurieren Sie sich ruhig gründlich aus. Ihre Personalkabine steht Ihnen selbstverständlich trotzdem zur Verfügung, - falls Ihnen der Sinn nach einer Kreuzfahrt steht, - mal nur so zur Erholung, meine ich.«

»Das ist sehr großzügig Herr Pfeifer, vielleicht nehme ich das Angebot an.«

Holger beendete das Gespräch und grinste Bernadette breit an.
»Weist du, was der Arzt unserem Ballermann-Barden verboten hat? - Jegliche Absonderung von Geräuschen.«

»Damit hat er den Nagel auf den Kopf getroffen!«, antwortete Bernadette lachend. Der hat ihn bestimmt schon mal singen gehört.«

»Tja, ich verstehe auch nicht, was den Leuten an Manni so gefällt.
Was machen wir denn nun mit der Kreuzfahrt in drei Wochen? Jetzt fehlt uns ein wenig Entertainment.«

»Ich denke darüber nach Holger. - Luigi Mangiare ist in der anderen Leitung, ich stelle ihn durch.«

»Luigi du alter Mafioso, wie laufen die Geschäfte?«
»Holger, du alte Haus, lebest du noche? Ihr habte schon länger nichte bei mire bestellt!?«

Luigis betrieb einen Lebensmittelhandel im Hafen Genuas. Er rüstete Schiffe mit Proviant aus. Sein Geschäft zählte eher zu den Kleineren der Branche. Luigis Stunde schlug immer dann, wenn die Großen nicht schnell genug liefern konnten. Dann sorgte er zuverlässig, über verschiedene legale und illegale Kanäle, für die benötigte Ware. Qualität und Frische gehörten nicht zu den bestechendsten Eigenschaften, der von ihm gelieferten Lebensmittel. Der Preis jedoch war stets unschlagbar. Das lag an den nicht immer sauber dokumentierten Herkunftsnachweisen der Nahrungsmittel. Einiges war hier und dort von diversen Lastwagen gefallen und bei Luigi zufällig wieder aufgetaucht. Auch eine lückenlos nachgewiesene Kühlkette leicht verderblicher Waren suchte man bei ihm vergeblich.

Luigi, du weist, dass wir - im Gegensatz zum alten Klose - immer Wert auf Qualität und Frische legen. Was glaubst du, was mir unser Küchenchef erzählen würde, wenn ich dem noch einmal mit lebenden Schweinen oder vergammeltem Salat käme.«

»Die Schweine damals, ware nichte meine Idee, Holger, dasse weist du. Die Salate, - ok - da iche gebe dir rechte. Abere du weiste ja, wenn keiner kann liefern, Luigi kennte immer eine Weg! Denk male wieder anne mich, wenne du Profiante brauchst Holger. - Unde sonste? Alles benissimo?!«

»Sonst ist soweit alles in Ordnung Luigi, die Kreuzfahrt-Geschäfte laufen gut, aber das weist du ja sicher auch.«

»Holger, warume ich anrufe, iche habe da eine Freund eines Freundes, eines Freundes. Der hate eine kleine Zirkus unde nixe viele Geld, du verstehste?! Diese Freunde, sucht eine possibilitá, eine Möglichkeite zu fahre günstig mite Zirkus nache Teneriffa. Kennst du vielleichte jemande, der könnte dasse möglich mache?«

»Ein ganzer Zirkus? Das übersteigt glaube ich die Kapazität der Happy Sea, Luigi.«

»Iste nur eine ganze kleine Zirkus, Holger. Nure zwei Wagen, eine Zauberer, eine Messerwerfer, eine starke Auguste unde eine kleine Affe, nixe viele Platze, Holger. Die würde auch gebe Vorstellung aufe Schiff, wenn du wolle, - completamente gratis!!«

»Tja Luigi, ich könnte tatsächlich in drei Wochen einen Ersatz für unseren Sänger gebrauchen, aber die beiden Wagen von diesem Zirkus, die sind glaube ich ein bisschen zu groß für unsere Ladeluken.«

»Holger, dasse ich habe auch schon zu Freund gesagt. Aber der meinte, die Wage, Sie könne zerlegen, dann nichte mehr groß, dann alles passen!«

»O.k. Luigi, ich spreche das mit dem Kapitän durch. Ruf mich bitte morgen noch mal an, dann sage ich dir, ob es klappt.«
»Holger danke für deine Mühe, du hast etwasse Gute bei mire! Arrivederci meine Freund!«

»Bernadette, vielleicht hat sich unser Entertainmentproblem gelöst, mach mir bitte eine Verbindung zu Kapitän Hellemann.«

Fritz Hellemann fuhr seit zwei Jahren als Kapitän auf der Happy Sea. Damals, auf der katastrophalen Kreuzfahrt, nach der auch Reedereichef Klose spurlos verschwand, war er noch Bootsmann. Danach hatte er, auf Drängen des damaligen Schiffsführers, Knuth Hinrichs, die Seefahrtschule besucht und vor ein paar Jahren sein Kapitänspatent erlangt. Zwischenzeitlich heiratete er Hermine, die Assistentin der damaligen Hotelchefin Gerlinde Klüsenpichler. Nachdem Gerlinde in den wohlverdienten Ruhestand getreten war, bekleidete nun Hermine den Posten der Hotelchefin des Kreuzfahrtschiffs.

»Hallo Fritz, Holger hier, alles klar soweit an Bord?«

»Alles in Butter auf`m Kutter, Boss!«

»Wo treib ihr euch gerade herum?«

»Was soll die Frage Chef, das sehen Sie doch jederzeit im Internet.«

»Wo du recht hast, hast du recht Fritz. Ihr steht ständig unter Beobachtung«, entgegnete Holger lachend, mit Blick auf seinen Computermonitor. »Wann ist Hermine so weit?«

»Der Arzt meint in drei Wochen, ich hab sie gestern zum Flughafen gebracht. Sie müsste mittlerweile zuhause in Hamburg angekommen sein. Es soll ein Junge werden, sagt der Arzt!«

»Ja dann gratuliere ich schon mal. - Warum ich anrufe, Fritz - .«
Holger berichtete ihm von Luigis Bitte, den Zirkus mit nach Teneriffa zu nehmen.

»Wenn wir die Wagen ein wenig zerlegen könnten, so dass sie durch die vorderen Ladeluken passen, sehe ich da kein Problem Boss. Ist mal was Neues, einen Zirkus an Bord zu haben, - abgesehen natürlich von dem alltäglichen Zirkus mit den Reisegästen. - Wann reisen Sie und Samantha an?«

Fritz tat sich schwer damit, seinen Chef weiterhin zu duzen. Früher, als sie beide Angestellte der Reederei waren, war das normal. Heute stellte sich die Situation anders dar. Holger war Geschäftsführer und bald wohl auch Ehemann der Reedereibesitzerin. Wenn es möglich war, vermied Fritz die persönliche Anrede.

»Samantha weiß noch immer nicht, was sie alles mitnehmen möchte und ich habe auch noch einiges im Büro zu erledigen. Ich denke, es wird knapp, aber wir werden es irgendwie schaffen, vor dem Ablegen an Bord zu kommen«, lachte Holger

»Ich habe da so Gerüchte gehört, Chef.«

»Ich weiß nicht, wovon du sprichst, Fritz. Ich muss Schluss machen, da ist jemand in der Leitung. Bis bald!«, würgte Holger das Gespräch ab.

Zirkus Trallafitti, Genua

Letzte Woche hatte Pietro zum ersten Mal daneben geworfen. Zum Glück, nicht während einer Vorstellung.

Pietro Agostini und seine Frau Rebecca waren vor kurzem in Genua, nachts auf offener Straße, von ein paar Kleinganoven überrumpelt und ausgeraubt worden. Einer der Gangster hatte die Dreistigkeit besessen Rebecca zum Abschied auch noch zu küssen, während ein anderer Pietro festhielt. Nachdem sie wieder zu Hause waren, hatte er ihr vorgeworfen, sich nicht genügend, gegen den Kuss des dreisten Diebs gewehrt zu haben. Ein handfester Ehekrach war die Folge.
In Wahrheit war Pietro sauer über die eigene Hilflosigkeit in der Situation.
Beim Training am nächsten Tag kam der Überfall wieder zur Sprache. Er warf seiner Frau erneut vor, sie habe es doch genossen, von dem Gangster geknutscht zu werden. Pietro redete sich dermaßen in Rage, dass er ihr in einem kurzen unkonzentrierten Moment, mit dem Wurfmesser, den linken kleinen Finger glatt abtrennte.
Ein fähiger Chirurg konnte den Finger glücklicherweise wieder annähen, aber die Unsicherheit blieb.
Seit dem Tage weigerte sich Rebecca, als Zielscheibe für ihren Gatten zu fungieren.

Auch Pietro spürte nach dem Vorfall ein leichtes Zittern, wenn er ein Messer zum Wurf ansetzte.
Da sie nicht krankenversichert waren, hatte die Operation außerdem ein großes Loch in ihre Rücklagen gerissen.

Jacopo Colombo stand hinter dem verschlissenen Vorzelt des alten hölzernen Zirkuswagens. Er beobachtete Pietro, der mit den Messern trainierte und ab und zu aus heimlich aus einem Flachmann trank. Er machte sich große Sorgen, wie es mit der Nummer weitergehen sollte. Dass seine Tochter sich jetzt als Zielscheibe verweigerte, konnte er gut nachvollziehen. Bei der Nummer war schließlich alles echt, vor allem die scharfen Klingen.

Eben hatte er die Nachricht bekommen, dass ihrer Reise nach Teneriffa nichts mehr im Wege stand. In drei Wochen sollte es losgehen. Als Bezahlung hatte er mit der Reederei ein paar Auftritte auf dem Kreuzfahrtschiff vereinbart. Zur Not müssten sie dort auf die Messernummer verzichten. Aber es gab ja immer noch seinen Sohn. Gut, dass der noch zu ihm hielt. Raimondo trat unter dem Namen Topas im Zirkus als Magier auf, obwohl er mit seiner Nummer locker das Zeug für Las Vegas gehabt hätte. Aber er wollte seinen Vater so lange unterstützen, wie es ihm möglich war.
Jacopos Ehefrau Giada, mit ihrer spektakulären Schlangennummer, riss das Publikum ebenfalls noch immer zu Begeisterungsstürmen hin. Und dann war da natürlich Penelope, wegen der die Menschen von weither anreisten.

Jacopo wartete, bis Pietro den Flachmann wieder verstaut hatte. Er machte sich hinter dem Vorzelt bemerkbar und betrat die kleine Wiese, auf der sein Schwiegersohn mit den Wurfmessern trainierte.
»Na, wie läuft`s Pietro?«

Pietro warf auf eine Übungsscheibe, die mit dem Umriss

einer Person bemalt war. Die Messer saßen alle sauber neben der Linie - bis auf eines, das nicht so ganz passte.

»Na, das siehst du doch, irgendwas stimmt nicht mit mir. Seit dem überflüssigen Streit mit deiner Tochter ist irgendwie der Wurm drin. Von hundert Würfen geht einer knapp daneben. Das ist exakt einer zu viel.«

»Nur die Ruhe, das wird schon wieder. Nächste Woche geht es ab in die Sonne, das haben wir uns verdient. Ich hab` im Süden Teneriffas schon ein paar lukrative Standorte klargemacht. Sagt dir der Name Luigi Mangiare etwas? - Dieser Gemüsehändler unten aus dem Hafen, - der hat uns `ne kostenlose Überfahrt auf einem Kreuzfahrschiff besorgt.«

Nautilus Reederei, Hamburg

»Bernadette , - Roger mailte mir eben, er hätte heute Nacht die Idee gehabt, einen Tai Chi Kurs mit anzubieten. Er lässt fragen, ob wir ihm bis zur Abreise einen Asiaten als Lehrer besorgen könnten?«

»Der ist ja goldig, ich soll bis nächste Woche einen arbeitslosen Chinesen auftreiben, der auch noch Tai Chi beherrscht. Na ich schaue mal, was ich für unseren Roger tun kann.«

Roger Reimann absolvierte vor Jahren, als er noch Sportstudent war, seine erste Reise als Animateur auf der Happy Sea. Danach hatte er Blut geleckt. Nach erfolgreichem Abschluss seines Studiums wechselte er nicht wie geplant ins Lehramt, sondern wollte die Welt kennen lernen. Da bot sich der Job als Animateur auf dem Kreuzfahrtschiff geradezu an. Mittlerweile war Roger zum Chef des Entertainmentbereichs aufgestiegen.

»Ist dort die Agentur für Arbeit? - Ja? -, dann bin ich hoffentlich richtig. Möhrenschläger mein Name, ich rufe im Auftrag der Nautilus Reederei an. Wir hätten den Job eines Tai Chi Lehrers zu vergeben«, erklärte Bernadette ohne viel Hoffnung auf eine positive Antwort.
»Was müsste der oder die Arbeitssuchende denn für Voraussetzungen mitbringen, Frau Möhrenschläger?«, fragte Sachbearbeiter Hermann Stöckefinger.
»Tja, - schwere Frage, - ich würde mal vermuten er sollte Tai Chi beherrschen«, entgegnete Bernadette ironisch. Sie hasste

es, sich mit dummen Fragen herumschlagen zu müssen. Ihre Ironie prallte jedoch wirkungslos vom Beamten Herman Stöckefinger ab.

»Taischi? Was darf ich darunter verstehen?«

Oha dachte Bernadette, das würde schwierig werden.

»Fangen wir noch mal neu an, Herr Stöckefinger. Haben Sie Asiaten im Angebot?«

»Einen Augenblick bitte. - Ja! Also, im Moment ist nur ein Asiat bei uns als arbeitssuchend gemeldet.«

»Welche Fähigkeiten bringt die Person mit?«

»Lassen Sie mich nachschauen, ---- Herr Hop Sing, 42 Jahre alt. Der Mann hatte ein eigenes Restaurant, das leider Konkurs anmelden musste.«

»Das hört sich ja phantastisch an, schicken Sie mir den Herrn doch bitte morgen hier in der Reederei vorbei, danke.«

»Na, hast du einen Tai Chi Lehrer gefunden?«, fragte Holger, der das Gespräch mit einem Ohr verfolgt hatte.

»Das werden wir morgen sehen. Ich hoffe jetzt einfach mal, dass alle Asiaten Tai Chi beherrschen. Und wenn nicht, dass sie etwas Ähnliches überzeugend vermitteln können.«

»Gibt es schon genug Anmeldungen für unser Single-Reisen Angebot? Du weist schon, Rogers Idee mit dem Speed Dating, nach dem Motto, zweisam und nicht einsam auf hoher See.«

»Du meinst wohl, Einsamer sucht Einsame zum Einsamen«, grinste Bernadette anzüglich. »Oh ja Holger, ausgesprochen viele Passagiere fragten explizit nach dieser Art des Urlaubs. Ich war bisher auch der Meinung, dass man Kreuzfahrten sowieso zum Kennenlernen nutzt, aber vielen Leuten ist es anscheinend lieber, wenn auch das Kennenlernen organisiert wird. Die Menschen wollen immer mehr bespaßt werden. Ist seltsam, - aber gut für uns. Du solltest dir mal unsere extra dafür geschaltete Webseite ansehen, da ist richtig was los. Dort werden schon im Vorfeld Verabredungen getroffen, Erkennungszeichen ausgetauscht uns so weiter. Man will halt möglichst wenig dem Zufall überlassen.«

»Na gut, dass wir eine Psychologin an Bord haben, für all die gebrochenen Herzen«, entgegnete Holger lachend.
Er spielte damit auf Sophia Edelkamp-Flottgrebe an, die für die Reise als Bordpsychologin gebucht war. Sie war, selbstverständlich gegen ein angemessenes Honorar, bereit, sich die Ängste und Sorgen der Passagiere anzuhören, Ihre Anwesenheit stellte eine deutliche Entlastung für Barkeeper Harry Holmes dar, der es gewohnt war, diese Aufgabe kostenlos und nebenbei am Tresen der Bordbar zu erledigen.

»Was hat unser lieber Roger denn außerdem für den sportlich ambitionierten Reisegast im Angebot? Veranstalten wir eigentlich noch immer dieses Bungee-Springen?«

»Die Gäste sind ganz wild danach. Ich hatte erst gestern wieder Anfragen dieser Adrenalinjunkies, die sich direkt darauf bezogen«, entgegnete Bernadette.

»Na bis jetzt haben wir ja auch noch niemanden beim Springen verloren. - TOI,TOI,TOI«, grinste Holger, der allerdings nicht über alle Todesfälle informiert war und dessen Behauptung wohl nicht so ohne Weiteres von Roger Reimann unterschrieben worden wäre.
»Wie ist überhaupt unsere Quote, bezüglich vermisster Passagiere, Bernadette. Ich meine die Inoffizielle.«

»Unsere Quote liegt bei zwei Passagieren pro Jahr, Holger. Also völlig normal. Wie immer wird Selbstmord vermutet. Aber wie du weißt, ist eine Kreuzfahrt auch die perfekte Gelegenheit, unbequeme Mitmenschen spurlos verschwinden zu lassen.«

»Lass uns über schönere Dinge reden, - sag mal, wollte der neue Bordarzt nicht heute vorbeikommen? Der hat ja sogar Erfahrungen mit Botoxbehandlungen und kleinen Schönheitskorrekturen. Wir haben das schließlich extra in unsere Werbung mit eingebaut.»

»Herr Doktor Horatio von Hollerbeck hat in zehn Minuten hier seinen Vorstellungstermin. Ich glaube, da kommt er gerade vorgefahren«, sagte Bernadette mit Blick aus dem riesigen Panoramafenster auf den Parkplatz. »'Ne scharfe Schwanz-Verlängerung, die unser Beauty-Schnitzer da fährt.«

»Na, na, Bernadette, keine Vorurteile. Lass ihn uns erstmal anschauen.«

Zehn Minuten später saß der neue Bordarzt mit Holger, bei

einem Kaffee, im angrenzenden Konferenzraum.

»Schön Sie endlich persönlich kennen zu lernen, Herr Doktor von Hollerbeck.«

»Die Freude ist ganz auf meiner Seite.«

»Wie lange praktizieren Sie schon als Arzt?

»Das steht doch alles in meinen Unterlagen, haben Sie die nicht - ?«
»Doch, doch, es ist mir nur gerade nicht so geläufig, Sie müssen entschuldigen.«

»Kein Problem, kein Problem«, antwortete der blonde, großgewachsene junge Mann jovial. Er trug sein volles Haar etwas länger, als es die Norm erlaubte. Die designermäßig zerfetzte Jeans und das edle Jackett über dem teuren, für eine Schüssel Reis, von willigen minderjährigen Asiaten geklöppelten T-Shirt, vervollständigten den Eindruck des hippen, dynamischen Mediziners.
»Ich arbeitete bis letztes Jahr als Assistenzarzt in der Schönheitsklinik meines Vaters. Dort habe ich auch meine in der Bewerbung erwähnten Erfahrungen in der Schönheitschirurgie gesammelt.«

»Ja, das haben wir mit Wohlwollen zur Kenntnis genommen und sogleich in unsere Werbebroschüre aufgenommen. Wundern Sie sich also nicht, wenn Passagiere nach Botoxbehandlungen fragen.«

»Kein Problem Herr Pfeifer, sowas erledige ich mit links.«

»Sie sagten, Sie hätten in der Klinik Ihres Vaters gearbeitet, dürfte ich erfahren, warum Sie jetzt auf unserem Kreuzfahrtschiff anheuern?«

»Wenn ich ehrlich sein soll, gab es gewisse Meinungsverschiedenheiten mit meinem alten Herrn. Ich habe ihm daraufhin - auf Deutsch gesagt - die Brocken vor die Füße geknallt.«

»Ach?«

»Ja, das klingt jetzt schlimmer als es ist, aber der musste mal erkennen, dass er die Weisheit nicht gepachtet hat. Ständig schreibt er mir vor, was ich, wie zu machen habe. Das ist auf Dauer kein Zustand. Der soll nun erstmal ein wenig schmoren. Und dann, - in einem halben Jahr oder so - wer weiß. - Aber vielleicht gefällt mir der Job auf ihrem Schiff ja so gut, dass ich länger bleibe.«

»Nun Herr Doktor, das hört sich ja nach einer Familientragödie an, aber möglicherweise war Ihre robuste Reaktion gar nicht so verkehrt. Ich freue mich jedenfalls auf eine gute Zusammenarbeit.«

Holger streckte dem Arzt die Hand entgegen. »Herzlich willkommen im Team! Falls Sie noch fragen haben, wenden Sie sich an meine Assistentin Frau Möhrenschläger, die kennt sich hier bestens aus.« Mit den Worten verabschiedete Holger den Mediziner, um sich weiter um das Tagesgeschäft zu kümmern.

Genua, Abreisetag

»Oh nein! Schau nur, - der Kerl, den du im Hotel niedergeschlagen hast, geht gerade die Gangway hoch!«, zischte Cornelius dem neben ihm liegenden Bosco Strozzi zu. »Woher weis der, dass wir auf dieses Schiff wollen!?«

Strozzi deutete auf einen Lieferwagen des Hotel Interconti, der gerade Cornelius Bellmeyers Koffer an der Gangway der Happy Sea ablieferte.

»Jetze denke mal scharfe nach, du Blitzebirne!« stieß er wütend hervor und schlug dem Politiker mit der flachen Hand gegen die Stirn.

»Aua!«

»Fresse! Du hättest auche gleich in die Zeitung schreibe könne, wo wir hinwolle! Dasse alles nichte passiert wäre, wenn du Weichbirne nichte hättest erstochen, diese dämliche Franzmann. Was wollte der eigenteliche von dir?«

»Das war was Politisches, davon verstehst du nichts.«

»Aber Du - hä? Du Politikkaspere. Du haste doch von gare Nixe eine Ahnung. Du nur Labertasche, sonste gar nixe, - nada! Dumme Rumgerede und Hande aufhalte - hä!!«

Die Zwei hatten sich, verfolgt von Commissario Rossi, unter ständigem Herumstreiten, bis zum Kreuzfahrerkai durchgeschlagen. Jetzt lagen sie in der brennenden Sonne, hinter einem stinkenden Müllcontainer und überlegten, wie sie ungesehen auf das Schiff gelangen könnten.

»Schau da vorne, Larissa geht schon an Bord! Ich muss unbedingt auf das Schiff! Sie ist die Liebe meines Lebens!«

Bosco schüttelte genervt den Kopf und verdrehte theatralisch die Augen. »Du nichte denke mit Schwanz. Schalte deine Kopfe ein!
Schau dich doche mal an, so eine fette Qualle wie du biste! Glaubst du wirklich, so eine Frau ist aus Liebe mite dir zusammen- hä?!«

»Natürlich ist sie das. Geld macht sexy Bosco, das solltest du dir merken. Außerdem möchte ich, dass du in einem anderen Ton mit mir sprichst, etwas mehr Respekt bitte! Ich bin schließlich der Verteidigungsminister.«

»Hast du vergesse, was inne Hotel passierte ist? Du nicht mehr meine Chefe. Du nur Mörder und Klotze an Bein. Unde jetze halt die Fresse, iche habe Idee.«

Strozzi beobachtete, wie vorne am Schiff der Gemüsehändler Mangiare das Verladen eines Zirkus überwachte.
Luigi Mangiare kannte er noch aus Kindertagen. Boscos Bruder, Toto Strozzi, befehligte damals eine Straßengang, zu der auch dieser Luigi gehörte.
Bosco hielt nichts von der kriminellen Laufbahn seines Bruders. Aber es war nicht zu vermeiden, dessen Freunde kennenzulernen. In Italien war eben alles irgendwie Familie.

Boscos Blick wanderte über den Schiffsnamen der Happy Sea. Er glaubte sich zu erinnern, dass es genau dieses Kreuzfahrtschiff war, auf dem sein Bruder Totto damals spurlos verschunden war. Totto sollte irgendwelche Schulden für diesen Tankschiffbetreiber Marini eintreiben. Seit dem hatte man nie wieder etwas von ihm gehört.

Er zog sein Smart Phone aus der Innentasche. Über die Auskunft ließ er sich mit dem Lebensmittelhändler Luigi Mangiare verbinden.

»Luigi? - Bosco Strozzi hier!«

»Wer? Strozzi? Der ist tot! Was soll der Scheiß!?«

»Bosco Strozzi! Erinnerst du dich nicht mehr an mich? Tottos Bruder!«

»Aah!! Bosco, - schön von dir zu hören, ich dachte, du arbeitest jetzt als Personenschützer in Deutschland?!«

»Ja, das ist richtig. - Luigi, du musst mir einen Gefallen tun. Dreh dich mal um. - Siehst du die grünen Müllcontainer links von dir? - Ja? - Schön. Geh mal dort rüber. Ich warte dahinter.«

»Bosco, irgendwie fühlt sich das nicht gut an. - O.k., ich komme.«

Als Luigi an den Containern vorbeischlenderte, packte Bosco ihn am Arm und zog ihn hinter den Müllcontainer.

»Bosco! Was wird denn das jetzt?«

»Luigi, um der alten Zeiten willen. Ich und der Kerl hier müssen irgendwie unerkannt auf das Schiff. - Raus aus Italien.«

»Ja bin ich jetzt Reiseveranstalter!? In was ziehst du mich hier rein? Wer ist denn die fette Qualle da in den blutverschmierten Klamotten?«

»Das kann ich dir jetzt nicht alles erklären, Luigi. Die Bullen sind hinter uns her. Die meinen, wir hätten jemanden umgebracht. Sie vermuten uns zwar auf der Happy Sea, aber trotzdem müssen wir unbedingt auf dieses Schiff. »

»Mit Mord will ich nichts zu tun haben, Bosco!«

»Wir sind unschuldig, glaube mir! - Ich sah dich eben so vertraut mit dem Zirkusmenschen da sprechen. Könntest du ihn nicht fragen, ob er uns irgendwie an Bord schmuggeln kann?«

»Warum sollte der das tun?«

»Für Geld Luigi, zwanzigtausend sofort und auf Teneriffa nochmal das Gleiche.«

»Hast du so viel dabei?!«

»Ich nicht, aber er.« Bosco wies mit dem ausgestreckten Daumen über die Schulter auf Cornelius, dem der Ernst der Lage irgendwie noch nicht so richtig klar war. Seine einzige

Sorge war, Larissa wiederzusehen.

»O.k. Bosco, um der alten Zeiten willen. Ich geh rüber und frage den Direktor. Aber ich erzähle ihm besser nichts vom Mord, sondern sage, dass ihr vor einem wütenden Ehemann flüchtet, der gerade das Schiff durchsucht.«
Luigi streckte die Hand aus und schnippte mit den Fingern.
»Wo ist die Kohle? Der Anblick von zwanzigtausend Euro hilft ihm garantiert bei der Entscheidung.«

Cornelius griff in die Innentasche seines Jacketts, zählte vierzig Fünfhunderter ab und gab sie widerwillig an Luigi weiter.
Der schlenderte zum Zirkusdirektor hinüber. Lange und typisch italienisch redete er mit weit ausholenden Handbewegungen auf ihn ein.

»Jacopo, es ist nur ein Familienstreit. Keine große Sache. Wenn du die beiden versteckst, zahlen sie jetzt fünftausend und nochmal zwanzigtausend auf Teneriffa. Ein schönes Sümmchen, mein Freund. Tu es für mich, immerhin habe ich dir geholfen, auf das Schiff zu kommen.«

Der Zirkusdirektor fuhr sich langsam mit der Hand durch den Bart. Nachdenklich schaute er zu den wartenden Flüchtigen herüber.
»Aber dafür müssen sie im Zirkus mitarbeiten. Mir ist ein Artist ausgefallen, und bei der Pflege von Penelope könnten wir auch noch Unterstützung gebrauchen.«

»Jacopo, die beiden haben keine Wahl. Die tun alles, um von hier weg zu kommen.«

»O.k. - sag ihnen, ich erwarte sie hinter dem Zirkuswagen. Wir finden schon eine Möglichkeit, um sie aufs Schiff zu schmuggeln. Jacopo nahm die fünftausend Euro, welche Luigi ihm hinhielt. »Mehr ist nicht drin?«
»Das, plus die Zwanzig auf Teneriffa Jacopo, mehr haben die nicht flüssig.«

»Gut!« Er schlug zur Bestätigung in Luigis ausgestreckte Hand ein.

Der Gemüsehändler schlenderte zurück zu Bosco
»Alles in trockenen Tüchern Bosco. Er hat die Zwanzigtausend genommen. Auf Teneriffa erwartet er nochmal das Gleiche.«

»Schön - sag mal Luigi, - war dies nicht das Schiff, auf dem mein Bruder Totto verschwunden ist?«

»Ja, die Happy Sea. Aber, obwohl ich bei der denkwürdigen Reise dabei war, ist er mir damals nicht begegnet. Er tauchte auch auf keiner Passagierliste auf«, entgegnete Luigi.

»Mache Dinge bleiben eben für immer ungeklärt. War`n feiner Kerl, dein Bruder. Viel Glück euch beiden. Sag mal, - irgendwie kommt mir dein Kumpel bekannt vor, - hmm - na, ich komm schon noch drauf.«

Rezeption der Happy Sea

Gerlinde Klüsenpichler beschlich das angenehme Gefühl, nie fort gewesen zu sein.
Holger Pfeifer hatte sie überredet, nochmal für sechs Monate die Rezeption zu übernehmen. So lange plante Fritzens Frau Hermine, die den Job damals von ihr übernommen hatte, im Babyurlaub zu bleiben.
Zu Hause war es Gerlinde langweilig geworden. Ihr fehlte die Hektik, der Stress, den dieser Job oftmals mit sich brachte. Jetzt war sie froh, wieder gebraucht zu werden.

»Na Commissario, sind Ihnen die Verbrecher schon begegnet?«, fragte sie den netten älteren Herren, der sich ihr, vor einer halben Stunde, als Commissario Biagio Rossi vorgestellt hatte und ein nahezu akzentfreies Deutsch sprach.

»Bisher noch nicht, aber bitte halten Sie auch weiterhin die Augen offen gnädige Frau. Sie haben ja die Fotos der Gesuchten.«

Als der Commissario heute im Hotelzimmer aus seiner Bewusstlosigkeit erwacht war, hatte er sofort eine Großfahndung ausgelöst. Rossi selbst verfolgte die ihm am Vielversprechendsten erscheinende Spur, der weiblichen Bewohnerin der Suite. Eine gewisse Klara Lehmann, die, wie er bereits herausgefunden hatte, unter dem Namen Larissa Belmonte bei einem Escort Service der gehobenen Preislage arbeitete.
Als jedoch durchsickerte, dass ein hoher deutscher Politiker

in die Morde verwickelt war, hatte man Rossi den Fall sofort entzogen. Statt zu ermitteln, stritten sich der deutsche und der italienische Geheimdienst erstmal darum, wer die Ermittlungen leiten sollte.
Rossi, als alter Hase im Geschäft, hatte das kommen sehen. Sein Boss war ebenfalls wenig begeistert, von der Einmischung der Geheimdienste, die sich notorisch für etwas Besseres hielten. Er hatte Rossi angeboten, aufgelaufene Überstunden abzufeiern und zusätzlich alten Urlaub zu nehmen. Was er dann in der Freizeit mache, ginge ihn ja nichts an. So hatte Rossi seine eigenen Nachforschungen aufgenommen. Das war er dem ermordeten Kollegen Frattini einfach schuldig.

Die Nachricht, dass der deutsche Verteidigungsminister in den Mord an einem italienischen Polizisten und einem französischen Staatsbürger verwickelt war, hielt man noch krampfhaft unter dem Teppich.
Auf politischer Ebene glühten jedoch die Telefondrähte. Schadensbegrenzung war angesagt. Im Moment konzentrierte sich die Fahndung offiziell auf den italienisch stämmigen Leibwächter Bosco Strozzi. Der Pressesprecher des deutschen Verteidigungsministers bastelte noch an einer halbwegs glaubwürdigen Erklärung für das Verschwinden Bellmeyers und die Morde. Dass Cornelius Bellmeyer spurlos verschwunden war, verkomplizierte die Angelegenheit natürlich enorm. Lange würde man die Sensationsmeldung nicht mehr zurückhalten können.
Die ersten Reporter schlichen angeblich schon im Interconti herum und verteilten großzügig Geldscheine an auskunftfreudiges Personal.

Auch Hotelchefin Gerlinde Klüsenpichler hatte auf der Happy Sea alle Hände voll zu tun. Es galt, die mit hohen Erwartungen angereisten Kreuzfahrtgäste, zügig auf ihre Kabinen und Suiten zu verteilen.

»Heinrich Schluckbichl mein Name, ich hatte ein Doppelzimmer gebucht.«

»Herr und Frau Schluckbichl, einen Moment, ich schaue gleich mal nach.«

»Nein, nur Herr, keine Frau. Die versuch` ich doch hier, bei Ihnen, zu finden. Ich nehme an der Single Reise teil!«
»Ah, ich verstehe, - da haben wir Sie ja auch schon, eine Doppelkabine für Herrn Schluckbichl. Bitte sehr, hier ist Ihr Schlüssel. Viel Erfolg und einen angenehmen Aufenthalt auf der Happy Sea wünsch ich Ihnen.«

Damit verabschiedete sie den Reisegast und wandte sich dem nächsten erwartungsvoll dreinblickenden Herrn zu.

»Flätle, Heribert Flätle, i rois ebbäfalls alloi. Dat heest, bis uf meen Daggel Oougust nadürlisch. I het en Eeenselsimmä bucht, mir wolle es jo ned übädroibä.«

»Herr Flätle, einen Moment, ja, Innenkabine Unterdeck, bitte sehr! Auch Ihnen einen angenehmen Aufenthalt!«

»Haben Sie eine Dame mit `nem roten Koffer gesehn? So um die vierzig, vollbusig und reiselustig?«, fragte der nächste Herr erwartungsvoll.
»Wollen Sie eine Heiratsannonce aufgeben, oder eine Kabine

beziehen, mein Herr? Rote Koffer scheinen übrigens im Moment der Renner zu sein. Sie sollten sich schleunigst ein anderes Erkennungszeichen ausdenken.« Mit den Worten deutete Gerlinde auf die Wand gegenüber der Rezeption. Dort warteten vierzehn Personen mit roten Koffern. Alle erfüllten die erforderlichen Kriterien und scannten die Neuankömmlinge mit erwartungsvollen Blicken ab.

»Ich bin neu auf dem Schiff, kannst du mir den Weg in deine Kabine zeigen?«
Gerlinde schaute entrüstet auf.
»Ach nee, unser notgeiler Ballermann Barde. Es bleibt mir aber auch nichts erspart,« entgegnete sie auf Manni Rammelhammers Anmache.
»Muss ich dein Geplärr wieder die ganze Woche ertragen, oder soll ich dich besser sofort an den nächsten Baum knoten lassen?«

»Keine Sorge Gerlinde, ich bin hier sozusagen auf Genesungsurlaub. Den hat mir Holger spendiert. Mein Arzt meinte, ich solle in den kommenden Wochen komplett auf das Singen verzichten.«

»Das ist aber sehr rücksichtsvoll von dem Herrn. Kabine 522, Unterdeck, Manni. Ich wünsche dir eine erholsame Reise.«

Der sonst auf Mallorca auftretende Oral-Künstler hatte eine Art an sich, die Gerlinde anfangs gehörig gegen den Strich gegangen war. Zum Ende ihrer Berufszeit hatte sie sich so leidlich an den Sänger gewöhnt. Die Fans mallorquinischer Untergrund-Folklore gerieten jedoch noch immer in Ekstase, sobald Manni die Bühne betrat.

»Kann man hier an Bord auch Golfen?«, fragte ein elegant gekleideter Herr älteren Semesters, offensichtlich der Sprecher dreier golfbegeisterter Ehepaare.
»Im Anschluss an diese Reise nehmen wir auf Teneriffa an den Canary Open teil. Es wäre sehr betrüblich, wenn wir die Überfahrt nicht zum Training nutzen könnten.«

»Soweit ich informiert bin, hat unser Eventmanager Herr Reimann, sich Ihrer Wünsche bereits angenommen. Er wird Sie zeitnah kontaktieren, um Ihnen die Trainingsmöglichkeiten hier an Bord zu erläutern.»

»Ick bekomme `nen Zehner von dir, Hannes!«, forderte ein etwa 65 - jähriger grauhaariger Herr von dem neben ihm wartenden Mann.
»Verdammt! Hätt ick jetze echt nich jedacht, dat man hier jolfen kann, Karl. Hier haste deinen Zehner.«

»Blond oder braun, die Fünfte in der Reihe hinter dir?«, fragte Karl Jensen jetzt seinen Freund Hannes Sörensen

»Meine Herren, darf ich Sie kurz unterbrechen und um ihre Namen bitten?«

»Braun.«

»Herr Braun, und wie ist Ihr Name?», wandte sich Gerlinde an den zweiten Herrn.

»Ha, ha, falsch«!

»In der Tat ein lustiger Name, Herr Falsch.«

»Ne, Braun war falsch, die Dame ist blond. - Du schuldest mir `nen Zehner, Kalle.«

»Meine Herren, hätten sie die Güte, sich einen kleinen Augenblick auf die Anmeldung zu konzentrieren.«

»Aber jerne werte Dame. Ick höre auf den Namen Hannes Sörensen, und det Männeken hier neben mir ist Karl Jensen. Wir hatten zwee Doppelkabinen jebucht.«

»Ich vermute mal, Sie nehmen auch an unserem Single Reiseangebot teil.«

»Sieht man uns det an, Frau Klüsenpichler«, entgegnete Hannes grinsend, mit Blick auf Gerlindes Namenschild.
Lässig wandte er sich an die hinter ihnen wartenden und betont unbeteiligt dreinschauenden weiblichen Reisesgäste:
»Meine Damen, wir zwee beede sind noch zu haben. Ick bin der Hannes und det hier is der Kalle, - oder war et umjekehrt? Na, det müssen se schon selbst herausfinden.«
Er verneigt sich kurz und widmete seine Aufmerksamkeit wieder Gerlinde, die ihm die Kabinenschlüssel überreichte.
»Eine erfolgreiche Jagd meine Herrn.«

Hannes und Karl wetteten leidenschaftlich gerne. Es spielte dabei keine wirkliche Rolle, worum sie wetteten. Der Nervenkitzel trieb sie an. Bis vor sechs Wochen führten die beiden noch das karge Leben verwitweter Handwerker, die sich nach 45 Berufsjahren über einen kaputten Rücken und knappe 800 Euro Rente freuen durften. Bis dahin lagen ihre

Wetteinsätze immer bei zehn Cent.
Dann klopfte plötzlich das Lottoglück an die Tür. Ihre langjährige Tippgemeinschaft hatte endlich Früchte getragen. Es war nicht der Jackpot, aber jeder durfte sich über gut fünfhunderttausend Euro freuen.
Jetzt wollten sie es sich, für den Rest des Lebens, so richtig gut gehen lassen. Ganz oben auf Ihrer To-do-Liste stand der Wunsch nach einer neuen Partnerin. Dafür schien ihnen die Single-Kreuzfahrt besonders geeignet.

»Wir sind die Scheuermanns, Sybille und Thorben Scheuermann.
Außenkabine mit Balkon, zweites Oberdeck. So wurde uns die Buchung bestätigt.«

Gerlinde erblickte ein etwa 40-jähriges Ehepaar, gekleidet in zwei kanarienvogelbunte, absolut gleiche Trainingsanzüge, der gehobenen Ausstattung. Körperbetont schmiegten sich atmungsaktive, ständig mit dem World Wide Web vernetzte Polyestergewebe, an, durch gnadenlose Fitnessprogramme gestählte Körperbereiche und betonten dort jede, noch so unwichtige Muskelpartie. Farblich abgestimmte, modisch jedoch als No-Go verschriene Bauchbeutel, enthielten neben Notfallrationen und Aufbaupräparaten, auch ein zehnteiliges Karbon Leatherman, um das Überleben, selbst im finstersten australischen Outback sicherzustellen. Die Laufschuhe der beiden gehörten zu den exklusivsten Exemplaren asiatischer Fußbereifung, welche der ambitionierte Sportler für Geld erwerben konnte. Abgerundet wurde alles durch ausgesprochen intelligente Exemplare, digital vernetzter Uhrmacherkunst, die neben Puls, Herzfrequenz, Biorhythmus, Kontostand und

Himmelsrichtung, sogar die Zeit anzeigten.

»Aber selbstverständlich, hier sind Ihre Schlüssel. Darf ich Ihnen unseren Flyer zu den zahlreichen sportlichen Angeboten an Bord empfehlen?«

»Danke, wir sind bereits im Bilde. Wir haben täglich für zwei Stunden einen Personal Fitnesstrainer gebucht. Wie können wir die Person kontaktieren?«

»Oh, ja, das ist der neue Mitarbeiter unser Fitnessabteilung, Herr Hop Sing. Ich gebe ihm gleich Ihre Kabinennummer. Er wird Sie dann baldmöglichst aufsuchen, um alles Weitere mit Ihnen zu besprechen.«

Die Schlange an der Rezeption löste sich langsam auf. Die Reisegäste hatten schließlich ihre Kabinen bezogen und waren dabei das Schiff zu erkunden.

»Ah Commissario! Sie sehen nicht aus, als wäre Ihre Mörderjagd bisher von Erfolg gekrönt.«

»Das ist richtig, gute Frau, - leider. Wann legt das Schiff ab, wenn ich fragen darf.«

»In einer Stunde, Signore Commissario.«

»Ist es möglich, kurz mit dem Kapitän zu sprechen?«

»Ich denke schon.«
Nach einem kurzen Telefonat mit der Brücke schickte sie den Kriminalisten zu Kapitän Hellemann hinauf.

Brücke der Happy Sea

Kapitän Fritz Hellemann telefonierte leise mit Hamburg.
»Bernadette, der neue Steuermann ist eben angekommen. Hast du dir den Kerl eigentlich angesehen, bevor du ihn eingestellt hast? Aus seinen Papieren geht hervor, dass er bisher einen dieser stinkenden Viehtransporter über den Atlantik geschippert hat, und so riecht der auch.«

»Das verstehe ich nicht, der Mann war hier und machte einen ganz hervorragenden Eindruck. Er hat vorher einen Containerriesen gesteuert. Piet Olsen heißt er. - Aber warte, ich schaue noch mal nach. - Richtig, wir haben einem Piet Olsen eine Zusage geschickt.«

»Mein Steuermann heißt aber Fiete Olsen, FIETE!«

Fritz hörte, Bernadette in Ihren Unterlagen blättern und dann laut Scheiße schreien.

»Fritz - tut mir leid - ich habe da zwei Bewerbungen verwechselt. Die hießen beide Olsen und dann hab ich den versehentlich den Falschen eingestellt. Ich fürchte, du musst vorerst mit diesem Fiete zurechtkommen.«

»Na gut, ich versuch mal, 'nen Menschen aus ihm zu machen.«

»Hast du schon Nachwuchs, Fritz?!«

»Soll diese Woche kommen, ich bin total nervös.«

»Nur die Ruhe Fritz, - ist der Zirkus schon an Bord?«

»Ja, hat alles gut geklappt. Wir haben sie in den Stauräumen und in einigen Personalkabinen untergebracht. Ich werde mir die Burschen morgen mal anschauen. Holger und Samantha sind auch eben eingetroffen. Gerlinde meinte, sie hätte noch nie jemanden mit so vielen Koffern gesehen. Ich muss Schluss machen, in einer Stunde legen wir ab. Bis nächste Woche Bernadette!«

In dem Moment klopfte es an der Tür zur Brücke und ein älterer Herr, trat ein.
»Bin ich hier richtig bei Kapitän Hellemann?«

»Absolut, - mit wem habe ich das Vergnügen?«

»Biagio Rossi mein Name, ich bin in meiner Funktion als Commissario der italienischen Polizei hier. Allerdings im Moment auf Urlaub. Ich würde Sie gerne um etwas bitten.«
Rossi berichtete Fritz von den Ereignissen im Interconti Hotel und, dass er die Flüchtigen auf der Happy Sea vermute. Da das Schiff gleich ablegen würde, hätte er jetzt keine Möglichkeit mehr, weiter nach den Männern zu suchen. Ob sie die Abfahrt nicht ein paar Stunden hinausschieben könnten.

»Nein, es tut mir leid Herr Rossi, aber wir müssen unseren Zeitplan einhalten. Der Gedanke, dass sich hier auf dem Schiff zwei flüchtige Mörder herumtreiben, behagt mir allerdings überhaupt nicht. - Hmm, - wie wäre es, wenn Sie einfach mitreisen. Sie könnten unterwegs, ganz entspannt ihre Ermittlungen fortführen, - diskret versteht sich. Sozusagen als Borddetektiv, gegen Kost und Logis. Damit wäre uns allen geholfen.«

Rossi dachte kurz nach.
»Das ist eine phantastische Lösung. Die Mörder können auf dem Meer nicht fliehen und ich kann in Ruhe ermitteln. Zuhause wartete sowieso niemand auf mich.«
Als man ihm heute Morgen den Fall entzog, hatte er wütend, mit sofortiger Wirkung Urlaub genommen.

»Ich habe allerdings gar keine Klamotten zum Wechseln dabei.«

»Keine Sorge, da finden wir schon eine Lösung. Ich sage Gerlinde an der Rezeption Bescheid, sie wird sich um alles kümmern. Aber halten Sie mich bitte auf dem Laufenden, was die Mörderjagd anbelangt.«

»Und jetzt zu uns beiden«, wandte er sich an den neuen Steuermann, als Rossi die Brücke verlassen hatte. »Haben Sie heute schon in den Spiegel geschaut, Herr Olsen?«

Dem neuen Steuermann klebte eine speckige, zerschlissene Jeans an den Beinen. Den schmächtigen Oberkörper umspielte ein ehemals weißes, ärmelloses Etwas, das man früher salopp als Schießer-Feinripp bezeichnete, und das schon deutlich bessere Tage gesehen hatte. Die zotteligen roten Haare standen in alle Himmelsrichtungen ab und glänzten, als hätte er damit die Antriebswelle abgeschmiert.

Fiete Olsen schaute den Kapitän fragend an und schenkte

dabei einem unterdrückten Rülpser die Freiheit. Irgendwie schien er die Frage nicht verstanden zu haben.

»Herr Olsen, Sie sehen aus, und müffeln, wie ein versoffener Matrose, der völlig verkatert in einer stinkenden Fischgasse, hinter einer Hafenkneipe aufgewacht ist.«

Fiete schaute an sich herunter und grummelte etwas in seinen zotteligen Bart. Bisher war es seinen Arbeitgebern herzlich egal gewesen, wie er angezogen war. Hauptsache, er steuerte den Kahn in die richtige Richtung.

»Wenn Sie hier gleich abgelegt haben, und wir uns auf offener See befinden, begeben Sie sich zuerst zu unserem Bordfriseur. Dort lassen Sie sich Ihre rote Rübe runderneuern. Dann sprechen Sie in der Kleiderkammer vor. Dort wird man Ihnen eine Uniform verpassen, mit der Sie sich auf dem Schiff sehen lassen können. Sie arbeiten jetzt auf einem Passagierschiff, nicht auf einem chilenischen Schweinetransporter!«

»Aber? - »

»Schnauze! Und jetzt zeigen Sie mir mal, ob Sie was von Ihrem Job verstehen.«

So sehr Fritz auch auf alle Kleinigkeiten achtete, an dem Ablegemanöver des neuen Steuermanns, war absolut nichts auszusetzen.

»Respekt Herr Olsen, steuern können Sie und den Rest, den kriegen wir auch noch irgendwie hin«, lobte Kapitän

Hellemann, nachdem die Happy Sea offenes Wasser erreicht hatte.

Fritz Hellemann war als Sohn einer Hure und eines unbekannten Vaters im Hamburger Rotlichtviertel aufgewachsen. Schon früh hatte er lernen müssen, sich auf der Straße zu behaupten.
Der alte Hansen, ein Kapitän, der noch auf Segelschiffen Kap Hoorn umrundet hatte, dem ein Bein fehlte und der deshalb auf einer Prothese herumstakste, besuchte des Öfteren Fritzens Mutter. Er fand Gefallen an dem Jungen und sorgte dafür, dass dieser nicht auf die dunkle Seite der Macht, in diesem Fall der Reeperbahn, abglitt. Er schenkte ihm Bücher und erzählte von Reisen in ferne Länder. Von Stürmen auf hoher See, von Meerjungfrauen, die er mit eigenen Augen gesehen hatte und von Walen, so lang und so stark, wie eine Dampflok mit Tender.
Fritzens Lieblingsbuch war Moby Dick. Bald schon fasste er den Entschluss, später selbst zur See zu fahren, um auch so phantastische Abenteuer zu erleben, wie der olle Hansen.
Fritz landete als Bootsmann auf der Happy Sea, unter dem alten Kapitän Knuth Hinrichs. Der erkannte das Potenzial, welches in dem jungen Mann schlummerte. Als er in Rente ging, sorgte Hinrichs dafür, dass Fritz die Seefahrtsschule besuchen konnte. Dort machte er, als einer der Besten seines Jahrgangs, den Abschluss. Von da an durfte er sich Kapitän zur See nennen. Nach ein paar Jahren auf einem Frachter bewarb sich Fritz bei der Nautilus Reederei als Kapitän.
Holger Pfeifer, der Fritz noch von der katastrophalen Kreuzfahrt her kannte, auf der Reedereichef Hans-Werner Klose verschwand, stellte ihn gerne ein. Das war jetzt zwei Jahre her.

Fritz war allen, die ihm auf seinem Lebensweg geholfen hatten sehr dankbar. Er vergaß nie, wo er herkam, oder was aus ihm, ohne die Hilfe der Anderen, hätte werden können. Der neue Steuermann sah ihm auch nicht aus, als hätte er auf der Sonnenseite des Lebens das Licht der Welt erblickt. Aber er verstand seinen Job, und das war schon mal ein Anfang.

Zirkus Trallafitti, Unterdeck

»Dass ich euch hier im Zirkus verstecke, habt ihr nur meinem Freund Mangiare zu verdanken. Ich hoffe, dass es sich wirklich nur um eine Eiversuchtgeschichte handelt.«

Zirkusdirektor Jacopo Colombo hatte sich drohend vor Cornelius und Bosco aufgebaut.

»Reich mir mal die Stange dort«, wandte er sich an Bosco.
Der griff nach einer etwa ein Meter langen und dreieinhalb Zentimeter starken Eisenstange, die an der Wand des Frachtraums lehnte, und reichte sie Jacopo herüber. Der fasste die Stange an den äußersten Enden und begann, sie vor seiner mächtigen Brust, langsam zu einem U zu verbiegen.
Mit den Worten »falls ihr mich angelogen habt, solltet ihr ernsthaft in Erwägung ziehen, ob ein Sprung in den Ozean nicht die schmerzlosere Alternative wäre«, warf er sie den beiden laut polternd vor die Füße.

»Du!«, Jacopo deutete auf den körperlich recht fit aussehenden Leibwächter. »Wie ist dein Name?«
»Du kannst Bosco zu mir sagen.«
»Bosco, du bist ab sofort Assistent von Pietro, meinem Schwiegersohn. Und du, wie heißt du?«

»Bellmeyer, Cornelius Bellmeyer.«

»Ach, genau wie der deutsche Politiker! Cornelius, du hilfst Beppo bei der Pflege von Penelope!«

»Äh, - ja und was muss ich da tun?«

»Beppo wird dir alles erklären. Du findest ihn hinten im nächsten Frachtraum. Dort schläfst du auch.« An Bosco gewandt ergänzt er »Pietro müsste gleich hier sein, du wirst den Platz seiner Frau einnehmen, die ist im Moment unpässlich.«
Als Jacopo das entsetzte Gesicht des Italieners bemerkte, drehte sich schnell um und verließ den Frachtraum, um nicht laut loszuprusten. Er glaubte die Eifersuchtsgeschichte der beiden keine Sekunde, aber gleichzeitig hoffte er, dass sie nichts wirklich Schlimmes angestellt hatten. Er konnte sich keinen Ärger mit der Polizei leisten.

Pietro begrüßte die Neuen herzlich mit Handschlag.
»Du bist Bosco? Dann hilf mir mal mit der Holzwand da drüben.
Und du musst Cornelius sein, Beppo erwartet dich schon sehnsüchtig, Penelope will dich kennenlernen! Ich würde die beiden nicht warten lassen.«

Er deutete auf eine bunt bemalte, runde und etwa drei Meter große Holzplatte, die rundherum mit Glühbirnen bestückt war. In der Mitte der Platte hatte man den Körper eines Menschen, ebenfalls aus Glühbirnen nachempfunden.

»Komm Bosco, pack mal mit an, die ist nicht so schwer, wie sie aussieht. Wir müssen sie auf dieses Holzgestell hier wuchten.«

Pietro verband das aus der Tafel ragende Kabel mit einer

Steckdose, so dass die Birnen bunt aufleuchteten.
Er stellte sich neben die Platte und maß mit langen Schritten etwa zehn Meter Abstand. Die Stelle markierte er mit gelbem Klebeband. Er kramte zehn Wurfmesser aus einem in der Ecke stehenden Karton.

»Du bist Messerwerfer?«

»Scharf beobachtet.«

»Du wirfst auf die Glühbirnen?«
»Ja.«

»Na da bin ich aber froh, ich befürchtete schon, ich sollte mich da hinstellen.«
Pietro schaute den Neuen mit hochgezogenen Augenbrauen an, sagte nichts und begann seine Messer zu werfen, die dicht neben den Birnen mit dem typisch vibrierenden Geräusch im Holz stecken blieben.
Nicht eine Birne ging dabei zu Bruch.

»Hast du schon mal daneben geworfen?«

»Kommt vor, aber, selten«, war die lapidare Antwort des Artisten.

»Was ist meine Aufgabe?«

»Beim Training musst du mir die Messer wiederholen. Bei der Vorstellung mache ich das selber.«

»Gebt ihr hier auf dem Schiff etwa eine Vorstellung?«

»In der vor uns liegenden Woche werden wir dreimal auftreten, Bosco. Das ist unsere Bezahlung für die Überfahrt nach Teneriffa. Morgen Abend geben wir die erste Vorstellung. Es wird eine Open-Air-Veranstaltung am Pool auf dem Oberdeck. Bis dahin müssen wir noch ein Kostüm für dich zusammenschneidern. Das von meiner Frau würde dir zwar passen, aber ich glaube nicht, dass es ihr recht wäre.«

Pietro warf etwa eine Stunde lang auf die Holzwand, wobei nur eine einzige Glühbirne entzweiging. Sie saß da, wo sonst der kleine Finger der linken Hand der Zielperson gewesen wäre.

»Alle Achtung Pietro, gelernt ist gelernt. Aber ist das nicht etwas langweilig, nur auf Glühbirnen zu werfen?«
»Das mache ich nur beim Training, Bosco. Sonst steht meine Frau dort an der Scheibe. Aber die ist gerade nicht gut drauf.«

Strozzi brauchte einen Moment, um die Zusammenhänge zu begreifen und starrte den Messerwerfer mit stetem Kopfschütteln an.
»Falls du glaubst, was ich denke, dass du glaubst, dann vergiss es ganz schnell wieder. Niemals werde ich mich dort an die Scheibe stellen, während du deine Messer auf mich schleuderst, NIEMALSNICHT!!!«

»Was höre ich da?! Meuterei!?« Jacopo betrat drohend den Frachtraum. Er hatte draußen gelauscht und die Reaktion des neuen Mitarbeiters erwartet.

»Wenn Ihr nicht macht, was euch aufgetragen wird, werde ich umgehend zum Kapitän gehen und ihm sagen, dass zwei Blinde Passagiere bei uns untergekrochen sind.«

»Es ist ja wohl das kleinere Übel, als blinder Passagier im nächsten Hafen von Bord gejagt zu werden, als hier den Kamikaze zu geben.«

»Grundsätzlich gebe ich dir recht. Ich hatte allerdings eben eine längere Unterhaltung mit einem gewissen Commissario Biagio Rossi. Der ist ebenfalls Passagier auf diesem Schiff und auf der Suche nach zwei flüchtigen Verbrechern, die in einen Fall im Interconti in Genua verstrickt sind. Genaueres wollte er mir nicht sagen, aber seine Beschreibung passte haargenau auf euch beiden.«

Strozzi zuckte leicht zusammen, als er das hörte, hatte sich allerdings schnell wieder im Griff.

»Du würdest uns nicht verraten, denk an die Zwanzigtausend, die wir dir noch versprochen haben. Ich bin sicher, die kannst du gut gebrauchen.«

»Nein, verraten würde ich euch nicht, da gebe dir recht, aber das muss ich auch gar nicht. Ich wäre sogar bereit, dafür zu sorgen, dass der Bulle euch nicht erkennt. Bei deinem Freund - .«

»Der ist nicht mein Freund, der ist ein Trottel!«

»Bei deinem Trottelfreund ist das nicht so schwer, wie du bald feststellen wirst. Für dich habe ich auch schon eine

Idee, aber es ist deine Entscheidung. ICH bin ja NICHT auf der Flucht. Was glaubst du wohl, wie lange es dauert, bis der Commissario hier unangemeldet hereinschneit und euch erkennt. Wenn ich euch helfen soll, müsst auch ihr mir helfen, so einfach ist das. Überleg es dir, du siehst doch aus wie ein mutiger Mann. Meine Tochter hat seit fünfzehn Jahren die Zielscheibe abgegeben, und sie lebt immer noch.«

»Also gut, im Moment bist du im Vorteil. Ich überleg es mir. Wie hast du das übrigens eben mit der Eisenstange gemacht?«

»Warum?«

»Na, was war der Trick?«

»Da war kein Trick, ich bin der starke August. Mit der Nummer trete ich schon seit dreißig Jahren auf.«

Im Frachtraum nebenan saß Cornelius Bellmeyer noch immer fassungslos vor einem großen Stahlkäfig. Auf dem Stuhl neben ihm hockte Beppo Monti, Clown und Pfleger von Penelope.

»Dass die so groß sind, hätte ich jetzt aber nicht gedacht, Beppo.«

»Groß, enorm stark und ungeheuer intelligent. Du darfst sie nie unterschätzen, oder ihr einfach so den Rücken zudrehen.«

»Sie?«

»Ja, es ist eine Dame, und sie hat es faustdick hinter den Ohren.
- Penelope, komm her, begrüße deinen neuen Pfleger.«

Gorilladame Penelope hob nur gelangweilt eine Augenbraue, oder was man bei einem Gorilla dafür halten konnte und schaute demonstrativ in eine andere Richtung.

»Nun zier dich nicht so, komm schon, begrüße Cornelius.«

Brummelnd erhob sich Penelope. Krummbeinig watschelte sie auf die Käfigtür zu.
Gott sei Dank hat der liebe Gott eine Tür zwischen mich und das Riesenvieh gebaut, war der letzte Gedanke des Verteidigungsministers, bevor der Schlüssel, welcher seltsamerweise von innen steckte, herumgedreht wurde. Die Tür schwang quietschend auf. Die Affendame trat heraus, breitete ihre mächtigen Arme aus, und zeigte ein strahlendes Colgate-Lächeln. Dann spitzte sie die dicken wulstigen Lippen. Sie schnalzte mit der Zunge, wie eine Oma, die sich ihrem süßen, kleinen Enkel im Kinderwagen nähert.

Cornelius saß wie angetackert auf seinem Hocker. Er war nicht in der Lage auch nur einen Muskel zu rühren. Träumte er oder passierte das hier wirklich. Heute Morgen war er noch Deutschlands Verteidigungsminister und ein paar Stunden später ein vor der Polizei flüchtender Mörder, der jetzt zum Gorillapfleger degradiert worden war.

»Na los, geh schon und begrüße sie, - sonst wird sie sauer.

Und sauer möchtest du sie bestimmt nicht erleben, da bin ich mir ganz sicher. Los, - sie beißt nicht!«

Zitternd erhob sich Cornelius. Mit unsicheren Schritten näherte er sich dem Ungetüm. Penelope umschlang ihn mit ihren langen Armen. Sie drückte ihn fest an ihre breite Brust, so dass sein Kopf im dichten, deutlich nach Tier müffelnden Fell versank.

»Jetzt ist es genug Penelope!«, sagte Beppo laut. »PENELOPEEE ES IST GENUHUUUG!!! Manchmal reagiert sie etwas langsam. Ich glaube, sie mag dich.«

»Na fffoll«, nuschelte Cornelius, während er diverse Affenhaare aus dem Mund friemelte. Gerade als er sich umdrehen wollte, um ein wenig Abstand zwischen sich und das Tier zu bringen, spürte er die langen Finger Penelopes, welche seine Schulter wie ein Schraubstock umklammerten. Die Gorilladame drehte ihren neuen Pfleger mühelos in Richtung Käfig, schob ihn hinein, knallte die Tür zu und schloss ab. Sie setzte sich in die rechte hintere Ecke ihrer Behausung und zog Cornelius auf den Schoß. Penelopes starke Gorillaarme, pressten den Verteidigungsminister an ihre haarige Äffinnenbrust. Dann begann sie in Seelenruhe, seinen Kopf nach Läusen abzusuchen.

»He, was soll das? Hol mich hier raus Beppo!«

»Komisch, das hat sie noch nie gemacht. Sie mag dich wirklich sehr!«

»HOL MICH HIER RAUS!!!«

»Wenn das so einfach wäre. Penelope hat ihren eigenen Willen. Glaubst du, ich würde mich mit ihr auf ein Kräftemessen einlassen? Ne, da hilft nur gutes Zureden. Versuchs mal mit singen. Na, zumindest wird`s dir heute Nacht nicht kalt.«

Mit den Worten verließ Beppo lachend den Laderaum und begab sich, froh, dass jetzt ein anderer die Launen der eigenwilligen Gorilladame ertragen musste, in seine Kabine.

Bordbar

Larissa Belmonte schlenderte gelangweilt durch die Einkaufsmeile der Happy Sea. Bellmeyer hatte sich noch immer nicht gemeldet. Sie wusste noch nicht einmal, ob er sich überhaupt auf dem Schiff befand.
Nur ein kurzer Anruf, vor der Abreise. Er hatte etwas gehetzt geklungen, als er ihr mitteilte, sie möchte schon mal die Suite beziehen. Er würde sich dann bei ihr melden. Es war allerdings nicht so, das sie ihn vermisste. Larissa konnte sehr gut auch ohne den fetten Politiker auskommen.
Sie betrachtete die Schaufenster der kleinen Geschäfte. Bademoden, Sonnenhüte, Parfüm, Schuhe, eine langweilige Boutique reihte sich an die Nächste. Dann, hinter einer großen Dattelpalme, welche zu Larissas Erstaunen sogar echt war, entdeckte sie die rote Leuchtreklame der Bordbar. Ein Piccolöchen wäre jetzt keine schlechte Idee, dachte sie sich und betrat die, in schummeriges Licht getauchte Bar.
Alle Tische waren besetzt. Larissa schlenderte zum Tresen und setzte sich auf einen der Barhocker.
»Ist ja verdammt viel los hier um diese Zeit.«

Barkeeper Charly Holmes schaute zu ihr herüber. »Ich vermute mal, Sie nehmen nicht an der Single-Reise teil.«

»Wie kommen Sie darauf?«

»Erstens sehen Sie nicht aus als müssten Sie sich einen Mann suchen, und zweitens findet hier ein Speed Dating statt, zu dem Sie sowieso zu spät kämen.«

»Danke für die Blumen Herr Holmes«, antwortete Larissa mit Blick auf Charleys Namensschild.

»Gerne, sagen Sie Charly zu mir, das tun alle hier. Womit kann ich Sie glücklich machen?«

»Ein Piccolo wäre schön, Charly. - Und vielleicht eine Erklärung, was ich unter einem Speed-Dating zu verstehen habe.«
Charly stellte ein Sektglas vor Larissa auf den Tresen und füllte vorsichtig den Sekt ein. »Bitte sehr die Dame. - Speeddating ist eine sehr effektive Methode, in kürzester Zeit festzustellen, wer eventuell zu einem passt. Sehen Sie, wie angeregt sich die Paare an den Tischen unterhalten? So ein Gespräch dauert immer sieben Minuten, dann wechseln sie die Partner. Nach jedem Gespräch muss man auf einer Karte eintragen, ob einem der Gegenüber sympathisch war, oder nicht. Zum Schluss werden die Karten eingesammelt und ausgewertet. Mit etwas Glück, trifft man den Partner fürs Leben, oder zumindest für diese Reise.«

»Findet das hier zum ersten Mal statt, Charly?«

»Ja, es ist ein Versuch. Aber ich hörte, dass die Resonanz bei den Reisegästen überwältigend war.«

Larissa schüttelte ungläubig grinsend den Kopf und beobachtete die in der Nähe sitzenden Paare.

»Entschuldigen Sie, ist diesel Hockel noch flei?«

Larissa taxierte den gutaussehenden Asiaten, der sie soeben

angesprochen hatte.
»Aber sicher, nehmen Sie doch Platz.

»Danke. - Chalil, hast du mal ein Wassel für mich?«

»Klar, Hop Sing. Lass dich nicht erwischen. Personal hat hier keinen Zutritt«, raunte Charly Hop Sing zu.

»Oh, ich tleff mich hiel mit meinen nächsten Kunden, Chalil.

»Entschuldigen Sie, wenn ich mich einmische. Als was arbeiten Sie hier auf dem Schiff?«

»Man kann mich als Fitnesstlainer buchen. Außeldem gebe ich täglich Kulse in Tai Chi.«

»Das ist ja interessant. Tai Chi wollte ich immer schon lernen. Geben Sie auch Privatstunden?«

»Aber sicher, ich wähle in zwei Stunden flei, dann könnte ich Ihnen eine elste Einfühlung geben. Die Gluppenkulse sind kostenlos. Plivatstunden können Sie bequem über ihle Boldkalte ablechnen.«

»Dann buche ich Sie in zwei Stunden für eine Privatstunde, Herr Hop Sing. Suite 101, ich freue mich schon auf die Einführungsstunde.«
Larissa lächelte Hop Sing vielsagend an.

»Gelne, ich welde kommen«, entgegnete der Fitnesstrainer

mit süffisantem Lächeln.

Suite 100

Holger Pfeifer, Geschäftsführer der Nautilus Reederei, betrachtete den Berg von Koffern, den seine Lebensgefährtin Samantha Klose in ihrer Suite aufgestapelt hatte. Nach und nach versuchte sie, alles in den Schränken unterzubringen.
»Wir sind nur eine Woche unterwegs, Samantha. Glaubst du nicht, du übertreibst etwas?«, fragte Holger skeptisch.

»Davon verstehst du nichts mein Schatz«, war ihre knappe aber endgültige Antwort.

»Hast du es schon jemandem verraten? Kapitän Hellemann machte gestern so Andeutungen.«

»Was verraten?«

»Na, dass wir auf dieser Reise endlich heiraten wollen, Samantha.«

»Ach soooo, das meinst du. Da hatte ich gar nicht mehr dran gedacht.«

»Wie jetzt, - nicht mehr dran gedacht??!«

Samantha grinste ihn schelmisch an.
»Was glaubst du wohl, warum ich so viel Gepäck dabei habe? Ich möchte doch toll aussehen, wenn wir uns das Jawort geben. Dachtest du gerade wirklich, ich hätte unsere Hochzeit vergessen?«

»Es hatte kurz den Anschein, - ja!«, schallte Holgers Stimme hohl aus dem Bad.

»Aber Holger, du weist doch das ich dich und nur dich liebe. Hast du schon unseren riesigen Balkon gesehen? Das große Doppelbett dort draußen mit dem Stoffhimmel darüber? Nicht einsehbar... . Eine Flasche Sekt steht auch schon bereit. - HOLGER! Was muss ich noch sagen, damit du es begreifst.«

Holger hörte die gläserne Schiebetür rasseln, und als er wieder die Suite betrat, räkelte sich Samantha bereits aufreizend, fordernd auf dem Himmelbett.

Eine Stunde später lagen beide schweißüberströmt in den zerwühlten Laken und rauchten ihre obligatorische Zigarette.
Samantha wälzte sich auf den Bauch und betrachtete den Kofferberg in der Suite.

»Du Holger?«

»Samantha, ich bin total platt.«

»Nein, das meine ich nicht. - Ich glaube, der rote Koffer dort, siehst du - der, da ganz hinten - der muss jemand anderem gehören.«

»Wie kommst du darauf?«

»Na der hat ein völlig anderes Kofferband. Du weist ja, ich liebe rote Koffer. Ich habe sie alle aus einer Kollektion gekauft. Aber der dort, passt nur in der Farbe, aber sonst überhaupt nicht.«

»Mach ihn doch auf, dann weist du Bescheid. Ich muss jetzt los, der Kapitän hat noch was mit mir zu besprechen.«

Als Holger sich angezogen und die Suite verlassen hatte, wälzte sich Samantha aus dem Bett. Sie patschte auf nackten Füßen in die Suite. Neugierig zog sie den fremden Koffer hervor, ließ die Verschlüsse aufschnappen und öffnete ihn.
Drinnen erblickte sie einen in Schaumstoff eingebetteten Teakholzkasten mit messingbeschlagenen Ecken.
Der Deckel war mit aufwendiger Intarsienarbeit verziert, die die verschnörkelten Buchstaben CB darstellte.
Neugierig auf den Inhalt, griff Samantha nach dem Kasten. Plötzlich klopfte es an der Tür. Hastig verschloss sie den Koffer. »Ja!?«

»Zimmerservice! Ich bringe Blumen von Herrn Pfeifer!«

»Die Tür ist offen!«

Bundeskanzleramt, Berlin

Bundeskanzlerin Wilma Rautenstrauch eröffnete die kurzfristig anberaumte Krisensitzung. Sie bestritt gerade ihre zweite Amtsperiode und hoffte, das letzte Jahr ohne allzu große Krisen hinter sich zu bringen. Wilma Rautenstrauch besaß das Talent, mit vielen Worten wenig zu sagen und Anfeindungen von sich abperlen zu lassen, ohne näher darauf einzugehen. Ihr Rezept war so einfach wie genial. Erst stures Aussitzen von Problemen unter Ignorieren der Tatsachen, dann, drum herumreden danach die übliche Salamitaktik. Auf die Weise hatte sie so manche Krise von sich abperlen lassen. Der Volksmund bezeichnete sie auch als die Lotusblüte.

»Meine Herren, meine Dame, dieses außerordentliche Treffen findet vorerst im allerengsten Kreis statt. Daher habe ich auch nur Innenminister Fiedler, Außenminister Holzhauer, Justizministerin Schnackelmann-Hochsiepen und Finanzminister Schnorrheimer hinzugebeten. Ich muss Sie leider davon in Kenntnis setzen, dass Verteidigungsminister Carsten Bellmeyer, der vorgestern eine Dienstreise nach Italien angetreten hat, nicht mehr auf unsere Versuche, mit ihm in Kontakt zutreten, reagiert.«

Allgemeines Gemurmel und vereinzelte, mehr vorgetäuschte, als ehrliche Entsetzensschreie wurden laut.

»Bitte Ruhe! Neben mir sitzt Herr Kriminaldirektor Doktor Sigurd Habighorst vom BKA, der seit gestern mit dem Fall betraut ist. Er wird uns jetzt die näheren Umstände des

Verschwindens von Minister Bellmeyer erläutern und uns auf den aktuellen Stand der Ermittlungen bringen. Herr Doktor Habighorst, - bitte!«

Habighorst arbeitete seit zehn Jahren beim BKA und war für diskrete bis delikate Ermittlungen zuständig. Er hatte die Eigenschaft eines Terriers, der nicht mehr losließ, wenn er eine Spur aufgenommen hatte. Wegen seiner Initialen SH, nannte man ihn hinter vorgehaltener Hand auch den Sherlock Holmes von Wiesbaden.

Verehrte Bundeskanzlerin, verehrte Minister. Ich gebe Ihnen kurz eine Zusammenfassung der Ereignisse, wie sie sich uns zum jetzigen Zeitpunkt darstellen.
Verteidigungsminister Bellmeyer hielt sich in Begleitung seines persönlichen Leibwächters Bosco Strozzi am Freitag im Hotel Interconti in Genua auf. Laut Aussage des Portiers traf er dort mit einem Herrn Josef Schmidt zusammen. Die Unterredung dauerte etwa zwanzig Minuten. Falls Ihnen dieser Herr bekannt ist, bitte ich Sie, mir das im Anschluss mitzuteilen. Das erspart mir wertvolle Ermittlungszeit. Nach dem Treffen mit Herrn Schmidt nahm Verteidigungsminister Bellmeyer ein Mittagessen, bestehend aus einem 600-Gramm-T-Bone Steak nebst Beilagen zu sich. Während - .«

»Holla die Waldfee...«

»Bitte was?!«

»Schon gut«, meldete sich Innenminister Alois Fiedler. »Ich staune über den gesegneten Appetit des verehrten Kollegen

Bellmeyer.«

»Na so sieht er ja auch aus. Von nix kommt nix«, warf Außenminister Holzhauer ein.

Allgemeines Gelächter erscholl in dem abhörsicheren Raum im Keller des Kanzleramts.

»Ich bitte Sie um etwas mehr Ernst meine Herren«, mahnte die Kanzlerin. »Fahren Sie bitte fort Herr Doktor Habighorst.«

»Während des Essens erhielt er Besuch eines französischen Staatsbürgers namens Maxime Dubois. Was dieser Herr Dubois beruflich gemacht hat, ermitteln wir im Moment noch.«

»Wieso gemacht hat?«, warf die Justizministerin ein.

»Scharf beobachtet Frau Schnackelmann, äh - Hochsiepen. Wie Sie richtig vermuten, fand der Franzose den Tod, und zwar unglücklicherweise während des Treffens mit Verteidigungsminister Bellmeyer.«

»Da hat der gute Bellmeyer seinen Job aber sehr ernst genommen was!?«, warf Außenminister Holzhauer zur allgemeinen Belustigung ein.

»Ich muss wirklich um mehr Ernst bitten, meine Herren! - Herr Habighorst, bitte.«

»Die Situation am Tatort stellte sich den italienischen

Kollegen wie folgt dar:
Dem Franzosen wurde mit dem Steakmesser des Ministers die Halsschlagader aufgeschlitzt, wodurch dieser innerhalb kürzester Zeit verblutete. Das fast zur Tatzeit dazustoßende Zimmermädchen fand Herrn Doktor Bellmeyer blutbespritzt, mit der Tatwaffe in der Hand, über das Opfer gebeugt, vor.
Sie verließ daraufhin schreiend den Tatort und beobachtete, wie zwei, zufällig zur gleichen Zeit im Hotel ermittelnde Polizeibeamte, hinter ihr den Raum betraten. Daraufhin hörte sie Kampfgeräusche und einen Schuss. Dann ist sie geflohen. Weitere Angaben zum Tathergang konnte sie daher nicht machen.
Weiter haben wir noch die Aussage eines der beiden hinzugeeilten Polizisten mit Namen Biagio Rossi. Als Rossi und sein Kollege Sergante Frattini in das Zimmer stürmten, versuchte dieser Frattini, dem Verteidigungsminister das Steakmesser zu entwinden. In dem Moment stürzte aus dem Nebenzimmer eine Person mit einer Schusswaffe herein, erschoss Frattini und schlug Rossi bewustlos. Wir vermuten, es handelte sich der vagen Beschreibung nach, dabei um Bosco Strozzi, den persönlichen Leibwächter des Ministers. Als -.«

»Alle Achtung, guter Mann dieser Strozzi!«, warf Innenminister Fiedler schnarrend ein.

»Habighorst machte ein fragendes Gesicht, dachte sich seinen Teil, verzichtete aber auf einen Kommentar zu dem Einwurf des Ministers und fuhr fort:
»Als Rossi wieder zu sich kam, waren der Leibwächter und der Minister verschwunden. Rossi nahm sofort die

Ermittlungen auf. Als den italienischen Kollegen die Namen der beteiligten Personen und damit die Tragweite der Angelegenheit klar wurde, haben sie diesen Rossi natürlich sofort beurlaubt und das BKA informiert. Wir arbeiten seit dem eng mit den Italienern zusammen. Hinzufügen möchte ich noch, dass der Portier vermutet, eine dritte Person, eine junge Dame, die kurz vor den Morden das Hotel verlassen hatte, könnte die Suite des Ministers ebenfalls bewohnt haben. Der Name der Dame ist uns mittlerweile bekannt, und auch das zweifelhafte Gewerbe, dem sie nachzugehen pflegt. Ihr derzeitiger Aufenthaltsort ist uns jedoch nicht bekannt.

Das ist zusammengefasst die Lage, wie sie sich uns zum jetzigen Zeitpunkt darstellt.«

»Herr Doktor Habighorst, ich danke Ihnen für ihre Ausführungen. Wir werden uns jetzt beraten und Sie danach wissen lassen, wie wir uns das weitere Vorgehen vorstellen. Ich darf Sie bitten, in der Cafeteria zuwarten, wir lassen Sie dann rufen.«

Nachdem Habighorst den Raum verlassen hatte, begannen die Minister lautstark durcheinander zureden und Mutmaßungen über die Tathintergründe anzustellen.
»Meine Herren, meine Dame, so kommen wir doch nicht weiter«, mahnte die Kanzlerin zur Ruhe. »Sie missverstehen die Situation. Die Frage für uns ist doch nicht, ob der gute Bellmeyer schuldig ist oder nicht. Nein, die Frage ist, wie WIR sauber aus der Angelegenheit herauskommen. Der Worst Case wäre, dass er den Franzosen ermordet hat. Davon sollten wir durchaus ausgehen, denn der Hellste ist unser Bellmeyer ja nicht. Die fragwürdige Dame in seiner

Begleitung lässt zumindest wieder darauf schließen, dass er sein Gehirn zurzeit in der Hose trägt. Warum er zum Mörder geworden ist, oder geworden sein könnte, spielt keine wirkliche Rolle, denn so darf es einfach nicht gewesen sein. Schadensbegrenzung ist angesagt. Kennt jemand diesen Leibwächter, diesen Strozzi, näher? - Nein - nun, egal. Der Mann hat nachweißlich den Polizisten erschossen, warum soll er dann nicht auch noch den Franzosen abgemurkst haben. Das wäre für uns alle die beste Erklärung. Das Bellmeyer geflohen ist stellen wir zunächst mal als Entführung durch diesen Strozzi dar.«

»Der Meinung bin ich auch«, meldete sich Justizministerin Schnackelmann-Hochsiepen zu Wort. Strozzi muss über die Klinge springen, zum Wohle des Staates. Wir verpassen ihm eine entsprechende Vorgeschichte, die die Tat glaubhaft aussehen lässt, vielleicht irgendein Dachschaden, `ne schwere Kindheit oder sowas. Bei der Behörde, welche ihn bei seiner Einstellung überprüft hat, sollte vielleicht auch noch ein Bauernopfer gebracht werden, um die Sache glaubhaft abzurunden.«

»Und was machen wir mit Bellmeyer?«, fragte Finanzminister Schnorrheimer.

»Den stellen wir natürlich als Opfer dar und schicken ihn bei vollen Bezügen nach Hause, wie üblich. Das heißt, natürlich nur, wenn er wieder auftaucht. Ansonsten, Staatsbegräbnis mit allem Furz und Feuerstein. Er hat schließlich immer im Sinne der Partei und zum Wohle des Volkes gehandelt. Da können wir ihm doch nicht in den Rücken fallen. Denken sie immer daran, es könnte jeden von uns treffen«, antwortete die Kanzlerin. In Gedanken fügte Sie hinzu, *außerdem weis er Zuviel. Mit einem vollen Bankkonto schweigt sich`s leichter, das wissen wir doch alle.*

»Was ist mit Josef Schmidt? Klären wir den BKA-Mann über seine Identität auf?«, fragte Außenminister Holzhauer.

»Ich denke, das würde ihn nur auf unnötige Spuren locken«, entgegnete die Kanzlerin bestimmt. »Wir wollen doch unsere guten Verbindungen zur Waffenindustrie nicht aufs Spiel setzen. Der nächste Wahlkampf finanziert sich schließlich nicht von allein. Wenn ich mich recht erinnere, war Granaten Schmidt immer sehr großzügig«, konstatierte die Kanzlerin mit maliziösem Lächeln auf den schmalen Lippen, bevor sie fortfuhr, » ein weiterer loser Faden ist dieser Rossi, und natürlich das Zimmermädchen. Die beiden haben gesehen, dass der Franzose schon tot war, bevor Strozzi dessen Kollegen erschoss. Ich werde mit dem italienischen Justizminister über die Angelegenheit sprechen. Die Zeugen müssen irgendwie zum Schweigen gebracht werden, und ihre Aussagen müssen vom Tisch.«

Die Kanzlerin schaute fragend in die Runde.

»Hat jemand andere, bessere Vorschläge, wie wir mit dieser unschönen Angelegenheit weiter verfahren sollten? - Nein? - Dann machen wir es erst einmal so, wie besprochen. Wenn Bellmeyer früh genug wieder auftaucht, ist alles paletti, wenn er zu spät auftaucht, oder am falschen Ort, nun das wäre schlecht. Wir müssten ihn auf jeden Fall einfangen, ruhigstellen und uns eine Geschichte über seinen zwischenzeitlichen Verbleib ausdenken. Ob er will oder nicht. Ich instruiere gleich die Pressesprecherin über den Inhalt der Presseerklärung. Viel länger können wir das Verschwinden des Ministers nicht verheimlichen. Wir müssen von vorneherein die Presse auf die falsche Fährte locken. Die Medien haben wir wie immer im Griff, da sehe ich kein Problem. Dann lasse ich jetzt diesen Habighorst rufen.«

Zehn Minuten später setzte Kanzlerin Rautenstrauch, den BKA Beamten darüber in Kenntnis, wie die Regierung den Fall Bellmeyer behandelt sehen möchte.
Die Sprecherin des Kanzleramts wurde angewiesen, eine entsprechende Meldung an die Medien herauszugeben.

Brücke der Happy Sea

»Kapitän, Sie wollten mich sprechen?«, fragte Holger Pfeifer förmlich, als er den Steuerstand des Kreuzfahrtschiffes betrat und eine ihm unbekannte Person bei Kapitän Hellemann stehen sah.

»Herr Pfeifer, darf ich Ihnen Commissario Biagio Rossi vorstellen. Commissario, - der Geschäftsführer unserer Reederei, Herr Holger Pfeifer.«
An Holger gewandt, fuhr Fritz fort: »Herr Rossi hat mich Minuten vor unserer Abfahrt in Genua davon in Kenntnis gesetzt, dass er auf dem Schiff zwei flüchtige Gangster vermutet. Ich habe ihm daraufhin die Erlaubnis erteilt, an Bord bleiben zu dürfen, um die Verbrecher unterwegs dingfest zu machen.«

»Was haben die bösen Buben denn ausgefressen, wenn ich fragen darf?«

»Es handelt sich um eine etwas delikate Angelegenheit, Herr Pfeifer. Sie könnte bis in höchste Regierungskreise reichen. Ich darf darüber eigentlich nicht sprechen. Aber in Anbetracht der Situation ist es vielleicht besser, wenn Sie wissen, mit wem Sie es an Bord ihres Schiffes zu tun haben. Ich muss Sie beide allerdings um absolute Verschwiegenheit bitten. - Also, ich verfolge zwei flüchtige Mörder, die in Genua im Interconti Hotel meinen jungen Kollegen und eine weitere Person getötet haben.«

»Ach du Scheiße! Mörder!? Auf unserem Schiff! Das ist ja

eine Katastrophe!«, entfuhr es Holger.

»Ganz sicher bin ich mir nicht, aber ich habe die beiden bis in den Hafen verfolgt. Eine dritte Person, sie befindet sich nachweislich hier auf der Happy Sea und reist unter dem Namen Larissa Belmonte, sie ist vermutlich die Geliebte des einen Täters. Sie bewohnt zurzeit die Suite 101.«

»101!!?«, das ist genau neben meiner Suite!!!«

»Machen Sie sich keine Sorgen, ich persönlich halte die Dame nicht wirklich für gefährlich. Aber wenn die Flüchtigen sich auf dem Schiff verstecken, werden sie mit Sicherheit versuchen, Kontakt zu dieser Larissa Belmonte aufzunehmen. Bei der Gelegenheit hoffe ich, die Mörder zu schnappen.«

»Was ist jetzt eigentlich so delikat an dem Fall?«, fragte Fritz.

»Tja, meine Herren, der eine Täter, und seinen sie versichert, ich hab ihn blutbesudelt über die Leiche gebeugt gesehen, mit der Tatwaffe in der Hand, - also, das ist Cornelius Bellmeyer.«

»Bellmeyer - ? - DER Cornelius Bellmeyer?!!! Verteidigungsminister Bellmeyer?!! Sie wollen uns doch verarschen!? - Hier an Bord?«, Holger schaute sich um. »Wo ist die versteckte Kamera?«

»Keineswegs meine Herrn. Ich vermute, er hatte sowieso vor, auf diesem Schiff zu reisen. Incognito versteht sich.«
»Wie kommen Sie darauf? Mir ist keine entsprechende

Buchung bekannt.«

»Inkognito.«

»Ah, logisch.«

»Da wäre zum einen die im Voraus gebuchte Suite, welche das Budget dieser Larissa Belmonte, was übrigens ein Künstlername ist, deutlich übersteigt. Zum Anderen ihre, laut Aussage des Portiers, Anwesenheit in dem Hotelzimmer des Ministers. - Sie müssen wissen, die Dame ist für viel Geld zu mieten. Das alles lässt mich auf ein geheimes Tête à Tête in Abwesenheit der Ehefrau schließen. Irgendetwas muss im Hotel dann allerdings total aus dem Ruder gelaufen sein.«

»Nun, Herr Rossi, es fällt mir noch immer schwer, ihre Story zu glauben. So ein Skandal müsste doch mittlerweile in den Nachrichten auf allen Sendern, weltweit zu hören sein.«

Gerade als Rossi zu einer Erwiderung ansetzen wollte, meldete sich Fernmeldeoffizier Martin Winsel auf der Brücke.
Martin arbeitete im Funkraum der Happy Sea und war für jegliche Art von Kommunikation zuständig. Seit die Passagiere alle mit Handys herumspielten, war es auch seine Aufgabe möglichst durchgehend für ein stabiles WLAN-Netz an Bord zu sorgen. Es war den Passagieren oft nicht begreifbar zu machen, das Handy-Verbindungen auf hoher See über teuere Satellitenverbindungen geschaltet wurden, und nicht über fünftausend Meter hohe Sendemasten, die aus dem Meer wüchsen.

Martin war ein typischer Vertreter der Gattung Nerd, also jener Mitbürger, die glücklich waren, wenn man sie in Ruhe mit ihrem Computer arbeiten lies und nicht störte. Wenn Martin aufgeregt war, fing er immer leicht an zu stottern. Seltsamerweise aber nie beim Funken.

»Kapitän, ich w-weis nicht, o-o-ob es wichtig ist, aber Sie mö-möchten jjjjjj-a über alles informiert werden. Ich ha-ha-be eben eine M-M-Meldung der Deutschen Welle aufgeschnappt. Ich ddddd - .«

Martin, sing es doch einfach.« Fritz sah ihn aufmunternd an.

»Ha-Ha-Heiß ich R-R-Rammelha-ha-mmer?!«, empörte sich Martin. »Hi-Hier, l-l-lesen S-s-sie selber.« Mit den Worten überreichte er dem Kapitän die Abschrift der Radiomeldung.
Fritz wandte sich an den Commissario. »Darf ich vorstellen, erster Funkoffizier, Herr Winsel.«

Rossi hob nur erstaunt eine Braue, und nickte Winsel freundlich zu.

Fritz warf einen Blick auf die Nachricht und fasste zusammen:
»Also, im Interconti in Genua gab es eine Schießerei. Zwei Tote.
Und der deutsche Verteidigungsminister wurde von seinem Leibwächter entführt. Bisher fehlt von ihm jede Spur.
Es gibt auch noch keine Forderungen des oder der Entführer. Man vermutet ausländische, möglicherweise osteuropäische Mächte hinter der Entführung. Aber das ist

noch nicht bestätigt.«

Danke Martin, das ist wirklich interessant. Halt mich in der Angelegenheit bitte auf dem Laufenden«, erwiderte Fritz.

Nachdem Martin die Brücke verlassen hatte, starrten der Kapitän und Holger den Commissario fragend an.

»Meine Herren, dafür habe ich nur eine Erklärung, hier stinkt etwas gewaltig zum Himmel. Ich versichere Ihnen, dass ich dabei war, als mein Kollege erschossen wurde. Ich habe mit eigenen Augen den Minister mit einem blutigen Messer in der Hand über einen zweiten Toten gebeugt gesehen. Das können Sie mir jetzt glauben oder nicht, aber es war so.«

»Tja Herr Rossi, versetzen Sie sich mal in unsere Lage, welche Version sollen wir glauben?«, fragte Holger.

»Was wir zuerst nicht für möglich gehalten haben, dass nämlich Verteidigungsminister Bellmeyer in die Sache verwickelt sein soll, hat sich jetzt bestätigt. Es geht also nur noch um die Frage, ist Bellmeyer der Mörder oder das Opfer«, fasste Fritz die Informationen zusammen. »Wenn er der Mörder ist, glaube ich nicht, dass die in Berlin uns das so einfach erzählen werden. Wie ich den Staat einschätze, würden die das Blaue vom Himmel lügen, um so etwas zu vertuschen.«

»Da stimme ich dir zu, was nicht sein darf, dass nicht sein kann«, meinte Holger versonnen.

»Meine Herren, versuchte Rossi die Angelegenheit auf den Punkt zu bringen, »um herauszufinden, welche Version die Richtige ist, müssen wir die Flüchtigen erst einmal haben. Das sollte jetzt unser oberstes Ziel sein. Ich schlage vor, sie kümmern sich um die Kreuzfahrt, und ich werde diskret ermitteln. Könnten wir uns vorerst darauf einigen?«

»Das klingt vernünftig Herr Rossi. Sollen wir den Behörden mitteilen, dass wir den Verteidigungsminister hier an Bord vermuten?«

»Da bin ich mir zu diesem Zeitpunkt nicht so sicher meine Herren. Erstens wissen wir nicht genau, ob die beiden tatsächlich hier sind und zweitens wollen die in Deutschland es vielleicht gar nicht hören. Wir sollten damit noch warten.«

Rezeption der Happy Sea

Es knackte in den, überall verteilten Lautsprechern und Gerlinde Klüsenpichlers blechern entstellte Stimme schallte über das Schiff.

»Verehrte Reisegäste, liebe Kinder. Die Nautilus Reederei begrüßt sie herzlich an Bord der Happy Sea. Die Lufttemperatur liegt heute bei 32 Grad, der Himmel ist wolkenlos und die Sonne brennt gnadenlos. Vergessen sie bitte nicht, sich ausreichend einzucremen. Sonnencreme gibt es wie immer im Bordshop.
Wir haben gestern Genua verlassen, jetzt unsere Flughöhe erreicht und werden morgen früh in der wunderschönen Stadt Palermo landen. Dort bieten wir Ihnen die Möglichkeit zu einem ausgedehnten Einkaufsbummel. Gegen Abend geht die Reise weiter in Richtung Algier, wo wir übermorgen Vormittag anlegen werden.
Ich möchte die Gelegenheit nutzen, sie kurz auf unsere zahlreichen Freizeitangebote hier an Bord hinzuweisen.
Der Zirkus Trallafitti, welcher uns exclusiv nur auf dieser Reise begleitet, bietet neben mehreren Vorstellungen auch einen Workshop für angehende große und kleine Artisten an. Näheres erfahren Sie bei unseren Animateuren, die sich vorwiegend im Poolbereich aufhalten. Ferner haben wir nach langen harten Verhandlungen einen der führenden Tai Chi Experten des Fernen Ostens verpflichten zu können. Meister Hop Sing bietet für alle Interessierten, morgens ab zehn Uhr, auf dem Oberdeck eine Einführung in die Kunst des chinesischen Schattenboxens.
Für alle Teilnehmer unserer speziell angebotenen

Single-Reise, die bis jetzt noch keinen Partner gefunden haben, findet im großen Speisesaal ab 15 Uhr ein weiteres Speed-Dating statt. Dort haben sie Gelegenheit, andere Alleinreisende näher kennen zu lernen.
Für all jene, die der Meinung sind, Liebe gehe eher durch den Magen, veranstaltet unser bekannter Küchenchef Jérôme Dupont heute ab 14 Uhr einen Kochkurs, speziell für die Zubereitung von Meerestieren. Da die Teilnehmerzahl auf zwanzig begrenzt ist, bitte ich alle Interessierten, sich möglichst zeitnah bei mir an der Rezeption anzumelden. Sämtliche Kurse und sonstige Freizeitangebote sind natürlich wie immer kostenlos. Ich wünsche Ihnen allen weiterhin eine angenehme Kreuzfahrt.«

Zehn Minuten später baute sich Chefkoch Jérôme Dupont mit hochrotem Gesicht vor der Rezeption auf.
»Gerlinde, wer hat dir denn DEN Blödsinn eingeflüstert? Wer ist auf die bescheuerte Schnapsidee gekommen, ich hätte neben meiner normalen Arbeit auch noch die Zeit, irgendwelche dahergelaufenen Frittenfresser in die hohe Kunst der Nouvelle Cuisine einzuführen?«

»Das war die Idee von Samantha Klose, unserer aller Chefin höchstpersönlich. Ich kann dir sogar verraten, dass sie selbst unter den Teilnehmern sein wird. Frau Klose ist der Meinung, da sie ja bald heiratet, ihre Defizite in der Küche etwas aufzufrischen zu müssen.»

»Kloses Witwe ist auch an Bord?!«
Der Name Klose weckte in Jérôme noch immer unangenehme Erinnerungen an eine chaotische Kreuzfahrt vor acht Jahren.

»Ja mein kleiner Bocuse, Kloses Witwe und baldige Frau Pfeifer. Aber Pssssst!!! - Großes Geheimnis. Es soll noch keiner wissen, dass die beiden auf dieser Reise heiraten wollen.«

»Es bleibt einem aber auch nichts erspart. Wohlmöglich wollen die auch noch ein Hochzeitsmenü!«

Als sich Jérôme auf den Weg in die Küche gemacht hatte, trat ein wohlbeleibter älterer Herr an die Rezeption, der von einem kleinen weißen Terrier begleitet wurde. Er blickte auf seinen Hund herab, befahl: »Sitz! Bocuse« und fuhr dann an die Hotelchefin gewandt in gleichem Befehlston fort, »notieren Sie bitte, Gerhard Esser, 14 Uhr, Kochkurs mit diesem Dingsda, diesem Dupont.«

»Der ist aber gut erzogen, ich meine den Hund«, sagte Gerlinde lächelnd, mit Blick auf den Terrier, der dem Kommando umgehend Folge leistete und erwartungsvoll neben seinem Herrn saß.
»Aber gerne buche ich Sie auf den Kurs, Herr Esser. Wie passend für einen Kochkurs, - ihr werter Nachname, meine ich.«

»Ich lache später, Frau - äh - «. Esser setzte umständlich die, an einem Band um den Hals baumelnde Brille auf, um einen Blick auf Gerlindes Namensschild zu werfen. »Frau Klüsenpichler.«

Nachdem er die Sehhilfe wieder aus dem Gesicht auf seinen ausladenden Bauch gepflanzt hatte, fuhr er in gleichem

Befehlston fort: »Wo und wann habe ich mich einzufinden?«

»Herr Dupont wird die Teilnehmer um Punkt dreizehn Uhr fünfundvierzig hier abholen! Um Pünktlichkeit wird gebeten!«
Beinahe hätte Gerlinde noch salutiert, aber das verkniff sie sich dann doch. Sie hatte sich angewöhnt, auch bei arroganten oder unfreundlichen Gästen ruhig zu bleiben. Mit den Jahren war ihr Fell dicker geworden.

»Bocuse! Komm, wir gehen!« Der Hund erhob sich brav und folgte seinem Besitzer in Richtung der Kabinen.

Sie trat kurz in das, hinter dem Empfangstresen gelegene Zimmer, schraubte den Deckel von ihrem Flachmann und gönnte sich einen großen Schluck feinsten Wodkas. Das war keine wirklich empfehlenswerte Methode mit dem Alltag einer Hotelchefin auf einem Kreuzfahrtschiff fertig zu werden, aber es war Gerlindes Methode. Da sie dies schon seit Jahrzehnten so hielt, war es für niemanden ratsam, mit ihr um die Wette zu trinken.
Sie griff nach dem Telefonhörer und rief Martin Winsel im Funkraum an.
»Martin, hier spricht Gerlinde Klüsenpichler.«

»G-G-Gerlinde?! Ich da-dachte, du seist in Rente?!

»Du musst mich das nächste halbe Jahr nochmal ertragen, ich vertrete Hermine, solange die im Mutterschaftsurlaub ist.«

»Schön zu hö-hö-!«

»Lass gut sein Martin, schau doch mal bitte, was du über einen unserer Reisegäste herausfinden kannst. Er hört auf den Namen Gerhard Esser, wohnhaft in Bayreuth, Küfergasse 22 und ist ein unsympathischer Zeitgenosse. Ich wüsste gerne, mit wem ich es zu tun habe.«

»G-gerne Gerl-linde! W-W-wird soofrt erlllllle-le-digt.«

Praxis Dr. Sophia Edelkamp-Flottgrebe

Manni Rammelhammer lag mit geschlossenen Augen auf der dunkelgrünen Ledercouch und redete sich seinen Frust von der Seele. Die Psychologin saß entspannt in ihrem bequemen Ledersessel. In Gedanken versunken, blickte sie durch die riesigen Panoramafenster auf den sanft wogenden Ozean. Ihre Anwesenheit an Bord war auf Wunsch der Reederei, genauer gesagt, auf Wunsch von Samantha Klose arrangiert worden. Samantha besuchte ihre Psychologin einmal wöchentlich und hielt es für eine gute Idee, sie bei Ihrer Hochzeit dabei zu haben. So hatte man zwei Fliegen mit einer Klappe geschlagen und Sophia eine Praxis eingerichtet, in der sie Passagiere, natürlich gegen Bezahlung, behandeln konnte.

»Frau Edelkamp-Flottgrebe, finden Sie, dass ich alt aussehe?«

»Sagen Sie doch während der Sitzung Sophia zu mir, das ist einfacher.«

»Gerne Sophia.«

»Was meinen Sie mit alt?«

Rammelhammer konnte seine Erregung kaum noch verbergen. Diese Psychologin hatte so eine seidenweiche, einfühlsame Stimme, die alles in ihm zum Schwingen brachte.

»Manni? - Hören Sie mir zu? - Was meinen Sie mit alt? - Fühlen Sie sich innerlich alt, oder glauben Sie, dass Sie äußerlich alt wirken?«

»Also innerlich, ich meine physisch bin ich topfit, das können Sie mir glauben!«, protestierte der Schlagerbarde schnell, um ja keinen falschen Eindruck zu hinterlassen. »Nein, ich meine hier, so um die Lippen rum, der Hals ist ganz faltig, die Augenlieder hängen etwas, - das meine ich.«

»Aber Manni, das stört Sie? Wie alt sind Sie, wenn ich fragen darf?«

»56.«

»Aber da ist das doch völlig normal.«

»Ja aber Sie sollten mal die Fans sehen, die mich auf der Bühne bejubeln, - wie jung die oft sind. Meist bin ich froh, dass die mich nur aus der Ferne sehen.«

»Sie sollten versuchen, Ihr Äußeres zu akzeptieren, nur so werden Sie Ihren Frieden finden.«

»Dann meinen Sie also, ich sehe nicht alt aus?«

»Manni Sie sehen für Ihr Alter absolut gut aus, glauben Sie mir.«

»Ach, das sagen Sie jetzt nur so.«

»Sie sehen phantastisch aus. - Ist es das, was Sie hören

wollen?«

»Ja, - nein, - ach ich weis auch nicht.

»Denken Sie noch mal in Ruhe darüber nach. Wir können gerne einen weiteren Termin in dieser Woche vereinbaren.«

»O.k. Sophia, ich melde mich, sobald ich mir über das klar geworden bin, worüber wir geredet haben.«

»Gut Manni, es war schön, Sie kennengelernt zu haben.«

Manni erhob sich schwerfällig von der Liege und verabschiedete sich.
Das hat jetzt überhaupt nichts gebracht, dachte er beim Rausgehen. Auf dem Flur fiel ihm die Werbung der Bordklinik auf. Botoxbehandlung quasi im Vorbeigehen. Also Rein, Raus, fertig. So etwas liebte er. Nach kurzer Überlegung und da er sowieso nichts weiter geplant hatte, beschloss Manni, sich zumindest mal unverbindlich beraten zu lassen.

»Doktor Horatio von Hollerbeck«! Die Hand forsch ausgestreckt, der Kittel wehend, so eilte der junge Bordarzt mit strahlendem Lächeln auf den neuen Patienten zu. »Herr Rammelhammer, was kann ich für Sie tun?!«

»Guten Tag Herr Doktor, schön, dass Sie Zeit für mich haben. Ich sah im Vorbeigehen draußen ihre Werbung und wollte mich mal unverbindlich beraten lassen.» Mit den Worten begann Manni dem Arzt zu erklären, warum er glaubte, eine Straffung seiner Gesichtszüge, könnten ihn zehn Jahre jünger aussehen lassen.

»Nun Herr Rammelhammer, dem kann ich nur zustimmen. - Darf ich ganz ehrlich zu Ihnen sein?«

»Aber immer.«

»Wenn ich mit Ihnen fertig bin, und das sage ich aus tiefster Überzeugung, sowie langjähriger Erfahrung, werden Sie sich selbst kaum wiedererkennen. Es bedarf nur einiger kleiner Korrekturen. Zuerst einmal die Lippen. Sie haben sehr schmale Lippen. Dadurch wirken ihre Gesichtszüge hart und, - entschuldigen Sie, wenn ich das sage, - unnötig verkrampft. Menschen mit vollen Lippen kommen eindeutig sympathischer rüber. Ich könnte mir vorstellen, dass dies in Ihrem Beruf außerordentlich hilfreich wäre. Lippen aufzuspritzen ist heutzutage ja keine große Sache. Es ist wie das Ausbeulen einer alten Stoßstange, in der Autowerkstatt ihres Vertrauens, wenn Sie mir diesen Vergleich erlauben, Herr Rammelhammer.«

»Da haben Sie sicher recht, Herr Doktor«

»Natürlich habe ich recht. - Des Weiteren, - ach, stellen Sie sich doch bitte mal hier vor den Spiegel - sehen Sie das - hier im Bauchbereich? Eine kleine Fettabsaugung hier und hier und da und dort und schon sehen Sie wieder aus wie ein Leistungssportler.«

»Ja geht denn das so einfach?«

»Selbstverständlich, das regeln wir ambulant, und danach lade ich Sie zu einem Gläschen Sekt in die Bordbar ein. Bevor ich`s vergesse - Ihre Stirn - also wenn Sie Ihre Brauen heben, sieht die aus wie das Waschbrett einer Bluegrass Band. Da empfehle ich eine klitzekleine Botoxbehandlung, und schon wird aus Ihnen ein neuer Mensch.«

»So einfach ist das?!«

»Aber selbstverständlich, und das sind nur die Dinge, welche wir jetzt und hier und sofort erledigen könnten. Innerhalb zwei Stunden ist alles vorbei und Sie können ihre Reise weiter genießen.«

»Was empfehlen Sie mir denn noch?«

»Nun, wir könnten Ihrer schon recht fortgeschrittene Stirnglatze mittels Haarverpflanzung zu Leibe rücken. Das ist allerdings etwas Zeitaufwändiger, und da ich nur hier auf dem Schiff praktiziere, kommt das für Sie sicher nicht in Frage.«

Oh das trifft sich sogar sehr gut Herr Doktor, ich arbeite zeitweise auch hier auf der Happy Sea als Entertainer. Ich werde Sie auf der nächsten Reise auf jeden Fall noch mal ansprechen.
Sie meinen also zwei Stunden und ich bin wieder ein neuer Mensch!? - Und was würde mich die Behandlung hier auf dem Schiff kosten?«
»Da kann ich Ihnen ein super Angebot machen. Diese Woche bieten wir alle unsere Behandlungen mit einem Preisnachlass von zwanzig Prozent an. Lassen Sie mich

nachrechnen, - Fettabsaugung 5000 Euro, Lippen aufspritzen 1200 Euro und die Botox Behandlung ihrer Stirn 800 Euro, das macht dann zusammen, summa summarum, 7000 Euro Herr Rammelhammer. Das ist natürlich ein Sonderpreis, der nur diese Woche gilt.«

»SIEBENTAUSEND EURO?«

»Ja, ein Sonderpreis, wie ich schon sagte. Ich weiß auch nicht, welcher Clown mich geritten hat, das alles so günstig anzubieten.«
Horatio von Hollerbeck nahm den Telefonhörer und drückte eine Taste.
»Ramona, bitte schau doch mal nach, wie unser OP heute und in den nächsten Tagen belegt ist. - Voll sagst du? - Könntest du mir heute noch drei Stunden freischaufeln? - DER hat heute noch einen Termin? Der Tennis-Profi?- Könnten wir den nicht verschieben?! - Ja?! - Wunderbar, warte mal einen Moment«. Horatio bedeckte mit der Hand die Sprechmuschel. »Herr Rammelhammer, wir könnten Sie noch heute behandeln. Der nächste Termin wäre dann erst in vier Tagen, also kurz vor der Ankunft auf Teneriffa. Sie müssten sich allerdings sofort entscheiden.«

Siebentausend Euro sind viel Geld, dachte sich Manni, *aber zehn Jahre Jünger auszusehen, ist die Sache schon wert.* Vielleich könnte er die Behandlung auch noch als Werbungskosten steuerlich geltend machen. Das verdammte Finanzamt saugte ihn sowieso ständig aus wie ein Blutegel.

»Ok, ich machs.«

»Ramona? - Cancel den Termin von diesem Tennisspieler und trag bitte Herrn Rammelhammer ein. - Ja, der bekannte Sänger und Entertainer, - kennst du? - Nötig meinst du? - Ja, deshalb ist er ja hier.«

Von Hollerbeck legte den Hörer wieder auf die Gabel und beendete so die imaginäre Verbindung zum Vorzimmer.

»Ach, beinahe hätte ich es vergessen«, er nahm wiederum den Hörer auf. Drückte diesmal die richtige Verbindungstaste zu seiner Sprechstundenhilfe.
»Ramona bringe mir doch bitte die Papiere für eine Liposuktion, eine Hyaluronsäure Injektion, sowie eine Botox-Behandlung der Stirn.«

Manni sah ihn fragend an.
»Ja Herr Rammelhammer, der leidige Papierkram. Zahlen Sie mit Karte oder Bar?«

»Bitte?«

»Nun, die Kasse bezahlt diese Behandlungen leider nicht, deshalb fragte ich, ob Sie mit Karte oder Bar bezahlen. Bei Barzahlung könnte ich Ihnen noch etwas entgegenkommen.«

»So viel Bargeld habe ich natürlich nicht dabei Herr Doktor, ich zahle mit Karte.«

»Natürlich, selbstverständlich.«
Manni glaubte, leichte Enttäuschung aus den Worten herauszuhören.

Die Tür öffnete sich, und Ramona Eulenstein brachte die geforderten Papiere.

»So Herr Rammelhammer, wenn Sie bitte hier und hier und hier unterschreiben und diesen Fragebogen ausfüllen würden.«

»Was ist das?«

»Das sind nur die OP-Einwilligungserklärung und die üblichen Fragen nach Vorerkrankungen, etwaigen bestehenden Allergien und Medikamenten-Unverträglichkeiten. Sie sehen, alles vollkommen normal.«

»Ah ja, - selbstverständlich.«

»Ramona bereitest du bitte OP 1 für die Fettabsaugung vor.«

»Herr Doktor, hier steht was von Komplikationen. Blutergüsse, Taubheitsgefühl, hängende Augenlieder, Kopfschmerzen, schiefe Lippen?«

»Das müssen wir schreiben. Wir sind verpflichtet den Patienten auf jede, noch so unwahrscheinliche Nebenwirkung aufmerksam zu machen. Haben Sie sich schon mal den Beipackzettel Ihrer Kopfschmerztabletten durchgelesen? - Sehen Sie, und trotzdem schlucken Sie die Pillen. - Und, - helfen die? - GENAU. Lesen Sie sich ruhig alles in Ruhe durch.«

Ramona hielt ihm das Kreditkarten-Lesegerät hin.

»Wenn Sie so freundlich wären, dann könnte ich den OP schon mal vorbereiten.«

»Äh - ja.«
Manni steckte seine Karte ins Gerät und 7000 Euro wechselten den Besitzer.

»So, jetzt nur noch die drei Unterschriften, hier - und hier - und dort. Sehr schön, nun steht ihrer Verschönerung nichts mehr im Wege. - Danke Herr Rammelhammer, Sie werden es nicht bereuen. Bei uns sind Sie in den besten Händen, vertrauen Sie mir. Schwester Ramona wird Sie nun für den Eingriff und alles Weitere vorbereiten.«

Happy Sea Kabinenbereich

Um 9:30 desselben Morgens klopfte Bodo Grabowski an die Tür der Außenkabine 222.

»Herr Esser!? Hier ist der Hundesitter. Ich möchte Ihren Terrier zum Gassi gehen abholen!«

Die Tür öffnete sich und dem Bodo bot sich ein skurriler Anblick.

Lindgrüne, in rosarote Gesichtscreme gepappte Gurkenscheiben umrahmten die faltigen Lippen eines, von spärlichem Haarwuchs gekrönten Hauptes. Der Gürtel des schwarz-weiß gestreiften Bademantels bewahrte den unfreiwilligen Betrachter vor dem Anblick eines weit ausladenden Fettpolsters.

»Äh - guten Morgen Herr Esser. Ist Ihr Hund bereit zu einem - äh - Spaziergang?«

Bodo hatte Mühe, beim Anblick des Gurkenmonsters die Fassung zu waren.

»Kennen Sie sich auch wirklich mit Hunden aus? Bocuse ist sehr wählerisch, was seinen Umgang angeht«, fragte Gerhard Esser, offensichtlich ohne sich seines Aussehens bewusst zu sein. Er erwartete nicht wirklich eine Antwort. Abfällig musterte er Bodos grünen Overall mit dem großen Logo der Reederei und der quer darüberliegenden Aufschrift, Happy Doggie.

»Wer hat sich diese dämliche Verkleidung ausgedacht?!«

Bodo wollte eigentlich mit einer Bemerkung über die

gewagte, frugale Maskerade seines Gegenübers kontern, besann sich aber, hinsichtlich des gut bezahlten Jobs, eines Besseren und antwortete: »Da müssen Sie sich bei Herrn Pfeifer beschweren, ich hab die Arbeitskleidung von der Reederei bekommen. Wo ist denn nun der Hund?«

»Bocuse ist nicht einfach nur ein Hund! Junger Mann, es handelt sich hier um einen Scottish Black and White Terrier mit einem Stammbaum bis in den französischen Hochadel! Sein Name ist Bocuse, merken Sie sich das!«

»Natürlich.«
Bodo nahm eine golddurchwirkte Hundeleine in Empfang.

»Und das Sie mir meinen kleinen Liebling bloß gesund wiederbringen!«

»Herr Esser, gestatten Sie, dass ich ein Foto von Ihnen und Bocuse mache. Nur damit ich Ihnen nachher den richtigen Hund zurückbringe. Ich habe nämlich noch fünf andere Hunde, um die ich mich heute kümmern muss.«

»Ich bitte darum. Fremde Hunde sagten Sie! -Na, ob das Bocuse gefallen wird?! Aus welchem Hause stammen denn die anderen Tiere?«

»Nun, da wäre der Terrier eines Grafen, dann der Mops aus Suite 112, der Dalmatiner eines irischen Whiskey-Herstellers, ein Chihuahua, der gehört, - warten Sie ich muss nachschauen - , ja, hier steht es, zu Suite 119. Außerdem der Bernhardiner aus Suite 188.«

»Na da sind wir aber beruhigt, nicht wahr mein Schatzilein, lauter Hunde aus gutem Hause, keine vulgären Straßenköter aus dem Unterdeck. Da wirst du dich bestimmt wohl fühlen.«

»Wenn wir jetzt vielleicht das Foto machen könnten? Nehmen Sie doch bitte den Hund auf den Arm und stellen Sie sich vor die Tür ihrer Suite, damit ich die Kabinennummer mit im Bild habe. Ja, so ist es gut!«, lobte Bodo den exzentrischen Hundebesitzer. Danke, Herr Esser, ich bringe Ihnen Bocuse in zwei Stunden wohlbehalten zurück.«
Nachdem Gerhard Esser die Tür wieder geschlossen hatte, schlurfte er in seinen braun karierten Pantoffeln zielstrebig auf das große, zur Außenkabine gehörende Badezimmer zu. Als er den großen Spiegel in seiner Suite passierte, stieß er erschrocken einen langen, schrillen Schrei aus. Er blickte bestürzt in sein, mit Gurkenscheiben bepflastertes Gesicht.
Der Hundesitter! Was muss dieser Tierpfleger nur von mir gedacht haben!? Und dann das Foto! Er hat ein Foto von mir und Bocuse gemacht! Na ein Glück, das man mich nicht erkennt.«

Weiter oben, auf der, das gesamte Schiff umspannenden, teakholzbelegten Promenade, tummelten sich in diesen frühen Morgenstunden schon die ersten Jogger, um sich für den Tag fit zu machen. Auch Thorben und Sieglinde Scheuermann absolvierten hier ihre Runden. Trainiert wurden die beiden von Hop Sing, der neben den Tai Chi Kursen auch als Personal-Trainer gebucht werden konnte.
Beim Bewerbungsgespräch in der Reederei, zu dem der 42-jährige Sohn koreanischer Einwanderer von der Agentur

für Arbeit beordert worden war, hatte er anfangs den Eindruck, allein sein asiatisches Aussehen wäre dieser Frau Möhrenschläger wichtig gewesen.
Die wollte doch tatsächlich wissen, ob er asiatische Kampfkünste beherrschte. Diese Westler schauten definitiv zu viel Fernsehn. Als ob jeder Asiat ein zweiter Bruce Lee wäre.

Hop Sing hatte sich in seinem ganzen, bisherigen Leben weder für Kampfkünste noch für Tai Chi, oder überhaupt für Sport interessiert. Man durfte ihn getrost als klassischen Couch-Potato bezeichnen. Hop Sing bewegte sich nur, wenn sein Job es erforderte, dann allerdings bis zur Erschöpfung.
Da ihm nach der Pleite seines Restaurants noch diverse Schuldner im Nacken saßen, und er deshalb Geld brauchte, um eine Zeit lang aus Hamburg zu verschwinden, kam das Jobangebot wie gerufen. Mit humorlosen, zu schmerzhaften Gräueltaten bereiten, chinesischen Geldeintreibern im Nacken, avancierte der Koreaner während des Bewerbungsgesprächs zum Tai Chi Experten, beherrschte diverse Kampfkünste, hatte sogar einen Bruder bei den Shaolin Mönchen im Kloster und beim letzten Iron Man Wettbewerb auf Hawaii, den 92-ten Platz belegt. Frau Möhrenschläger schien ihm überglücklich, endlich einen erfahrenen Tai Chi Experten, durchtrainierten Kampfsportler und Leichtathleten eingestellt zu haben.

In den Wochen vor der Abreise hatte sich Hop Sing rudimentäre Kenntnisse im Tai Chi angelesen. Seine körperliche Fitness lies jedoch zu wünschen übrig. Sein täglich zelebriertes Extrem-Couching war auch nicht dazu angetan, daran etwas zu ändern. Er hoffte, durch neuartige, aus einem Katalog bestellte Unterwäsche, mit eingearbeitetem, aufblasbaren Sixpack und ebensolchen, ausgeprägten Oberarm und Oberschenkelmuskeln, mühsame Trainingseinheiten locker umgehen zu können.

Die beiden, in kanarienvogelbunte Hightech Trainingsanzüge gepressten Jogger, umkreisen das Schiff, als würde ihr Leben davon abhängen. Nach der ersten Runde beschränkte sich Hop Sing darauf, an der Reling zu warten, bis sie vorbeikahmen, dabei wichtig mit der Stoppuhr zu hantieren und die beiden zu noch höherem Tempo anzufeuern. Nach 10.000 zurückgelegten Metern, was in etwa 18 Runden entsprach, joggte er ausgeruht neben Thorben und Sieglinde in den Fitnessraum. Dort animierte er sie dazu, das letzte bisschen Leben, mittels diverser martialischer Folterinstrumente aus ihren Muskeln zu pumpen. Danach verabschiedete sich der Koreaner, mit Hinweis auf den gleich beginnenden Tai-Chi Kurs. Nicht jedoch, ohne sie für ihre überwältigenden sportlichen Leistungen zu loben.

Rezeption der Happy Sea

Kapitän Fritz Hellemann saß im Hinterzimmer der Rezeption und telefonierte angeregt mit der Universitätsklinik in Hamburg.
»Ja Schwester, meine Frau! - Hermine Hellemann, ja! - Gut, ich warte - Hermine?! - Endlich Hermine, die an der Rezeption wussten erst nicht, wo man dich einquartiert hatte. Wie geht es dir? - Gut! - Ach nicht so gut, - gut, - die Wehen haben eingesetzt !!? - Wann ist es so weit!? - Ach, nur falscher Alarm. - Ja - wo wir sind? - In Palermo Schatz. - Ja, alles in Ordnung, - ja, richte ich aus. Tschüs mein Schatz, ich rufe wieder an.«
Fritz beendete nervös das Gespräch. Vater zu werden war definitiv nichts für ihn. Dieser Stress! Er öffnete die Tür und trat hinter die im Moment verwaist daliegende Rezeption zu Gerlinde Klüsenpichler, die gerade die Anmeldungen zu Jérômes Kochkurs sortierte.

»Na, Fritz, Junge oder Mädchen?«

»Immer noch nichts Neues von der Baby-Front. Ich soll dich herzlich grüßen.«

»Danke! Grüß Hermine bei Gelegenheit zurück.«

In dem Moment trat Martin Winsel an die Rezeption.
»Ge-Gerl-l-linde, ich ha-hab-.«
»Hast du was rausgekriegt? Zeig her Martin!«
»Wie, - was rausgekriegt?«, fragte Fritz neugierig.

Ach, wir haben hier so einen unfreundlichen Reisegast. Da wollte ich, dass Martin mal recherchiert, wer der Kerl ist.«
Gerlinde warf einen interessierten Blick auf Martins Notizen und hob dann alarmiert die Brauen.
»Oha, das ist ja `n Ding!«
»Nun machs nicht so spannend Gerlinde!«

»Das wird Jérôme bestimmt brennend interessieren. Wir haben einen Restauranttester der Zeitschrift *Kreuzfahrt kulinarisch* an Bord. Und was das Tollste ist, der Kerl hat sich für den Kochkurs um 14 Uhr bei Jerome angemeldet. Diese linke Bazille will ihm sicher heimlich auf die Finger schauen. Ich werde Jérôme gleich mal vorwarnen.«

»D-D-da ist nnnn- och was.«
Matin reichte Fritz eine weitere Notiz herüber.
»Kam eeee-ben über die D-D-Deutsche Wwww-elle rein.«

Fritz nahm den Zettel und las leise die neueste Nachricht, den Entführungsfall Bellmeyer betreffend. Seine Nackenhaare begannen, sich aufzurichten. Die Lage schien sich zuzuspitzen:
Der russische Botschafter verwahrt sich in einer offiziellen Stellungnahme vehement gegen die völlig aus der Luft gegriffenen und lächerlichen Anschuldigungen, Russland hätte etwas mit der Entführung des deutschen Verteidigungsministers zu tun.
Die NATO erhöhte, wegen der möglichen russischen Bedrohung, umgehend ihre Alarmbereitschaft von DEFCON 5 auf DEFCON 4. Bundeskanzlerin Wilma Rautenstrauch hatte gestern ein vertrauliches Telefongespräch mit dem amerikanischen Präsidenten geführt, und in ihrer heutigen Stellungnahme diese Maßnahme begrüßt.

»Fritz, du siehst so besorgt aus«, merkte Gerlinde an.
»Es ist nichts, die politische Lage macht mir ein wenig Sorgen. Man hat angeblich den Verteidigungsminister entführt und jetzt soll es der Russe gewesen sein.«
»Der Russe? Warum sollte er das tun?«
»Das weis ich auch nicht, Gerlinde. Vielleicht ist ja auch gar nichts dran an der Story. Wir können daran sowieso nichts ändern. Lass uns zum Tagesgeschäft übergehen. Wie spät haben wir` s?«
»Elf Uhr Bordzeit.«
»Um 20:00 Uhr legen wir ab Richtung Algier.«

Happy Sea, Küche, 14 Uhr

Mesdames et Messieurs, herzlisch willkommän zu meine kleinä Einführung in die Zubereitung von Meerestierä. Meinä Name ischt Jérôme Dupont. Isch bin Ihr Koch.«

Jérôme hatte als Franz Pohl in Wanne-Eickel das Licht der Welt erblickt und schon bald nach seiner Kochlehre bemerkt, dass er es mit dem Namen nicht weit bringen würde. Der französische Akzent ging ihm inzwischen mühelos von den Lippen. Er bewahrte ihn sich natürlich nur für Situationen auf, bei denen er mit Reisegästen in Kontakt kam. Während der täglichen Arbeit in der Küche konnte er fluchen wie ein Bierkutscher aus Wanne-Eickel.

»Isch sagä nur ein Wortä, - Doradä - ! Isch `abe die Fisch `eute Morgän persönisch auf däm Marktä von Palermo erworbän! Wenn sie gänau ´inschauän meine Damän meine Herrän, die Fisch die zucktä noch!«, scherzte Jerome zur allgemeinen Belustigung.

»DER Fisch , Herr Dupont, es muss der Fisch heißen«, korrigierte Gerhard Esser, den Chefkoch.

Jérôme schaute zu Esser hinüber und konnte nur mit Mühe seinen Groll unterdrücken. Gerlinde hatte ihm vorhin mitgeteilt, in welcher Eigenschaft dieser vorlaute Herr vermutlich an Bord wäre.

»Dankä werter `err! Dann wir lägen also DÄR Fisch jätzt auf die Schneidäbrett undä ischä zeigä Ihnä wie man filetiert

DÄR Fisch rischtig!«

Jahrelanges Arbeiten mit Meerestieren, hatte Jérôme zu einem wahren Meister im Filetieren von Fischen aller Art werden lassen.

»Zuärst isch zeigä Ihnä langsam die einzelnä Schnitte. Dazu isch näme extra supär scharfes Mässer und machä eine Schnitt entlang die Rücken von Doradä, - etwa so -«

Jérôme führte seinen Kursteilnehmern so lange, langsam alle notwendigen Arbeitsschritte vor, bis auch Samantha Klose begriffen hatte, worauf es ankam.

»Und nun isch Zeigä Ihnä, wie, wir filetieren in meine Küschä. Dort wirä immär unter Eilä, Sie verstähe? Alles muss ganz rapidement - äh wie sagt man - ?«

»Schnell!«, warf Esser lobheischend ein.

»Schnäll, rischtig -schnäll gähe, Sie verstähe?«

Dann wirbelte Jérôme los, und kaum dass er begonnen hatte, lagen auch schon drei perfekt filetierte Doraden auf dem Tisch.

»Voilà! Dass müsse könne meine Kösche nach zwei Jahrä! Nunä Sie sindä dran, Mesdames et Messieurs, bittä, wer möschtä bäginnä?«

Gerhard Esser hob die Hand, wurde aber von Jérôme geflissentlich übersehen. »Die Damä `ihr vielleischtä? Wie istä Ihre Namä, schönä Fau?«

»Hilde, also Hildegard Kornbrenner. Aber sagen Sie Hilde zu mir«, vibrierte es ihm dunkel entgegen.
»Ich bin Jerome, krächzte der Küchenchef hilflos.

Jérôme war wie elektrisiert. Diese Stimme kam ihm seltsam bekannt vor. Alte, lang vergessene, angenehme Erinnerungen erwachten. Er schaute sich die Dame genauer an. Der Mund, die Nase, die lustigen Grübchen, wenn sie lächelte, was sie im Moment wohl eher aus Verlegenheit tat. Hildegard Drömmelmann! Natürlich!! Vermutlich hatte sie zwischenzeitlich geheiratet und den Namen ihres Mannes angenommen.
Gut, sie hatte etwas zugelegt, aber auf keinen Fall an den falschen Stellen. Und dann diese Stimme! - Klar, das war die wilde Hilde aus Essen-Katernberg. Damals der steilste Zahn in seiner Parallelklasse! Natürlich war Jerome hinter ihr her gewesen, ja sogar ein paar Mal mit ihr ausgegangen. Schlussendlich hatte sie ihm jedoch der Angeber Oskar Schöffelmeier vor der Nase weggeschnappt. Danach hatte er Hilde aus den Augen verloren. Alte Gefühle erwachten. Er starrte ihr wie hypnotisiert in die Augen und wunderte sich, dass sie ihn nicht wiedererkannte. Vermutlich lag es an seiner, jetzt sehr spärlichen Haarpracht, der dem Beruf geschuldeten Leibesfülle und dem aufgesetzten französischen Akzent.
Toll sah Hilde aus, in dem, zugegeben etwas freizügig geschnittenen Kostüm. Ihre Stimme würde er seinen Lebtag nicht vergessen. So tief und rauchig. Eine Stimme, die sich durch den Gehörgang, das Gehirn ignorierend, direkt in den, für die Arterhaltung vorgesehenen Fortpflanzungstrakt schlängelte. So vibrierend, dass ihm, wie schon damals, in

seiner Sturm und Drangzeit, ganz lünterig zumute wurde.

Das war auch Gerhard Essers erster Eindruck. Die Frau hatte ein Timbre in der Stimme, wie man es ausgesprochen selten zu hören bekam. Wäre sie in einem Call-Center beschäftigt, würde ein Porzellanladenbetreiber dieser Stimme, ohne mit der Wimper zu zucken, einen Elefanten abkaufen.

»Hildegard Kornbrenner, einä schönä Namä!«, schwärmte Jerome und war sich der Einfallslosigkeit seiner Worte gar nicht bewusst. »Ja, - äh - wo wir waren stähengeliebän?«

»Ich sollte, glaube ich, die Dorade filetieren, Herr Dupont.«

»Aber natürlisch Madame! Bittä schön. Stelle sie sisch `ihr vor die Schneidäbrett ` in, Madame undä bäginnen Sie. Abäre vorsischtig! Die Mässer ist sähr scharf! Isch möschtä nischt, dass Sie sisch verlätzän ihrä `übschen Fingerschän.«

Hilde schnitzte mehr schlecht als recht an dem Fisch herum, aber Jérôme war voll des Lobes für ihre Darbietung.
Auch Gerhard Esser stimmte in den Lobgesang ein, was Jérôme wiederum überhaupt nicht passte.
Schlagartig fühlte er sich zurückversetzt in die Schulzeit. Diesmal würde er jedoch nicht zulassen, dass so ein dahergelaufener Arsch ihm schon wieder seine Hilde vor der Nase wegschnappte.

»Monsieur, Sie wolle äbenfalls värsuche?«, wandte er sich an den lästigen Restaurantkritiker.
Gerhard Esser war nicht nur Restaurantkritiker. Er war auch ein leidenschaftlicher Hobbykoch, der, seiner fachmänni-

schen Meinung nach, so manchem Profi etwas beibringen konnte. Zugegeben, die Filetiernummer eben, die war nicht von schlechten Eltern. Der Koch hatte schon was drauf, zumindest was das Zerlegen von Fisch anging. Aber er, Gerhard Esser, war seit zwanzig Jahren Mitglied im Angelverein *Forelle Grießbach* in Bayreuth und deshalb auch nicht gänzlich unbeleckt.

»Sie kennä sisch aus, mein ˋerr?«

»Das ist nicht mein erster Fisch, den ich zerlege, Herr Dupont!«, zischte Esser feindselig und lehnte auch den ihm angebotenen Kettenhandschuh als hinderliches Amateurspielzeug ab.
In dem Moment wurde allen Anwesenden klar, das bei Herrn Esser der Ehrgeiz durchgebrochen war.
»Hätten Sie auch drei Fische für mich Herr Dupont? Einer reicht mir gerade so zum Warmwerden.«
»Aber gärne, Monsieur!«, erwiderte Jérôme staunend und klatschte ihm mit Vehemenz zwei weitere Doraden auf das Brett.

Esser griff mit professionell anmutender Routine nach einem Wetzstein und schärfte das Filetiermesser lange und gewissenhaft.
Dann nahm er eine Tomate aus dem bereitstehenden Gemüsekorb, legte sie auf das Schneidbrett und lies die Messerklinge waagerecht darauf fallen. Es glitt durch die Tomate, als sei sie Luft.

»Ich denke, jetzt ist es scharf«, konstatierte Esser selbstgefällig, legte sich die Doraden zurecht und nach einem kurzen

Blick ins Publikum begann er wie ein Wirbelwind mit dem Filetieren.

Routiniert flogen fertige Filets zur Seite, bis er innehielt und auf etwas blickte, das jetzt oben auf dem Haufen Fischfilets landete. Seine Gesichtsfarbe wechselte zu Weiß, er verdrehte die Augen und brach zusammen. Mehrere der Anwesenden schrien entsetzt auf und wandten sich ab. Ein sauber schräg durchtrennter linker kleiner Finger thronte auf den Filets.

Jérôme rief, innerlich grinsend, aber äußerlich ganz der besorgte Küchenchef, laut nach Verbandszeug und wickelte provisorisch ein Küchenhandtuch um den blutenden Fingerstumpf. Als die herbeigeeilten Sanitäter den noch immer bewusstlosen Esser abtransportiert hatten, war niemandem mehr so recht nach gebratener Dorade. Jérôme entschuldigte sich für den Vorfall, aber keiner der Anwesenden war der Ansicht, dass er irgendwelche Schuld daran trüge.

»Madame eine Moment bitte, isch musse mit ihnä redä«, flüsterte er Hildegard ins Ohr, die, wie alle anderen, die Küche verlassen wollte.

Sie schaute ihn erstaunt an.

»Erkennst du mich nicht mehr?«, fragte Jérôme, als er die Tür hinter dem letzten Kursteilnehmer geschlossen hatte.

Hilde sah ihn fragend an. »Herr Dupont, wo ist ihr Akzent?«

»Lass dich nicht von meinem Namensschild verwirren, Hilde, mein richtiger Name ist Franz Pohl.«

»Aha.«

»Essen, - Jürgen von Manger Hauptschule 1983.«

Hildegard sah ihn ungläubig an.
»Franz?! Franz Pohl?! Dat gibbet ja jarnich!«, fiel sie in ihren Rurpott-Slang zurück.
Nach einem kurzen Zögern schlang sie ihre Arme um ihn und schaute ihm ins Gesicht. Dann packte sie ihn an den Oberarmen und drückte ihn von sich weg. »Du hast dich aber verändert!«, grinste sie und klopfte ihm lächelnd auf den ausladenden Bauch.

»Du bist noch genau so schön wie damals, Hilde.«

»Na, na, du brauchst wohl 'ne Brille Franz! Apropos - warum nennst du dich eigentlich Jerome Dupont?«

»Mit dem Namen war es leichter hier den Posten des Küchenchefs zu bekommen, Hilde. Vor ein paar Jahren galt die französische Küche noch als das Maß aller Dinge.«

»Ach Franz«, sagte Hildegard verträumt und zog ihn an ihre Brust. »Bist du mir noch böse wegen damals, als ich mich für Oskar entschieden hatte?«

»Jetzt nicht mehr, aber zu der Zeit hat mich das schon arg mitgenommen. Was ist eigentlich aus ihm geworden?«

»Ach, der Arsch hat mich ein halbes Jahr später mit 'ner anderen betrogen. Als ich ihn zuletzt sah, saß er als Toilettenmann am Duisburger Hauptbahnhof. Hatte immer schon 'ne große Klappe, aber nix dahinter, der Oskar.«

»Ach Hilde, schön dich wiedergefunden zu haben! Warum heißt du jetzt Kornbrenner, bist du verheiratet?«

»Verwitwet Franz, verwitwet. Mein zweiter Mann ist vor drei Jahren bei einer Kreuzfahrt über Bord gegangen. Man hat lange nach ihm gesucht, aber du kannst dir ja sicher vorstellen, wie aussichtslos das ist.«
Jérôme sah ihr in die Augen. Ihre Gesichter näherten sich und zuerst zögernd, dann immer fordernder, vereinigten sich zuckenden Lippen, um Jahrzehnte der Trennung aufzuarbeiten.

Bundeskanzleramt, Berlin

»Frau Bundeskanzlerin, gestern musste ich erfahren, dass die landwirtschaftlichen Maschinen noch immer im Hamburger Hafen stehen, wo sie doch eigentlich schon auf See sein sollten. Die deutschen Firmen um das Rüstungskonsortium mit dem Codenamen *grüner Engel,* allen voran die Firma Moselblech, warten noch immer auf eine Ausfuhrgenehmigung, unterschrieben von Bundesamt für Wirtschaft und Ausfuhrkontrolle. Ich darf Sie daran erinnern, dass auch viele namhafte amerikanische Hersteller von ihrer Blockade betroffen sind. Herr Verteidigungsminister Bellmeyer hatte unserem Mittelsmann vorgestern die sofortige Freigabe zugesagt, die allerdings noch immer nicht erfolgt ist. Ich würde Sie ja nicht persönlich damit belästigen, aber hier in Washington ist man sehr besorgt über die derzeitige Entwicklung. Unser Geheimdienst will erfahren haben, dass Herr Minister Bellmeyer gewisse Zweifel an der Legitimität der Lieferung hegt. Ich habe denen gesagt, dass ich mir das beim besten Willen nicht vorstellen kann. Sehen Sie das auch so, Frau Bundeskanzlerin?«

»Das ist selbstverständlich auch meine Meinung, Mr. Präsident. Wie Sie wissen, ist Minister Bellmeyer seit drei Tagen spurlos verschwunden. Die Umstände lassen auf eine Entführung, wenn nicht sogar auf Schlimmeres schließen, da wir bis heute keine Lösegeldforderung erhalten haben. Ich werde mich noch heute, persönlich um die Erteilung der Ausfuhrgenehmigung kümmern Mr. Präsident. Sie wissen, dass Sie sich auf mich verlassen können.«

»Danke, Frau Bundeskanzlerin. Das Verschwinden Ihres Ministers ist wirklich eine traurige Angelegenheit, obwohl sich mir seine Gesinnung, in Bezug auf unser Verteidigungsbündnis, nicht so ganz erschließt. Wir müssen doch an einem Strang ziehen. Vielleicht sollten Sie sich nach einer verlässlicheren Person für dieses Amt umsehen. Möglicherweise sogar einer Ministerin, wenn ich mir ihre Justizministerin so betrachte. Die Frau hätte wirklich Potential. Bitte informieren Sie mich umgehend, wenn Sie etwas über Bellmeyers Aufenthaltsort erfahren. Wir haben hier in den Staaten Leute, die sich mit solchen Problemen bestens auskennen. Es wäre mir eine Ehre, Ihnen mit etwas Manpower unter die Arme zu greifen, um das Problem mit Ihrem Verteidigungsminister endgültig aus der Welt zu schaffen.«

Wilma Rautenstrauch blickte nachdenklich auf den Hörer, den sie gerade wieder auf die Gabel gelegt hatte. Hatte sie den Präsidenten jetzt richtig verstanden? Das Klang ganz so, als wäre er froh, wenn man den Bellmeyer endlich los sei.

Zirkusworkshop auf dem Oberdeck

»Oooch ist der süüüß, kann ich den mal streicheln?«
»Ja sicher meine Kleine, der tut nix«, sagte Beppo zu dem etwa elfjährigen Mädchen mit den langen blonden Zöpfen.
»Huuuh, das fühlt sich aber komisch an.«

Cornelius Bellmeyer war dazu verdonnert worden den Gorilla zu mimen. Neben Penelope gab es offiziell noch einen weiteren Affen mit Namen Hugo. Der wurde normalerweise von jedem Mitglied der Zirkustruppe gespielt, das gerade frei war. Er hatte beim Workshop nichts weiter zu tun, als in der Ecke eines Stahlkäfigs zu sitzen, ab und zu grunzende Geräusche abzugeben und sich durch die Gitterstäbe streichen zu lassen.

Zuerst hatte sich Cornelius geweigert, aber der Zirkusdirektor hatte ihm das Problem mit dem italienischen Commissario nochmals ausführlich erläutert. Seine einzige Chance, an die frische Luft zu kommen war, dieses muffelige Affenkostüm zu tragen. Den Kopf hatte man so exzellent gearbeitet, dass der flüchtige Betrachter nicht an der Echtheit des Affen zweifelte. Außerdem hatte Cornelius in der letzten Nacht einiges über das Verhalten von Gorillas gelernt.

»Mama! Der Affe hat gepupst!«, rief das Mädchen mit den blonden Zöpfen empört. »Puh der stinkt vielleicht!«
Bellmeyer konnte sich ein Lachen kaum verkneifen, obwohl die Luft im Kostüm jetzt fast unerträglich war. Aber seit heute Morgen litt er unter entsetzlichen Blähungen, was

sicher an der gestrigen Kohlsuppe liegen mochte.

Als er zum wiederholten Mal den Blick über die Reisenden schweifen ließ, entdeckte er plötzlich seine Freundin Larissa. Sie stand neben einem Chinesen oder Japaner oder so, und der hatte seinen Arm um ihre Hüften gelegt.
»Onkel?«, wandte sich das kleine Mädchen an den Clown Beppo, was hat der Affe denn jetzt?!«

Cornelius stand aufrecht an den Gitterstäben und sprang auf und ab.

»Hat der gerade Larissa gerufen?«

»Nein, Affen können nicht sprechen. Aber es hat sich fast so angehört Kleines, da gebe ich dir recht!«, rief Beppo, der alarmiert aufgesprungen war und an den Gitterstäben auf Cornelius einredete.

»Bist du von allen guten Geistern verlassen!? Du gefährdest den Ruf unseres Zirkus! Sollen die Leute etwa glauben, wir würden sie verarschen?! Beruhige dich um Himmels willen!«, zischte er, während er sich umsah und sich vergewisserte, dass niemand zuhörte.

»Nun beruhige dich.«

»Da hinten! Siehst du die super Frau mit den langen braunen Haaren und den sinnlichen Lippen? Das ist Larissa, das ist meine Freundin! - Wer ist der Typ, der da an ihr rummacht?!«, flüstere Cornelius.

Beppo schaute sich zu der beschriebenen Frau um.
»Oh, ein heißer Feger, deine Freundin. Den Kerl neben ihr hab` ich heute Morgen schon irgendwo gesehen. Warte, lass mich nachdenken, - ja, jetzt fällt`s mir ein. Der gehört zum Personal und gibt hier den Sportlehrer. Soll `n ganz harter Kampfsportler sein.«

»Den mach ich fertig, die Sau. Weis der überhaupt, mit wem er sich anlegt?!«

»Also ich sehe hier nur einen furzenden, übel stinkenden Affen, und so sollte es auch bleiben, wenn du nicht Bekanntschaft mit den Fäusten unseres Chefs bekommen willst!«

»Sag Bosco Bescheid, der soll sich den Kerl unverzüglich zur Brust nehmen.«

Dein Freund Bosco ist als Indianersquaw verkleidet und assistiert gerad beim Messerwerferlehrgang. Der möchte nämlich auch nicht erkannt werden. Und jetzt setz dich hin, halt`s Maul und gib den furzenden Gorilla!«

Innenkabine 522

Langsam schlug Manni Rammelhammer die Augen auf. Zumindest, soweit es ihm möglich war. Das rechte Augenlied gehorchte ihm widerstandslos, das Linke schien sich aus dem System ausgeklinkt zu haben. Die Blase des Schlagersängers meldete Gefahr im Verzug. Rammelhammer schob seine Beine unter der Decke hervor. Ein scharfer Schmerz trieb ihm umgehend Wasser in die Augen und erinnerte ihn daran, dass Doktor Horatio von Hollerbeck ihm gestern, auf brutale Art und Weise, sein Bauchfett entfernt hatte.

Ein gepresstes Blubbern, das eigentlich als Stöhnen gedacht war, sickerte aus seltsam gefühllosen Lippen. Übermächtiger Druck in der Blase zwang Manni dazu, sich trotz der Schmerzen aus dem Bett zu wälzen. Auf allen Vieren kroch er zum Badezimmer, stieß die Tür auf und zog sich unter Stöhnen an der Toilette hoch. Nach einer, auf seinen lädierten Zustand zurückzuführenden, eher ungeschickt ausgeführten Drehung, verpasste er die Mitte der Klobrille, schrammte schmerzhaft mit der rechten Hüfte an der Schüssel vorbei um sich neben dem Porzellanmöbel auf dem Boden sitzend wiederzufinden. Eingezwängt wie ein Rollmops zwischen zwei Brötchenhälften, klemmte Rammelhammer nun zwischen Toilette und Resopalwand, des eher als Besenkammer zu bezeichnenden stillen Örtchens.
Zu allem Überfluss feuerten mehrere Regionen des geschundenen Entertainer-Körpers eindeutige Schmerzsignale ab, die Manni zu ignorieren nicht in der Lage war.
Unglücklicherweise war auch seiner Blase kein weiterer Aufschub der Erleichterung mehr abzuringen.

Manni verfluchte lautstark Doktor von Hollerbeck, die gesamte Schönheitsindustrie und alle anderen, die seiner Meinung nach, an dieser beschissenen Situation schuld waren und lies es in seiner Verzweiflung einfach laufen. Augenblicklich machte sich ein Gefühl tiefster Glückseligkeit breit.

Von neuem Tatendrang und feuchter Hose beflügelt, befreite er sich aus der misslichen Lage, indem er seinen geschundenen Körper mühsam und unter Schmerzen bis in die gebückte Haltung eines 120-Jährigen aufrichtete. Er streifte umständlich den nassgepinkelten Schlafanzug ab, hob dann erwartungsvoll den Blick und schaute in den Spiegel. Erschrocken fuhr sein Kopf herum, aber dort stand niemand. Wieder nach vorn blickend sah Manni ein Wesen, das unmöglich er sein konnte.

Von Symmetrie konnte man bei dem Anblick des Monsters nicht wirklich sprechen. Eher drängten sich ihm Bilder von Krieg und Folter auf.

Die Stirn übersäht mit blutunterlaufenen, rot und purpur schillernden Beulen. Das linke Auge hinter dem, einer alten Gardine gleich, darüber hängendem Augenlid versteckt. Das Schlimmste aber hatte von Hollerbeck seinen Lippen angetan. Die bis fast zur Kinnspitze reichende geschwollene Unterlippe, nebst der ebenso prallen Oberlippe, erinnerte an Schönheitsideale eines Eingeborenenstamms im tiefsten Amazonas Dschungel. Selbst Donald Duck hätte sie als übertrieben abgelehnt.

Erneut breiteten sich Schmerzen in seinem Unterleib aus und verdrängten aufkeimende Rachepläne gegen Horatio von Hollerbeck. Kraftlos lies sich Manni ins Bett fallen. In der Hoffnung, dass alles nur ein böser Traum war, versank er wieder in tiefem Schlaf.

Washington D.C.

»Bobby, wie schätzen wir die Loyalität des Verteidigungsministers der Deutschen ein?«, fragte Leo Savallas, Chef des Auslandsgeheimdienstes den Leiter der geheimen Organisation Creepy Silence, kurz CS genannt, Captain Bobby Stout.

Der beendete gerade eine geheime Operation in Syrien und befand sich derzeit in seinem Hauptquartier auf dem Zerstörer George W. Bush.

»Da sprichst du ein heißes Eisen an, Leo. Wir haben ihn schon länger unter intensiver Beobachtung, da er sich mehrfach skeptisch über unser Engagement im Nahen Osten geäußert hat. Er vertritt die Meinung, wir würden nur zum Schein gegen den IS vorgehen und außerdem die IS freundlichen Saudis mit Waffen beliefern.«

»Das ist aber nicht sehr nett, was dieser vorlaute Kraut da von sich gibt. Außerdem machen die das doch selber. Und, - hört ihm jemand zu?«

Die unabhängigen Medien springen natürlich drauf an, aber die überwiegende Mehrheit, also die sogenannte seriöse Presse haben wir unter Kontrolle. Du weist ja, - des Brot ich ess, des Lied ich sing.«

»Wisst ihr schon, wo dieser Bellmeyer sich aufhält? Die deutschen Behörden tappen da ja noch völlig im Dunkeln.«

»Wir hatten jemanden ganz dich an ihm dran, eine Larissa Belmonte. Die war gerade dabei, zu helfen, ihn auf Linie zu bringen. Es war alles perfekt eingefädelt. Sie sollte eine Kreuzfahrt mit ihm machen. Unser Mann in Genua hat ihn noch kurz vor den Morden im Hotel besucht und gemeldet, das Bellmeyer uns wieder aus der Hand frisst. Aber dann gab es dort dieses unglaubliche Chaos. Diese Larissa hat, wie geplant, auf dem Schiff, der Happy Sea, eingecheckt. Von Bellmeyer und seinem Leibwächter Bosco Strozzi fehlt allerdings jede Spur.«

»Was glaubst du, wo er sich jetzt aufhält, Bobby?«

»Auf der Passagierliste der Happy Sea tauchen Bellmeyer und Strozzi wohl auf, also besser gesagt mit den falschen Namen die Bellmeyer bei der Reederei angegeben hat. Allerdings haben sie nicht eingecheckt. Wir konnten kurz vor der Abfahrt ein Telefongespräch seines Leibwächters mitschneiden. Es wurde direkt von Kreuzfahrtterminal aus geführt, und zwar mit einem Gemüsehändler namens Luigi Mangiare. Er muss den Mann von früher her kennen. Unseren Informationen nach hat dieser Mangiare lose Verbindungen zur Mafia. Unsere Kollegen vor Ort wollten sich den Herrn zur Brust nehmen, der konnte uns aber, dank seiner Kontakte zur Unterwelt, entwischen und ist seitdem untergetaucht. Unser Informant meinte, Bellmeyer sei dieser Larissa absolut hörig. - Leo, wenn du mich fragst, also ich würde meinen Arsch darauf verwetten, dass er ebenfalls auf dem Schiff ist.«

»Was hältst du von der deutschen Justizministerin, dieser Schnackelmann-Hochsiepen? Könntest du dir die Frau als

Verteidigungsministerin vorstellen?«

»Die Dame ist jung, dynamisch und absolut ehrgeizig. Daumenschrauben sind bei ihr nicht notwendig, Leo. Eines ihrer fünf Kinder hat sogar bei uns in Harvard studiert. Sie wäre meine erste Wahl. - Können wir denn wählen?«

»Bellmeyer ist so oder so am Ende. Der Mann ist schon wegen der Mordaffäre nicht mehr tragbar. Am Besten, er taucht gar nicht wieder auf. Noch besser wäre, wir könnten den gestreuten Verdacht der russischen Beteiligung an der Entführung, irgendwie untermauern. Dann hätten wir gleich zwei Fliegen mit einer Klappe geschlagen. Siehst du eine Möglichkeit auf das Schiff zu gelangen, Bellmeyer sowie auch Strozzi auszuknipsen und zu entsorgen.«

»Die Happy Sea legt morgen in Algier an. Es wird eng. Ich bin im Moment ganz in der Nähe. Wir haben im Moment eine Menge Schiffe da unten. Auf dem Zerstörer hier hab` ich ein Team von Spezialisten. Die kommen gerade von einem erfolgreichen Einsatz in Libyen und befinden sich ganz in der Nähe des Kreuzfahrtschiffs. Ich werde sofort alles Nötige veranlassen.«

»Danke Bobby, dieses Gespräch hat nie stattgefunden.«

»Welches Gespräch?«

Happy Sea, Oberdeck

Commissario Biagio Rossi beobachtete die Verdächtige schon eine ganze Weile. Sie saß mit einem Asiaten, der sich als Fitnesstrainer der Happy Sea entpuppte, an der Poolbar und schien sich prächtig zu amüsieren. Die Dame hatte den Herrn, wie Gerlinde ihm verraten hatte, für den ganzen Morgen als Personal Trainer gebucht. Was dieses Herumgeflirte mit Fitnesstraining zu tun hatte, erschloss sich Rossi nicht wirklich, aber er vermutete, die Fitnessübungen wären für anschließend, in ihrer Suite geplant.

Aus dem Augenwinkel heraus bemerkte er einen Mann, mit ins Gesicht gezogener Schirmmütze und Sonnenbrille, der jetzt zielstrebig auf die beiden zuging. Er beugte sich zu Larissa herunter und flüsterte ihr etwas ins Ohr. Als der Asiat sich erhob und fragen wollte, was vorging, drückte der Fremde ihm die flache Hand vor den Brustkorb. Der Mann hielt ihn so mühelos auf Abstand, während er weiter auf Larissa einredete.

Hop Sing fühlte sich in seiner Ehre gekränkt. Der fremde Rüpel nahm ihn nicht wirklich für voll, - ja er schob ihn sogar, wie ein lästiges Kind zur Seite.

Der Koreaner hatte vor Larissa, mit profunden Fähigkeiten, die Kunst der waffenlosen Selbstverteidigung betreffend, geprahlt. Jetzt kam er nicht mehr drum herum, auf die großen Worte auch Taten folgen zu lassen. Da der Fremde ihn, trotz seiner verbalen Versuche, die Dame nicht weiter zu belästigen, mit Nichtachtung strafte, trat er wildentschlossen einen Schritt zurück und nahm eine

Kampfstellung ein. Diese hatte er sich in der Vorbereitungsphase auf den neuen Job, in diversen einschlägigen Filmen abgeschaut. Mit bösem Blick, fiependen Bruce-Lee-Geräuschen und erstaunlichen Verrenkungen der Arme, tänzelte er, augenscheinlich wild entschlossen, um den Fremden herum. Den schien das allerdings nicht weiter zu belasten, denn er redete noch immer wütend auf Larissa ein.

Hop Sing wusste nicht, was er sonst noch machen sollte, da sein Gegner anscheinend nicht zu beeindrucken war. Also steigerte er seinen Geräuschpegel und fuchtelte jetzt mit seinen vermeintlich tödlichen Handkanten vor der Nase seines Wiedersachers herum. Dabei fegte er, mehr aus Versehen als absichtlich, dem Fremden die Schirmmütze nebst Sonnenbrille von Kopf.

Rossi beobachtete interessiert die Bemühungen des Fitnesstrainers, sich für die Belange der Dame einzusetzen, konnte aber dessen asiatischen Kampfstil nicht ganz einordnen. Irgendwo zwischen Tai Chi und Hiphop vermutete er, bis dann Mütze und Brille des Fremden auf dem Boden landeten.

Das ist doch dieser Strozzi, der angebliche Leibwächter, der meinen Kollegen erschossen hat, fuhr es ihm siedend heiß durch den Kopf. Als Nächstes beobachtete er, wie Strozzi genervt aufblickte, dem Asiaten die Hand in den Nacken legte, ihn zu sich heranzog und mit dem Gesicht einmal kräftig auf den Bartresen dotzte.

Entsetzt sah Larissa Blut aus der Nase ihres neuen Beschützers spritzen, bevor der langsam, einer Gummipuppe gleich, aus der man die Luft entströmen lies, auf dem Boden vor der Bar zusammensackte. Hastig setzte der Leibwächter dieses fetten Bellmeyer Schirmmütze und Sonnenbrille wieder auf.

Larissa zitterte am ganzen Körper. Hatte sie doch insgeheim gehofft, Hop Sing könne sie vor dem flüchtigen Verbrecher beschützen.

Zufällig hatte sie gestern Abend im Bordfernsehn die Nachrichten geschaut und von der Entführung Bellmeyers erfahren. Sie wusste in ihrer Panik nicht mehr, wem sie noch trauen konnte.

Zuerst schien es ihr ein einfacher, einträglicher Job zu sein. Da waren diese skrupellosen und verdammt einflussreichen Männer, die sie dafür bezahlten den feisten Politiker Bellmeyer zu umgarnen und kompromittierende Fotos zu liefern.

Nachdem sie den Job zu deren Zufriedenheit erledigt hatte, wollten die, dass sie weiter die Freundin des Trottels spielte. Das lehnte Larissa zunächst ab. Das Bündel Dollarnoten, das man daraufhin auf dem Tisch ihres Appartements drapierte, lies sie ihre Meinung jedoch schnell ändern. Hätte Larissa vor der Abreise gewusst, auf was sie sich hier einließ, wäre sie nie mitgefahren.

Dem Leibwächter, diesem Strozzi, hätte sie eine Entführung Bellmeyers allerdings nie zugetraut, so loyal, wie der seinem Brötchengeber gegenüber eingestellt war.

»Sehe iche dich noch eine Mal mit diese chinesische Zappelphilipp, bekommste du molto Problema, mite mir! Iste das in deine schöne Kopf angekomme?! Bellemeyer iste sauer und wenn iste sauer, er machte Fehler. Dasse ich kann mir in Momente nichte leisten!«, zischte Strozzi böse, schaute sich kurz um, ob niemand den Vorfall beobachtet hatte, und machte sich auf den Rückweg zum Lager des Zirkus. Er bemerkte nicht, dass der Commissario ihm unauffällig folgte.

Als Rossi den Wohnbereich der Artisten erreichte, war niemand zu sehen. *Vermutlich Mittagsruhe* dachte er mit Blick auf die Uhr.
Er betrat einen Bereich, der stark nach Tier roch. In der hinteren Ecke des großen Frachtraums entdeckte er einen stählernen Käfig.
Zwei Gorillas hockten darin. Der große suchte den Kleinen anscheinend nach Flöhen ab.
Rossi blieb in etwa zehn Metern Entfernung in der Dunkelheit stehen, um die Tiere nicht aufzuschrecken. Bisweilen hörte er ein leises Grunzen des großen Affen. Es hatte fast den Anschein, als unterhielten sich die beiden.
Wenn es auf der Welt doch immer so friedlich wäre, wie jetzt hier in diesem Frachtraum, dachte er und beobachtete still und verträumt die beiden Gorillas.

»Ach Penelope, wenn du doch nur reden könntest«, flüsterte Cornelius Bellmeyer verzweifelt und blickte dem Gorilla in die Augen.
Penelope hatte ihm deutlich zu verstehen gegeben, das sie es lieber hätte, wenn Cornelius sein Kostüm anbehielt. Dem Verteidigungsminister kam das sehr gelegen. Hier unten im Schiffsbauch war es sehr viel kühler als oben auf Deck.

»Weist du, warum ich überhaupt in diese blöde Situation gekommen bin, Penelope?«

Der Gorilla grunzte und Cornelius war sich sicher, ein fragendes Grunzen gehört zu haben.

»Also gut Penelope, ich will es dir erzählen. Hast du dich schon mal so richtig verliebt? Ich meine so mit Haut und Haaren? Na ich habe keine Ahnung, wie das bei euch Affen ist, aber ich habe mich verliebt. Ich musste mich auf dieser blöden Vernissage blicken lassen. Dort bin ich Larissa zum ersten Mal begegnet. Von Kunst verstehe ich so viel, wie die Kuh vom Segeln, aber das hatte ich mit den meisten Besuchern dort gemeinsam. Der Künstler, ein Exilchinese, hatte großformatige Fotos von Panzern und anderem Kriegsgerät auf dem Boden der Galerie ausgelegt, seinen nackten Körper mit Schweineblut beschmiert und sich dann darüber gewälzt. Es war so eine moderne Performance, wie sie heute gerne gemacht wird. Als ich die Sauerei sah, kamen alte Erinnerungen wieder hoch und ich entschloss mich spontan, die Galerie wieder zu verlassen. Ich drehte mich um und da prallte mit Larissa zusammen. Stell dir mal die Situation vor, Penelope. Mein Kopf steckte genau zwischen ihren großen Brüsten. Es war mir total peinlich. Andererseits erregte es mich auch ein wenig. Ich entschuldigte mich bei ihr, aber seltsamerweise lud sie mich zu einem Glas Sekt ein. Ich glaube, sie spürte damals genau wie ich, die Magie in unserer zufällige Begegnung.
Also willigte ich ein. Diese Frau hatt einen Körper und eine Ausstrahlung, - Penelope, du kannst es dir nicht vorstellen. Natürlich bemerkte ich sofort, dass sie auch etwas für mich empfand, und glaube mir Penelope, auf meine Menschenkenntnis kann ich mich verlassen.«

»Der Affe grunzte zustimmend und furzte laut und

ausgiebig.«

»Boa Penelope, war das jetzt nötig?«

Rossi glaubte ein unterdrücktes Husten vernommen zu haben, sah aber nur die beiden Affen im Käfig. Ein bestialischer Gestank wehte kurzzeitig zu ihm herüber, verflüchtigte sich jedoch schnell wieder.

Der Gorilla grunze und stupste Bellmeyer leicht an der Schulter.

»Du willst, dass ich weitererzähle? Nun gut Penelope. Jetzt wird es aber etwas intim.
Also, wir trafen uns in den nächsten Wochen, wann immer ich mich freimachen konnte. Larissa war begeistert von meinen Fähigkeiten im Bett.
Das kannst du jetzt glauben oder nicht, aber sie hat es mir immer wieder gesagt. Richtig bedrängt hat sie mich. Sie meinte, ich hätte den Größten und Dicksten, - na du weist schon. Sie könnte sich gar nicht vorstellen, was sie täte, wenn ich mal länger fort wäre.«

Penelope ließ ein abfälliges Brummen hören.

»Na glaub es oder lass es. Es ist jedenfalls die Wahrheit.
Da ich öfter mal länger auf Dienstreise bin, und ich Larissa unbedingt etwas schenken wollte, - etwas Persönliches, worüber sie sich bestimmt sehr freuen würde, hatte ich die

Idee, ihr das zu schenken, was sie am Meisten begeistert hat. Ich fand im Internet den Hinweis auf einen Franzosen, der ein wahrer Meister seines Faches sein sollte. Ein Termin war schnell gemacht. Ich reiste zu ihm in die Provence, da ich für das Geschenk persönlich bei ihm vorstellig werden musste.
Als er mir erklärte, wie die ganze, zugegeben, recht aufwendige Prozedur, vonstattengehen sollte, war mir das alles zunächst ungeheuer peinlich. Der Franzose meinte, normalerweise würden die Ehefrauen oder Freundinnen immer mit anreisen, um bei dem Prozess Hilfestellung zu geben, aber seine Assistentin wäre in der Sache auch sehr erfahren, und würde, gegen einen geringen Aufpreis, problemlos einspringen. Nachdem ich eingewilligt hatte, packte sie zuerst Rasierzeug aus und rasierte mir die Haare ab.«

Die Gorilladame grunzte fragend.

»Nein, Penelope, nicht auf dem Kopf. Untenherum - verstehst du?«

Penelope nickte bedächtig und schürzte die Lippen.

»Da brauchst du gar nicht so zu grinsen! Als Nächstes musste mein Ding dazu gebracht werden, zu seiner vollen Größe auszufahren. Das, und noch mehr, ist allerdings schon beim Rasieren durch die nette Assistentin passiert. Wir mussten danach eine geschlagene Stunde warten.
Nachdem ich eine von diesen blauen Pillen geschluckt hatte, kam der zweite und zugleich schwierige Teil der ganzen Angelegenheit, der Gipsabdruck.
Ja, da guckst du, aber es ist gar nicht so einfach, das Dings

zehn Minuten groß zu halten, wenn jemand kalten, matschigen Gips darüberschüttet und man ruhig liegen bleiben muss, bis der ausgehärtet ist. Du kannst dir gar nicht vorstellen, was die Assistentin alles angestellt hat, um mein bestes Stück bei Laune zu halten, ich meine, ohne es zu berühren.
Aber schlussendlich war mein Besuch ein voller Erfolg und der Künstler versprach mir, den Dildo in drei Wochen zu liefern.
Das war der Tag unserer Abreise. Und ab da, Penelope, - ab da ist irgendwie alles schief gegangen.
Jetzt werden ich und Bosco als Mörder gesucht und müssen ins Ausland fliehen. Ich weiß noch gar nicht, wie es auf Teneriffa weitergehen soll.«

Penelope legte den Kopf schief und gab ein Geräusch von sich, welches Cornelius irgendwie als tröstlich empfand. Er spürte, dass seine Augen feucht wurden.

»Als Verteidigungsminister bin ich wohl auch unten durch. Mein ganzes Leben geht den Bach runter. Ach Penelope.«

Rossi sah, wie der große Gorilla den kleinen an ihre Brust drückte. Dem Kleinen entfuhr dabei ein fast menschliches Stöhnen. Es hatte beinahe den Anschein, als solle er getröstet werden.

»Aber die Politik ist auch nicht das, was ich mir mal darunter vorgestellt hatte«, fuhr Cornelius fort, »Wenn du damit anfängst, glaubst du noch, etwas bewegen zu können, verstehst du? Man möchte Missstände beseitigen, für seine Ideale eintreten, und natürlich gleichzeitig die finanziellen Annehmlichkeiten des Politikerdaseins genießen. Aber du stellst schnell fest, dass beides nicht geht. Irgendwann hatte ich das Gefühl dafür bezahlt zu werden, die Wünsche der Lobbyisten zu befriedigen, nicht die der Wähler. Ich habe meine Seele verkauft, - und wofür? Für eine Frau, die mich wegen meines Ansehens geheiratet hat und jetzt ihren Golflehrer bumst. Für zwei Söhne, die ich nur in den Ferien sehe, da sie den Rest des Jahres auf einem Eliteinternat durch das Abi gepeitscht werden, die mich dafür hassen und die später als empathiefreie Manager Arbeitsplätze vernichten, um so die Profite zu steigern. Für angebliche Freunde, die mich nach dieser Nummer hier fallen lassen werden, wie eine heiße Kartoffel. War es das wert, dafür meine Ideale verraten zu haben?«, Cornelius blickte Penelope mit Tränen in den Augen an.

Penelope verzog den Mund zu einem breiten Grinsen, wie nur Affen es können, und schlug ihre Zähne aufeinander.

»Du verstehst mich - und Larissa versteht mich. - Ach Larissa«, seufzte der Verteidigungsminister leise.

Mit verträumtem Blick wandte Rossi sich ab und suchte weiter nach Strozzi, der allerdings nirgends aufzutreiben war.

Nachdem der Commissario gegangen war, robbte Bosco hinter dem Affenkäfig hervor und klopfte sich den Staub von den Schultern. Er schaute seinen ehemaligen Arbeitgeber, der noch immer im Affenkostüm auf Penelopes

Schoß saß, kopfschüttelnd an.

»Ich alles gehört, Bellemeyer. Lasse mich dire eines sage, du haste gewaltig eine an die Waffel. Die hellste Kerze auf die Torte biste du nichte, aber ich habe eine kleine bisschen Hoffnung aufe Besserung.«

Mit den Worten machte sich Bosco auf zum Zirkusdirektor, um seine Tarnung zu verbessern. Der Commissario muss ihn irgendwo erkannt haben. Vermutlich bei dem kleinen Handgemenge eben oben an Deck. Jetzt hatte er keine andere Wahl mehr.

Suite 100

Holger thronte im Sessel seiner Suite. Das halb ausgefüllte Kreuzworträtselheft auf den Knien blickte er durch das große Panoramafenster auf den seicht wogenden Ozean.

»Liebling, was machst du gerade? Ist es wichtig?«, rief er seine zukünftige Frau.

Das Doppelbett auf der Terrasse, mit dem dazugehörigen großen durchscheinenden Himmel aus dünnem weißen Leinen, der, wie schwerelos, in der Nachmittagsbrise wehte, machte einen verlockenden Eindruck auf Holger.

»Samantha, ich schau mir gerade unser wunderschönes Himmelbett auf der Terrasse an. Weist du, was für ein Gedanke mir da kommt?«

»Das kann ich mir lebhaft vorstellen, Holger, aber ich hab jetzt keine Zeit.«

Holger schloss enttäuscht die Augen und blendete das Himmelbett aus.

»Bist du noch immer beim Auspacken, Liebling?«

»Nee, das hab ich alles erledigt. Du solltest mal darüber nachdenken zusätzliche Schränke in den Suiten unterzubringen. Ich möchte mir gar nicht vorstellen, wie wenig Platz erst in den ganz normalen Kabinen ist«, rief Samantha aus dem Bad.

»Was ist mit dem vertauschten Koffer, hat sich der Besitzer gefunden?«

»Äh, - ne, das war doch meiner. Ich hab` ihn nur nicht erkannt!«

»Na dann ist es ja gut. Hast du immer noch keine Lust?«

»Du neehervst!«

Holger entdeckte ein großes graues US-Kriegsschiff in der Nähe. Er erhob sich aus dem bequemen weichen Sessel, um es von der Terrasse aus näher zu betrachten. Dabei glitt ihm das Rätselheft auf den Boden. Der blaue Plastikkugelschreiber, mit dem Happy Sea Logo, rollte unters Bett.
Holger ließ sich auf die Knie fallen und schaute suchend unter das Bett, um den Kuli wiederzuholen.
Er stutzte, als er dort eine mittelgroße Teakholzschatulle mit Messingbeschlägen entdeckte. Neugierig zog er den Kasten hervor. Die verschnörkelten Initialen C.B., oben auf dem Kasten, weckten sein Interesse. Er hob den Deckel an und stutzte.
Ein großer Gummi Dildo lag darin, eingebettet in ein Kissen aus Samt.
Holger versuchte, seine Gedanken zu sammeln. Er betrachtete den Dildo, schaute zur Badezimmertür, betrachtete das Himmelbett auf der Terrasse, dann wieder den beeindruckenden Dildo.

»Liebling, mir ist gerade mein Kuli unter das Bett gerollt!«

»Na dann hol in doch wieder, oder soll ich das etwa für dich machen? - NEIIIIN, - warte, ich hol ihn schon!!!«, schrie Samantha entsetzt und stürzte nur mit einem kleinen Slip bekleidet aus dem Bad.

»Ich hab ihn schon gefunden«, sagte Holger mit fragendem und auch etwas vorwurfsvollem Gesichtsausdruck. »Was ist das, Samantha?«

»Das kann ich dir erklären, Schatz. Es ist nicht, nach was es aussieht. Eigentlich gehört mir das Ding gar nicht, das musst du mir glauben! Ich hab es gefunden.«

»Ja sicher. Auf dem Schiff liegen diese Dinger ja auch zu Hunderten herum. Vielleicht sollte ich Gerlinde bitten, eine Durchsage zu machen: Vorsicht, stolpern sie nicht über wahrlos herumliegende Dildos, die vermehren sich hier wie die Karnickel. - Samantha, wenn ich dir nicht mehr genug bin, können wir doch darüber reden.«

Holger, - noch einmal zum Mitschreiben, - das - ist - nicht - meiner! Ich hab ihn in dem herrenlosen Koffer gefunden. Ich weis auch nicht, warum ich ihn behalten habe. Es hat nichts mit dir zu tun. Holger ich liebe dich und nur dich. Ich schwöre dir, ich habe das Ding noch nie benutzt.«

»Dann hast du doch nichts dagegen, wenn ich meinen, zugegeben beeindruckenden Kollegen, jetzt im Müll entsorge?«

»Mach damit, was du willst, ich brauche so etwas nicht, ich

habe doch dich, Holger. Außerdem kommt es ja gar nicht auf die Größe an.«

»Ach - willst du jetzt etwa andeuten, - »

»Nein Holger, versteh mich bitte nicht falsch, so habe ich es nicht gemeint!«

Samantha und verdrehte genervt die Augen.

»Nun schmeiß das Ding endlich fort und zeig mir, dass ich recht damit habe, wenn ich sage, dass ich so ein Ding nicht brauche«, flüsterte sie verführerisch.
»Ich dachte, du hättest keine Lust?«

»Das war eben, mein Hengst!«

Holger griff sich den Dildo, der sich sehr anschmiegsam anfühlte, öffnete die Tür zum Flur, stopfte das Ding tief in den nächsten Papierkorb und drapierte noch Müll darüber.
Zurück in der Suite erwartete Samantha ihn schon im Himmelbett auf der Terrasse. Als er in die weichen Kissen sackte, erblickte er kurz das Kriegsschiff, welches schon etwas näher gekommen war.

Draußen auf dem Gang übten Waldemar Ganthäuser, Hans Entenbräter und Egon Schmelzer das Einlochen. Dieser Animationskasper, wie Hans den Entertainment-Chef Roger Reiman nannte, hatte, wie versprochen, für ein eingezäuntes Stück Green zum Golfen auf dem Oberdeck gesorgt. Dort traten sich im Moment jedoch so viele golfbegeisterte Reisegäste gegenseitig auf die Füße, dass es einfach keinen Spaß mehr machte. Also hatten sich die Drei kurzerhand in die Gänge bei den Kabinen zurückgezogen. Hier war der Teppich zwar blau, anstatt grün, aber es ging wesentlich ruhiger zu. In eine von Waldemar Ganthäuser besorgte, abgeschnittene Plastikflasche hatten sie einen Stein gelegt, um sie am Wegrollen zu hindern. Die Flasche war nun ihr Loch, in dem sie den Ball versenken mussten.

»Wo ist Egon hin?«

»Der hat sich auf die Keramik verabschiedet, ein größeres Geschäft erledigen. Wir sollen schon mal ohne ihn weitermachen.«

»Gar keine so schlechte Idee.«

»Jetzt lauf du nicht auch noch weg. Sieh zu, dass du den Ball einlochst. Aber das schaffst du sowieso nicht mit einem Schlag, Waldi!«
»Wetten? Um `nen Fuffi?«

»Logo!«

Die Plastikflasche lag hinter einer Biegung des Ganges, so dass Waldemar den Ball stark anschneiden musste, um ihn in die Kurve zu zwingen. Er traf den Ball exakt so, wie er es geplant hatte, und versenkte ihn mit einem Schlag in der Flasche.

»Respekt Waldi, Respekt!«

»Ich geb dir die Chance, den Fuffi zurückzugewinnen, Hans. Siehst du dort drüben den Papierkorb? Wenn du deinen Ball da drin versenkst, sind wir quitt.«

»Kein einfacher Schlag, Waldi, aber für einen Crack wie mich kein Problem. Jetzt schau dir mal an, wie ein guter Golfer sowas macht. Ist schließlich auch nicht schwieriger, als aus 'nem Sandbunker zu schlagen.«

Hans wählte als Schläger einen Lob Wedge, der für kurze, hohe Bälle, auf hartem Boden verwendet wird. Er, stellte sich in Schlagposition, holte aus, traf ebenfalls im perfekten Winkel und der Ball landete im Papierkorb.

»Ja! Wir sind quitt!«, rief Hans begeistert und schlenderte zum Papierkorb. Er wühlte mit seiner lederbehandschuhten Hand nach dem Golfball.

Verwundert fühlte er etwas Weiches, aber nicht Matschiges, das er langsam herauszog. Ein breites Grinsen machte sich auf seinem Gesicht breit, als er sah, was er da in der Hand hielt.

»Waldi, schau mal, ich hab den ersten Preis gewonnen!«, scherzte er und hielt den Dildo in die Höhe, welchen Holger eben entsorgt hatte.

»Oha!«, meinte Waldemar staunend, »Ein Mordsgerät! Der sieht ja täuschend echt aus. Aber was willst du damit?«
»Weis ich noch nicht. Erst mal waschen, man weiß ja nie, und dann stecken wir das Ding bei Egon in die Golftasche.

Das wird ein Spaß!«

Egon Schmälzer war der Dritte, ihrer kleinen Golf-Reisegesellschaft. Sie hatten sich für ein Turnier auf Teneriffa gemeldet. Einen großen Teil ihrer Freizeit verbrachten sie mit Training. Es ging schließlich um 50.000 Euro Siegprämie, auf die sie sich sogar gute Chancen ausrechneten.
Ihre Frauen vergnügten sich derweil im Wellnessbereich der Happy Sea, um sich von Chefmasseur Harry Bürster durchwalken zu lassen.

21:30 Uhr desselben Tages

John Doe und Richard Roe kletterten in das mattschwarze Zodiak Schlauchboot. Ihr Auftrag war eben erst aus Washington hereingekommen und hatte höchste Priorität. Sie sollten unbemerkt an Bord der Happy Sea gelangen, die Zielpersonen ausschalten und ihre Leichen über Bord werfen. Der Dritte im Bunde, John Styles, würde die Leichen aus dem Meer fischen und zur weiteren Verwendung auf die USS - George W. Bush schaffen. Die Agenten würden danach in Algier von Bord gehen.

Egon Schmälzer hatte sich mit Waldemar und Hans in die Dunkelheit des untersten Außengangs der Happy Sea zurückgezogen, um ungestört reden zu können. Egon kochte vor Wut.
.
»Wenn ich nur wüsste, wie dieser verfluchte Gummipimmel in meine Golftasche gekommen ist!«, fluchte er und schaute seine Freunde skeptisch an.
»Wie oft sollen wir dir das noch sagen, wir waren es nicht! Wie sollten wir hier auf hoher See denn an so ein Ding herankommen. Verkauft werden die Dinger hier bestimmt nicht!«

»Vielleicht habt ihr den ja mitgebracht!«

»Jetzt hör aber auf!«, empörte sich Waldemar, der Angriff für die beste Verteidigung hielt.

»Denk doch mal an die ganzen Singles hier an Bord«, versuchte Hans eine falsche Fährte zu legen. »Ich könnte mir vorstellen, dass manche von denen so ein Ding im Gepäck haben. Jetzt stell dir nur mal vor, so eine einsame Frau lernt ihren Traumprinzen kennen. Dass Erste was die macht, ist doch, dieses olle Dingens verschwinden zu lassen. Deine Tasche stand unbeobachtet auf dem Gang. Jetzt brauchst du nur noch zwei und zwei zusammenzuzählen.«

»Das hört sich verdammt logisch für mich an!«, schlug Waldemar in die gleiche Kerbe.

»Renate ist fest davon überzeugt, dass das mein Dildo ist. Ich hab` sie gefragt, was ich bitteschön mit so einem Dingens anfangen sollte, und wisst ihr, was sie gesagt hat?! - Nee, das sag ich euch lieber nicht!«

»Wie jetzt, - im Ernst??!«

»Ja sicher! Sie hat sogar für morgen einen Termin bei der Bordpsychologin für mich gemacht, stellt euch das Mal vor! Die glaubt allen Ernstes, ich hätte die Seiten gewechselt!«

Es blieb Egon nicht verborgen, das Waldemar und Hans sich das Lachen kaum noch verkneifen konnten.

»Ich weiß nicht, was daran so lustig ist! Ihr müsst ja nicht zu der Psychotante! Ohhh, wenn ich die in die Finger kriege, die mir den Scheiß eingebrockt hat!!!«

Unter ihren mattschwarzen Trockentauchanzügen trug das Killerkommando normale Touristenkleidung, um an Bord nicht aufzufallen.

Da dies eine Aktion unter falscher Flagge war, waren sie vollkommen auf sich allein gestellt. Im Falle einer Entdeckung würde die Regierung der Vereinigten Staaten jegliche Verbindung zu ihnen leugnen. Die Waffen und sonstigen Ausrüstungsgegenstände kamen komplett aus osteuropäischer Produktion. Ihre Pässe wiesen die Männer als Russen aus, um keinerlei Risiko einzugehen.

Das Zodiak näherte sich mit Hilfe eines starken Elektromotors, lautlos dem weißen Rumpf des Kreuzfahrtschiffes.

John drückte einen starken Saugnapf an den Rumpf und befestigte daran das Schlauchboot, in dem Richard Styles warten würde.

Dem Auslandsgeheimdienst war es mittlerweile gelungen, den Italiener Luigi Mangiare aufzuspüren. Mit Streicheleinheiten der groberen Art hatten sie ihm die Information entlockt, dass der Gesuchte, zusammen mit Bosco Strozzi, beim Zirkus Tallafitti untergekrochen sei.

Mittels Zeichensprache bedeutete Roe seinem Kameraden, dass er zuerst gehen würde. Sobald er sicher oben wäre, sollte Joe ihm folgen. Er richtete ein Spezialgewehr auf die etwa zehn Meter über ihnen gelegene unterste Reling des Schiffes und betätigte den Abzug. Eine, an einem langen Stahlseil befestigte, gummiüberzogene Kralle, schoss auf die Reling zu, wickelte sich einmal ums Geländer, um sich dann lautlos festzuhaken.

Roe betätigte den Auslöser einer im Gewehr integrierten, starken Elektrowinde und wurde wie von Geisterhand hinaufgezogen. Bevor er über die Reling kletterte, schaltete er sein Nachtsichtgerät ein, um die Lage zu sondieren. Die Sehnerven hatten keine Möglichkeit mehr, sich an die plötzliche Helligkeit zu gewöhnen, da etwas kleines, aber rasch größer werdendes, Rundes auf ihn zujagte. -*Schei*- war sein letzter unvollständiger Gedanke, bevor ihm das Ding die Stirn zertrümmerte. Seine Finger lösten sich kraftlos vom Geländer, bevor er wie ein Stein nach unten stürzte. Er landete auf dem Kopf seines Kameraden John Doe, dem er durch den Aufprall das Genick brach und den verdeckten Einsatz damit frühzeitig beendete. Richard Styles blieb nichts anderes übrig, als die Aktion abzubrechen. Unverrichteter Dinge jagte er mit zwei Toten zur USS - Georg W. Bush zurück.

»Was soll das Egon? Lass deine Wut nicht an den Golfbällen aus. Vom planlosen Bälle-ins-Meer-Hämmern wird die Sache auch nicht besser. Ich würde vorschlagen, wir bringen unsere Golfsachen in die Kabinen und begeben uns in die Bordbar. Dort lassen wir uns dein Problem und auch ein paar Bierchen nochmal durch den Kopf gehen. Wenn du möchtest, begleiten wir dich morgen früh sogar zu Doktor Psycho.«

»Das könnte euch so passen!«

Praxis Dr. Sophia Edelkamp-Flottgrebe

»Guten Morgen Herr und Frau Schmelzer, schön, dass Sie sich Zeit nehmen konnten.«

»Morgen«, erwiderte Egon sichtlich verstimmt.
»Guten Morgen Frau Doktor, danke, dass Sie uns dazwischen geschoben haben«, sagte Renate Schmelzer betont freundlich, mit bösem Blick zu ihrem Mann.

»Bitte nehmen sie doch Platz.« Die Psychologin deutete auf drei bequeme Sessel, die um einen kleinen Tisch standen.

Egon setzte sich und stellte die mitgebrachte Plastiktüte mit dem Corpus Delicti zwischen seinen Beinen ab.

»Damit Sie es gleich wissen, ich bin nur hier, weil meine Frau der irrigen Ansicht ist, ich hätte neuerdings die Seiten gewechselt.«

»Herr Schmelzer, Ihre Frau hat mir bereits angedeutet, warum sie möchte, dass wir miteinander reden. Darum war es mir sehr wichtig, dass auch sie bei dem Gespräch dabei ist. Vielleicht beginnen Sie, Frau Schmelzer und schildern mir das Problem.«

»Mein Problem habe ich gestern, versteckt in seiner Golftasche entdeckt. Wenn Sie einen Blick in die Plastiktüte dort werfen würden, wüssten Sie, was ich meine.« sagte Renate Schmelzer angeekelt und deutete auf die Tüte zwischen Egons Beinen.

»Herr Schmelzer?«, Sophie Edelkamp-Flottgrebe streckte die Hand zu der Tüte aus. »Darf ich?«

»Bitte, das Dingens ist sowieso nicht meins!«

Als die Psychologin in die Tüte blickte, zuckten ihre Augenbrauen für eine Millisekunde staunend in die Höhe, bevor sie sich wieder um einen neutralen Gesichtsausdruck bemühte. Sie enthielt sich jedoch jeglichen Kommentars. »Bitte fahren Sie fort, Frau Schmelzer.«

»Nun, ich kannte so etwas bisher nur aus Zeitschriften oder so, - also nicht die, die Sie jetzt meinen, sondern ganz normale. Ich habe mich gestern sofort im Internet informiert, was es damit so auf sich hat, also ich meine, was für Männer so etwas benutzen. - Dabei bin ich auf Bi- hi -hiiilder gesto-ho-hooößen - ». Renate Schmelzer brach hemmungslos in Tränen aus. Sophie reichte ihr ein Papiertuch aus einer großen Vorratsbox, welche sie für solche Fälle immer bereitstehen hatte.

»Renate, - darf ich Renate sagen?», fragte Sophie mitfühlend und bekam nur ein Schniefen zur Antwort.
»Renate, so beruhigen Sie sich doch.«

»Herr Schmelzer, ich verstehe, dass Sie jetzt so abweisend reagieren. Es ist für Sie sicherlich nicht einfach, sich mit Ihrer neu entdeckten sexuellen Ausrichtung abzufinden.«

»Ich bin nicht -«
»Ganz ruhig, darüber reden wir ja jetzt Herr Schmelzer.«

Sophie griff nach der Plastiktüte, zog die exakte Kopie von Verteidigungsminister Bellmeyers eregiertem Fortpflanzungsorgan heraus und legte ihn vor sich auf den Glastisch.
»Sie mögen das jetzt als geschmacklos, oder drastisch empfinden, aber die Methode der direkten Konfrontation, hat sich nach neuesten Erkenntnissen als sehr effektiv erwiesen. Es bringt nichts, Tatsachen zu verdrängen, wir müssen lernen sie zu akzeptieren und das Beste daraus zu machen.«

»Das ist nicht mein Dingens und ich bin nicht schwul«, zischte Egon zwischen zusammengebissenen Zähnen hervor.
Die Psychologin schaute Renate an.

»Renate, so ein Dildo wird landläufig auch als Sexspielzeug bezeichnet. Es bedeutet natürlich nicht unweigerlich, dass Ihr Mann homosexuelle Neigungen hat. Vielleicht möchte er nur mal neue Spielarten ausprobieren und geniert sich, Sie da mit einzubeziehen.«

Renate und Egon schauten die Psychologin fragend an.

»Was genau für Spielarten meinen Sie?«, fragte Renate. In ihrer Stimme schwang ein kleines bisschen Hoffnung mit, es könnte noch nicht alles verloren sein.

»Nun«, jetzt wand sich auch die hartgesottene Psychologin etwas, »Dies wäre jetzt vielleicht schon ein Fall für einen Sexualtherapeuten, aber ich will trotzdem versuchen, es

Ihnen zu erklären. Es gibt verschiedene Arten, wie so ein Dildo Verwendung finden könnte.«

Sophie begann so nüchtern wie möglich zu erläutern, was Frau, mit dem Gummidingens so alles machen konnte. Dann begann sie aufzuzählen, was Mann damit vielleicht gerne anstellen würde. Oder was eine Frau mit einem Mann... und so weiter. Einem aufmerksamen Zuhörer hätte sich die Meinung aufdrängen können, Sophia begänne, sich irgendwie persönlich, für das Thema zu erwärmen.

Egons Augen wurden größer und größer.

»Aber warum fragen wir nicht Ihren Mann. Der wird am Besten wissen, was er gerne ausprobieren möchte. - Egon, zuerst einmal müssen Sie aufhören zu leugnen, dass der Dildo Ihnen gehört. Auf dieser Welt gibt es alle möglichen Spielarten der sexuellen Ausrichtung. Sie sind nicht hier, um sich wegen einer solchen zu rechtfertigen. Es ist vollkommen egal, wie Sie ihre Freizeit verbringen. Wichtig ist, dass Sie beide das akzeptieren.«
»Aber ich - der gehört nicht -«. Egon begann, vor Wut rot anzulaufen.

»Egon Schatz, wenn du doch nur mit mir darüber gesprochen hättest«, mischte sich jetzt Renate ein. »Ich könnte mir schon vorstellen, - natürlich nur, wenn du es möchtest, - ich meine, warum soll immer nur ich - . Wenn es dir doch solchen Spaß macht.«

Egons Augen wurden noch größer.

»Jetzt musst du aber nicht gleich rot werden Schatz. - Ich meine, es war doch schließlich deine Idee.«

»Ich find die Reaktion Ihrer Frau ganz toll Egon. Jetzt sperren Sie sich doch nicht so. Gehen sie gleich los in ihre Kabine und probieren sie es aus. Nicht viele Frauen reagieren so aufgeschlossen wie Renate.«

»Sind denn hier jetzt alle übergeschnappt?!! Egon war aufgesprungen und hatte sich den Dildo vom Tisch geklaubt.
Mit den Worten »HÖRT - IHR - MIR - DENN - Ü -BER - HAUPT- NICHT - ZU?!!« holte er aus und klatschte der Psychologin den Gummidödel mit jeder Silbe rechts und links um die Ohren.

»Aber Egon?!«, versuchte Renate sich gehör zu verschaffen, während Sophie Edelkamp-Flottgrebe langsam auf den Boden sackte.

Egon warf den Dildo verächtlich auf die besinnungslose Psychologin. »Ich bin nicht schwul! - Komm Renate, wir gehn!«

»Schade, ich begann gerade, mich an den Gedanken zu gewöhnen. Du weist aber auch nicht, was du willst!«

Egon knallte die Tür der Psychologin hinter sich zu.

»Und was ist mit der Frau?!«

»Die wird schon wieder. Irgendwie hatte ich sogar das

Gefühl, es hätte ihr ein bisschen gefallen.«

»Wenn du meinst, Schatz. Warum hast du das Gummi-Dings denn dort gelassen?«

Egon schaute seine Frau fragend an.

»Na, ich mein ja nur.«

»Ich treff mich jetzt mit Waldi und Hans zum Golfen, Schatz.«

»Und ich bin mit den anderen im Fitnesscenter, wenn du mich suchst.«

Egon holte seine Golftasche aus der Kabine und schlenderte aufs Oberdeck, wo schon Waldemar und Hans auf ihn warteten. Sie hatten gestern Animationschef Roger Reimann gefragt, ob sie dort ein paar kräftige Abschläge üben dürften.
Der meinte, dass es ihm egal sei, solange sie niemanden gefährden würden. Dass sie ihre Bälle dabei im Meer versenken würden, sei ja schließlich ihr Problem.

»Na Süßer? Wie war`s bei Doktor Psycho?«, frotzelte Waldemar, als Egon auf dem Oberdeck eintraf.

»Alles bestens Jungs, ich hab` der Alten kräftig meine Meinung gegeigt, und ich bin sicher, sie hat mich verstanden. Und jetzt Themenwechsel, lasst uns golfen, Jungs! Wer fängt an?«

»Ich!«, meldete sich Hans zu Wort, »ich habe schließlich auch die Bälle gesponsort.«
Hans präsentierte stolz einen Eimer mit einhundert gebrauchten Golfbällen, die er zu Hause, unter Hand, für zwanzig Euro erstanden hatte.

Roger hatte einen kleinen Bereich am Schiffsheck mit Trassierband abgesperrt, wo sie ungestört Abschläge über die hintere Reling üben konnten.

»Na meine Herren, habe ich alles zu Ihrer Zufriedenheit geregelt?«, fragte Roger, neugierig, in der Hoffnung auch mal einen Abschlag probieren zu dürfen.

»Erstklassig, Herr Reimann, erstklassig. Hätten Sie Lust bei unserem kleinen Wettkampf mitzuspielen? Jeder hat drei Abschläge, aber ich muss Sie warnen. Um es spannender zu machen, kostet jeder Schlag, der den Ball verfehlt eine Runde in der Bordbar.«

»Oh, das kann ich mir eigentlich nicht leisten, obwohl es mich schon reizen würde.«

»Spielen Sie doch einfach, am Schluss unserer Übungsstunde den letzten Durchgang zu je drei Schlägen mit. Wir kommen Ihnen entgegen und geben Ihnen einen Fehlschlag vor.«

»Das hört sich fair an meine Herren, bei der letzten Runde bin ich gerne dabei.«

Die drei Golfer schlugen abwechselnd und wie erwartet,

hatte sie nach zehn Durchgängen mehrere Runden Bier erspielt.

«Herr Reimann! Die letzte Runde beginnt. Wollen Sie noch mitmachen?!»

»Aber selbstverständlich meine Herren!«

»Wie steht`s bisher Egon?«

»Ich geb` drei Runden, du eine und Waldi vier. Na ja, und wenn Roger jetzt verliert, gibt er auch noch eine.«

Roger Reimann, liebte Herausforderungen. Solange er denken konnte, verspürte er den Drang, sich mit anderen Menschen zu messen. Egal in welcher Disziplin. Seit frühester Jugend war er von seinem dominanten Vater ständig unter Leistungsdruck gesetzt worden. Das hatte sich in ihm festgefressen. Wenn ihn jemand herausforderte, konnte Roger nicht anders, als den Wettkampf anzunehmen. Das Problem bestand allerdings darin, dass Verlieren in seinem Wortschatz nicht vorkam. Es war ihm unerträglich einen Wettkampf nicht zu gewinnen.

»Wer ist dran?«

»Zuerst ich, dann Hans, Waldi und zum Schluss Sie Herr Reimann, also los.«

Egon, Hans und Waldemar legten jeder Drei, Bilderbuchabschläge vor, dann war Roger an der Reihe. Er verfehlte den Ball um Haaresbreite.

»So ein Mist!«, fluchte er laut. »Gut, das ich einen Fehlschlag frei habe! Also gleich nochmal.«

Roger legte den nächsten Ball auf die Abschlagstelle, richtete sich auf und pendelte seinen Körper für den Abschlag ein. Egon, Hans und Waldemar grinsten heimlich, da Roger, im Gegensatz zu ihnen, den Wettkampf anscheinend sehr ernst nahm.
Der hob nun den Driver über den Kopf und visierte ein imaginäres Ziel auf dem Meer an. Dann zog den Schläger kraftvoll durch.

Der Driver pfiff so nah am Ball vorbei, dass niemand wirklich sagen konnte, ob er getroffen hatte, oder ob der Windzug den Ball in Bewegung gesetzt hatte. Der rollte im Schneckentempo auf die Reling zu, wo er voraussichtlich von der etwa fünf Zentimeter hohen Metallkante gestoppt werden würde.

»Tja Roger, wir freuen uns schon auf ein kleines Helles!«, frotzelte Waldemar.
In dem Moment sauste ein kleiner schwarz-weißer West Highland Terrier, eine Leine hinter sich herziehend, zwischen Rogers Beinen hindurch. Der Hund jagte auf den Ball zu, der die Reling fast erreicht hatte. Er packte die kleine weiße Kugel im Sprint, riss den Kopf hoch und vermochte dann nicht mehr zu bremsen. Der Terrier flutschte durch die etwa dreißig Zentimeter auseinander stehenden Geländerstangen der Schiffsreling und segelte auf die Meeresoberfläche zu. Nachdem er in der von den Schiffsschrauben aufgewühlten weißen Gischt aufgeklatscht

war, verloren die vier Sportler ihn aus den Augen.

Entsetzt schauten sie sich an.

»Muss jetzt das Schiff gestoppt werden?«, fragte Waldemar.

»Ich denke, das ist sinnlos. Aus dieser Höhe wird der Hund schon durch den Aufprall gestorben sein. Ich kenne mich da aus, glauben sie mir.« meinte Roger, dem überhaupt nicht wohl bei der Sache war, da er das Golfen auch noch selbst erlaubt hatte.

»Habt ihr einen kleinen Terrier gesehen?«, fragte Hundesitter Bodo Grabowski, der vier weitere Hunde an der Leine führte, atemlos. Der hat sich eben losgerissen und ist in diese Richtung gerannt.
Roger blickte auf`s Meer hinaus und sagte mitfühlend: »Tja Bodo, ich fürchte, der ist gerade über Bord gesegelt und begehrt jetzt Einlass im Hundehimmel.«

»Verarsch mich nicht, Roger!»

»Der Mann hat recht Herr Bodo, wir waren Zeugen. Es stimmt wirklich, was Roger sagt.«

»Und was nun? Was sagst du dem Besitzer, Bodo?«

»Der wird mich erst erschießen und dann vierteilen, oder umgekehrt. Wann legen wir in Algier an?«

»Wir sind gleich da.«

»Dann drückt mir die Daumen, dass ich passenden Ersatz finde, Leute. Den Rest muss unser Bordfriseur erledigen.«

»Das glaub ich ja jetzt nicht«, sagte Waldemar grinsend und schaute dem hastig entschwindenden Hundesitter hinterher.

»Auf den Schreck jetzt aber ab in die Bordbar. Roger komm mit, du hast auch verloren.«

»Ich habe nicht verloren meine Herren. Der Ball ist im Wasser gelandet, oder etwa nicht?«

Die Golfer schüttelten über so viel Geiz den Kopf und machten sich ohne ihn auf den Weg in die Bar.

Algier

Fiete Olsen drückte die Happy Sea mit Hilfe der starken Elektromotoren gegen die dicken schwarzen Fender. Die Trossen wurden übergeben und um die eisernen Poller geworfen.

»Beim Steuern macht dir keiner was vor Fiete. Alle Achtung, sauber angelegt«, lobte Kapitän Hellemann seinen neuen Steuermann. »Und unser Bordfriseur hat sogar weitestgehend einen Menschen aus dir gemacht!«

»Mehr ging nicht Käpt´n. Antonie hat gesagt: »Gägen die struppisch Haar ischt keinä Kraut gäwachsäään!«

Fritz lachte über die gelungene Imitation des Bordfriseurs Antonie Cordonier. »Kennst du Algier, Fiete?«

»War ´n paar mal mit ´nem Vieltransporter hier. Kenn da ne ganz nette Hotelbar, wo man was Anständiges zu trinken kricht. Aber aufpassen muss man hier schon. ´Nen alten Kumpel, der nachts besoffen zum Schiff zurück ist, ham´se hier ma komplett ausgeraubt.«

»Du hast Urlaub bis um 24:00 Uhr. Lass dich am Besten nicht zu sehr volllaufen Fiete. Morgen früh um zehn legen wir ab!«

»Keine Sorge Käpt´n ich trink nur so viel, wie mit aller Gewalt reinpasst«, antwortete Fiete grinsend und verabschiedete sich zum Landgang.

Vorne, am Bug der Happy Sea, wurden gerade die Ladeklappen geöffnet, um frisches Obst und Gemüse zu bunkern.

Cornelius Bellmeyer's Unterschlupf lag fast direkt daneben. Er hatte er sich heimlich dort hingeschlichen, um die Gangway im Auge zu behalten.

Das Larissa mit dem Asiaten rummachte, konnte und wollte er nicht akzeptieren. Allein der Gedanke daran bereitete ihm fast körperliche Schmerzen.

Plötzlich entdeckte er sie in der Menschenmenge, die oben an der Gangway wartete, um an Land gehen zu können. Larissa verließ, Arm in Arm mit diesem Schlitzauge, wie Cornelius ihn bezeichnete, das Schiff.

Ja was dachte sich der Blödmann eigentlich dabei, einfach seine Freundin anzugraben, empörte sich Bellmeyer innerlich.

Er stürmte zurück ins Zirkusquartier. Aus Beppos Fundus schnappte er sich im Vorbeilaufen eine Schirmmütze mit integrierter Clownglatze, nebst angesetztem Haarkranz und hastete weiter in Richtung Treppenaufgang. Beinahe hätte er Bosco umgerannt, der am Zirkuswagen lehnte und mit Pietro plauderte.

»Porca Miseria!«, entfuhr es Bosco, als der seinen ehemaligen Arbeitgeber vorbeiflitzen sah. »Den kann man aber auch nicht fünf Minuten aus den Augen lassen!«, zischte er dem Messerwerfer zu und nahm die Verfolgung auf. Unterwegs klaubte er die, im Bordshop erstandene Schirmmütze nebst Sonnenbrille aus der Tasche und versuchte sich im Laufen, so gut es ging, damit zu tarnen. Oben am Ausgang sah er zu seiner Bestürzung, dass

Bellmeyer in einer idiotischen Verkleidung die Gangway herunter stürmte und laut »Larissa!!!«, brüllte. Gerade wollte Bosco die Verfolgung fortsetzen, als er aus dem Augenwinkel Commissario Rossi bemerkte, der unauffällig Larissa und den Asiaten verfolgte.

»Hier Team Bongo, alle vier Zielpersonen verlassen das Schiff, nehmen jetzt die Verfolgung auf.«

»Hier Mother Bongo, verstanden.«

Nach dem desaströsen Fehlschlag in der vergangenen Nacht, hatte Captain Bobby Stout ein neues Team in Stellung gebracht.

Bosco blieb etwa zehn Meter hinter Rossi, der sich wiederum auf etwa fünfzig Meter an Bellmeyer herangearbeitet hatte. Der drängelte hinter Larissa her, als diese sich mit Hop Sing unvermittelt in ein Taxi schwang und davonbrauste. Auch Bellmeyer, Rossi und Bosco bestiegen jeder ein Taxi. Sie gaben ihren Fahrern den Befehl, auf den so mancher Taxichauffeur ein Leben lang wartete: »Los!!! Folgen Sie dem Wagen dort!«

»Hier Team Bongo, Zielpersonen haben uns mit Taxen abgehängt!«
»Hier Mother Bongo, warten Sie, wir hacken den Taxifunk. - «

Fünf Minuten später
»Hier Mother Bongo, Zielpersonen auf dem Weg in die Kasbah.«

Hop Sing bezahlte den Taxifahrer und stieg mit Larissa aus, um durch die engen, verschlungenen Gassen, der als Weltkulturerbe bekannten Kasbah zu schlendern. Die Hotelchefin, Frau Klüsenpichler, hatte ihnen den Besuch wärmstens empfohlen.

Bellmeyer ließ sein Taxi stoppen. Als er aussteigen wollte, hielt ihn der Fahrer energisch zurück und forderte sein Fahrgeld ein. Der Verteidigungsminister war es nicht gewohnt, Bargeld mit sich herumzutragen. Da er als Politiker noch nie selbst für ein Taxi zahlen musste, stutzte er, bis er begriff, was der aufgebrachte Fahrer ihm, in nicht freundlich klingendem Französisch, mitzuteilen versuchte.
Jetzt galt es allerdings, Prioritäten zu setzen. Als Cornelius seine Freundin mit dem Chinesen in der Menschenmenge entschwinden sah, meinte er nur lapidar »Schicken Sie `ne Rechnung ans Bundeskanzleramt.« Dann stieg er flink aus und nahm die Verfolgung auf, während der Fahrer ihm Verwünschungen der übelsten Art hinterherbrüllte.

Rossi und Bosco, die beide nicht an einen Landgang in Algerien gedacht hatten, zahlten ihre Taxen jeder mit Euros, die gerne genommen wurden, bevor sie die Verfolgung aufnahmen.

»Bongo Mother für Bongo kommen! Zielperson Alpha ausgemacht. Beta Gamma und Delta vermutlich in der Nähe. Betreten jetzt die Kasbah.«

»Bongo Mother, - verstanden, Clean-Team in Bereitschaft!«

Bodo Grabowski pirschte ebenfalls durch die engen, belebten Gassen des Viertels. Das Bild von Terrier Bocuse vor seinem inneren Auge, wurde jeder der zahlreichen herrenlosen Hunde abgescannt und auf Tauglichkeit gecheckt. Terrier waren in Algier allerdings relativ selten zu finden.

Bosco hielt sich etwa zwanzig Meter hinter dem Commissario, welcher weiterhin Larissa verfolgte. Nach fünfzehn Minuten war Bellmeyer in dem Gewimmel hinter Rossi zurückgefallen. Möglicherweise hatte er den Commissario erkannt.
Gerade, als der Leibwächter zum Minister vordringen wollte, um ihn vor Rossi zu warnen, nahm er von schräg rechts, das vertraute »Ploppen« einer schallgedämpften Waffe war. Mit Bestürzung registrierte er, dass direkt über Bellmeyers Schulter ein Stück Putz au einer Hauswand spritzte.
Dann tauchte der Verteidigungsminister wieder in einen Menschenpulk ein und war für Bosco nicht mehr zu sehen.
Den Täter hatte Strozzi schnell ausgemacht. Die deutliche Beule einer Pistole, mit aufgesetztem Schalldämpfer, unterm Jackett war nicht zu übersehen.

Er ließ sich leicht zurückfallen und entdeckte einen weiteren Mann in ähnlich auffälliger Verleidung. Die dunklen Anzüge, Baseballkappen, sowie glänzende, schwarze Lederschuhe, ließen sie unter den Einheimischen hervorstechen, wie Smokingträger im Freibad. Der Zweite hatte jetzt zum Ersten aufgeschlossen. *Den beiden fehlt nur noch der Aufdruck CIA auf dem Rücken*, dachte Bosco. Er vermutete allerdings, dass sie zu einem der zahlreichen, eher unbekannten Dienste gehörten, deren Existenz nur wenigen Eingeweihten bekannt war.

»*Warum wollen die den Verteidigungsminister umlegen, wo er doch überall als vermeintliches Entführungsopfer gesucht wurde? Hier war etwas oberfaul!*«, schoss es Bosco durch den Kopf. Jetzt kam es auf jede Sekunde an. Der Italiener versuchte, sich unauffällig an die Killer heranzudrängeln. Hilflos musste er mit ansehen, wie beide sich in einen Hauseingang drückten, ihre schallgedämpften Waffen zogen, zielten und abdrückten.

Gerade als Bellmeyer wieder laut Larissa rufen wollte, fegte ihm ein schmutzig-brauner Straßenköter durch die Beine und brachte ihn dadurch zu Fall. Verfolgt wurde der Hund von Bodo Grabowski, der nach langem Suchen endlich ein passendes Opfer ausgemacht hatte. In seiner Euphorie, ein perfektes Double für Bocuse gefunden zu haben, achtete er nicht mehr auf die anderen Passanten. Wie ein Rammbock stürmte er vorwärts, stolperte über den schon am Boden liegenden Verteidigungsminister, packte im Flug den Terrier und landete, den Hund mit beiden Armen umklammernd, schmerzhaft auf dem groben Kopfsteinpflaster.

»Bongo eins an Bongo Mother, Ziele Alpha und Beta eliminiert!«

»Verstanden Bongo eins, Bongo zwei bestätigen!«

»Bestätige Bongo Mother, Zielpersonen eliminiert!«

»Bongo Mother für Bongo, Abbruch, begebt euch zum Hafen und wartet dort auf Gamma und Delta. Clean Team ist unterwegs.«

»Verstanden Bongo Mother, Ende.«

Bosco rammte dem Agenten, der gerade in sein Mikrofon sprach, die Faust in die Nieren. Der Mann klappte zusammen wie ein Taschenmesser. Ein harter Schlag, mit der Handkante auf den Halswirbel des Zweiten, der von dem Angriff ebenfalls vollkommen überrascht wurde, beendete das Leben von Bongo zwei.
Bongo eins richtete sich gerade stöhnend wieder auf, als ihm Boscos Klappmesser zwischen die Rippen fuhr. Damit hauchte auch der sein Leben aus.
Bosco nahm ihnen die Waffen ab, da er irgendwie das Gefühl hatte, sie noch gebrauchen zu können. Er drängelte sich zu Bellmeyer durch, riss ihn hoch und stieß ihn in eine belebte Seitengasse.
Bodo, der noch immer mit dem wild zappelnden Terrier auf dem Boden lag, bekam von all dem nichts mit. Dass er eine ähnliche Baseballkappe trug wie Bosco, hätte ihn beinahe das Leben gekostet.

»Sag mal merke du nixe!? Jemande schießt aufe dich!«

Bellmeyer sah ihn verständnislos an.

»Da will dich Jemande tote sehen, capisce?! Nimm die dämliche Clownperücke ab, damite du fällste auf wie bunte Hund!«
Bosco riss ihm die Perücke vom Kopf.
»Komm, wir besorge dir Besseres!«
Sie schlichen vorsichtig weiter durch die engen Gassen. Bei einem Straßenhändler erstanden sie einen Turban nebst Umhang für Bellmeyer und machten sich danach auf den Weg zum Schiff.

»Du biste eine riesen Trottel! Hast nichte bemerkt, dasse Rossi hinter dir her war - hä!? Man sollte dich in die Affenkäfig sperre, unde Schlüssel in Meer werfe!«

Cornelius wollte gerade erwidern, dass die Schlüsselgewalt sowieso bei Penelope läge, ließ es dann aber sein, um sich weitere Peinlichkeiten zu ersparen.

Zehn Minuten später bremste ein alter Militär Jeep an der Stelle, wo angeblich die beiden Toten liegen sollten. Zwei, als algerische Polizisten getarnte Mitglieder des Cleanteams, sprangen aus dem Wagen und schauten sich prüfend um.
»Scheiße, wo sind denn die Leichen?«

»Hey ich glaube dort drüben im Hauseingang!«

Den beiden toten Agenten waren mittlerweile Schuhe,

Jacketts, Uhren und sonstige Wertsachen gestohlen worden. Die so gefledderten Leichen wurden von den vorbeieilenden Passanten bewusst ignoriert.

Das Cleanteam steuerte den Jeep rückwärts an den Eingang. Sie warfen die Toten auf die Ladefläche, deckten sie mit einer Plane ab und brausten davon.

»Clean Team an Bongo Mother, Pakete aufgenommen.«

»Hier Bongo Mother, liefert zu Adresse Romeo, Adresse Romeo, bitte bestätigen.«

»Clean Team, Adresse Romeo, verstanden, Ende«

Adresse Romeo war ein leerstehendes Lagerhaus am Hafen. Dort wartete bereits Team Hollywood auf die Leichen.

Die geheime Organisation Creepy Silence Service, kurz CSS, war so strukturiert, dass nur der Boss über alle Einzelheiten der Operation informiert war. Der Boss hieß Bobby Stout und war nicht dem Präsidenten gegenüber zur Rechenschaft verpflichtet, sondern unterstand einer Vereinigung verschiedener Interessengruppen, vertreten durch Randolph Scott. Eben jenen Firmen, die mit Waffen, Öl und Krieg viel Geld verdienten, und die auch bei der Besetzung des Präsidentenamtes ein gewichtiges Wörtchen mitzureden hatten.
Für sie war die Erde nur ein großes Schachspiel, auf dem man die Figuren nach Belieben hin und herschob. Die ökologische Zukunft des Planeten, oder gar menschliche Schicksale, waren für sie nur Kollateralschäden.

Seit vielen Jahrzehnten agierten sie nach Lust und Laune in Südamerika, Nordafrika und im Nahen Osten. Sie hatten dort, unter Vorspiegelung falscher Tatsachen, so manches, vormals blühende Land, mit Furcht und Terror überzogen. Das wichtigste Ziel jedoch, welches seit über einhundert Jahren verfolgt wurde, war, zu verhindern, das Deutschland und Russland wirtschaftlich eng zusammenarbeiten. Denn deutsches Know-how, gepaart mit russischem Geld, Bodenschätzen und Manpower wäre das wirtschaftliche Ende dieser Interessengruppe. Dieses lang gehütete Geheimnis, wurde erstmals öffentlich, als ein einflussreicher Think-Tank Manager der USA das in einer Rede [1]offen zugab, und diese Rede dann von Dritten im Internet veröffentlicht wurde. Die Drahtzieher hinter dieser globalen Verschwörung waren auch Randolph Scott nicht bekannt. Er war ebenfalls nur ein kleines Rädchen im Getriebe der Mächtigen.

Das rostige Tor der Halle öffnete sich quietschend, und der Jeep raste mit unverminderter Geschwindigkeit hinein, bevor er schlitternd zu stehen kam.

Die beiden Männer des Cleanteams sprangen heraus, nickten den fünf wartenden Männern des Teams Hollywood kurz zu und verschwanden durch eine Seitentür.

»Bongo Mother für Cleanteam, Pakete zugestellt.«

»Verstanden Cleanteam, gute Arbeit.«

Team Hollywood wurde benötigt, um Leichenfundorte

---

[1] https://www.youtube.com/watch?v=9fNnZaTyk3M

perfekt zu präparieren. Es gab schwierige Jobs, bei denen der Faktor Zeit eine wichtige Rolle spielte. Dieser Job gehörte definitiv nicht dazu.

Der Leiter des Teams, hinter vorgehaltener Hand auch Hitchcock genannt, trat mit dem Klemmbrett vor seine Mannschaft. Sorgfältig instruierte er sie, wie die Auffindsituation geplant war. Wem am Ende die Schuld für die Morde in die Schuhe geschoben werden sollte. Die Toten stellten lediglich weitere Bauernopfer im großen Schachspiel um Macht, Einfluss und Geld dar.

»Der Geheimdienst hat mich gerade angerufen. Man hat den deutschen Verteidigungsminister und seinen Leibwächter tot aufgefunden«, meldete der persönliche Sekretär des Präsidenten.

»Wo?«

»In einem Lagerhaus in Algier, Mr Präsident.«

»Schon irgendwelche Verdächtige?«

»Die haben einen russischen Pass neben den Leichen gefunden.»

»Dann war der Leibwächter also unschuldig?«

»Das ist noch nicht klar, Sir. Möglicherweise hat er mit den Entführern unter einer Decke gesteckt und sie haben ihn am Ende als lästigen Zeugen beseitigt.«

Veranlassen Sie in einer halben Stunde ein Treffen mit dem Verteidigungsminister. Die Lage erscheint mir ernster als ich angenommen hatte. Wir können uns diesen Affront auf gar keinen Fall bieten lassen. Was glaubt der Iwan denn, wer er ist!? Ich werde jetzt die Bundeskanzlerin informieren.«

»Frau Bundeskanzlerin, ich muss Ihnen die traurige Mitteilung machen, dass Verteidigungsminister Cornelius Bellmeyer soeben in Algier tot aufgefunden wurde. Unsere Leute vor Ort haben mir dies vor zwei Minuten mitgeteilt. Er und auch sein Leibwächter Bosco Strozzi scheinen Opfer eines Verbrechens geworden zu sein.«

»Oh, das ist ja schrecklich, wie ist das passiert?«

»Er muss wohl an einer Kreuzfahrt teilgenommen haben. Als das Schiff in Algier Station gemacht hatte und er an einem Landausflug teilnahm, muss es passiert sein. Genaueres zum Tathergang können wir Ihnen zum gegenwärtigen Zeitpunkt noch nicht mitteilen. Eine Tatbeteiligung des Leibwächters kann allerdings zum jetzigen Zeitpunkt nicht ausgeschlossen werden. In der Nähe der Opfer wurde ein russischer Pass auf den Namen Viktor Iwanowitsch gefunden.«

»Wir haben uns erlaubt, Ihnen eine Pressemitteilung zu mailen, die Sie umgehend veröffentlichen sollten. Diese leidige Angelegenheit wird unser Verhältnis zum Iwan nicht gerade verbessern. Allerdings dürfen Sie, als mächtigste Frau Europas, die Augen nicht vor den Tatsachen verschließen.«

»Selbstverständlich Herr Präsident, ich werde alle nötigen Schritte einleiten.«

»Ich verlasse mich auf Sie. Ich möchte Ihnen versichern, Frau Bundeskanzlerin, meine und auch die Gedanken des gesamten amerikanischen Volkes sind im Moment bei den Familien der Opfer. Wir werden alles Nötige in die Wege leiten, um die feigen Täter ihrer gerechten Strafe zuzuführen.«

Die Kanzlerin legte langsam den Hörer des abhörsicheren Telefons auf die Gabel und dachte »*Dann hat dieser schwanzgesteuerte Vollpfosten Bellmeyer die Kreuzfahrt also doch angetreten. Auf den Passagierlisten war er allerdings nicht geführt. Da haben die Trottel vom BKA ja mal wieder ganz schön geschlampt.*«

»Harry, hast du schon von der Sache in Algier gehört?«, fragte der Präsident Verteidigungsminister Harald Chatham.

Chatham konnte keine wirkliche militärische Vorbildung vorweisen, außer dem Absolvieren des Grundwehrdienstes beim Heimatschutz. Dort wurde er, auf Intervention seiner einflussreichen Südstaaten-Familie, auf der Schreibstube eingesetzt. Auf Grund dieser wichtigen Funktion war ihm die Teilnahmemöglichkeit an Kampfhandlungen im Irak leider verwehrt. Eine Tatsache, die in seiner Vita gerne verschwiegen wurde. Dieser kleine Makel hinderte ihn jedoch nicht daran, Karriere zu machen. Ja es war seiner

Laufbahn sogar förderlich. Konnte er doch höchst überzeugend, große Töne spucken, da er dem Feind nie Auge in Auge gegenübergestanden, und keine von Granaten verstümmelten Kameraden hatte verrecken sehen.

Chatham war schlichtweg unfähig, die Absurdität eines Krieges, oder einfacher gesagt, des gegenseitigen Tötens für die Interessen Dritter, zu erkennen.

»Wăs schlägst du vor, wie wir in dieser Angelegenheit reagieren sollten?«

»Mr. President, bei allem Respekt, ich schätze die Lage als außerordentlich ernst ein. Wir können nicht dulden, dass die Weicheier in Deutschland lediglich wieder auf diplomatischem Weg versuchen, dieser Provokation zu begegnen.»

»Harry, mir erschließt sich nicht, was der Iwan mit der Aktion erreichen will. Könnte es sein, dass es ihm nicht passt, wie wir entgegen allen Absprachen unseren Einflussbereich nach Osten hin ausdehnen?«

»Aus seiner Sicht mag er ja recht haben, aber das sollte uns am Arsch vorbei gehen. Wenn ihm das nicht passt, ist das doch nicht unser Problem. Damit muss er leben. Je eher er das begreift, desto besser. Ich empfehle, mit aller Härte zu reagieren. Der neben den Leichen gefundene Pass erscheint mir eine ausreichende Legimitation für uns zu sein. Als erste Reaktion würde ich empfehlen, von DEFCON 4 auf DEFCON 2 zu erhöhen. Das sollte ihn davon überzeugen, dass es uns sehr ernst ist, und wir uns so etwas nicht bieten lassen.«

»OK Harry, ich vertraue wie immer deiner kompetenten Einschätzung der Lage.«

Salon des Bordfriseurs

Bodo Grabowski klopfte drängend an die Tür des Friseursalons der Happy Sea.

»Antonie, nun mach schon auf! Ich hab nicht viel Zeit!«

Antonie Cordonier eilte aus dem Hinterzimmer zur Eingangstür, drehte den Schlüssel herum und zog die Glastür auf.

»Bodo, Cherie, so früh àtte isch disch nischt erwartät! `Ast du ´und gäfundän wie isch sähe!« Antonie deutete auf eine graue Plastikbox, wie sie allgemein zum sicheren Transport von Kleintieren verwendet werden.

»Ja, ich hatte Glück. Komm, wir müssen uns beeilen! Hier ist ein Foto von dem Hund, also wie er nachher aussehen müsste.«

»Aahh! Wer ist die schrecklische Monstär ìnter die `und?« Antonie deutete auf das mit Gurkenscheiben bepflasterte Gesicht von Bocuses Herrchen Gerhard Esser.

»Das ist, glaube ich, ein Riesenarschloch, Antonie. Deshalb muss der Hund auch perfekt werden.«

»`Aast du ihn gästellt ruhig? Isch brauche meine schöne Fingär nämlisch noch!«

»Keine Sorge, der hat ein starkes Beruhigungsmittel

bekommen.«

»Gut, äh - lass misch mal schauän. - ja, jaaa, - ja so es wird gähen!
Zuerst wir müssen waschen die dräckige Kötär, um zu sähen welschä farbä är wirklisch `at. Dass du must machä-Cherie. Isch bäreite schon mal die Färbung vor.

Nachdem Bodo den Terrier gründlich vom Straßenstaub befreit hatte, machte sich Antonie daran, das Fell passend zum Original zu stutzen. Danach bleichte er den Terrier komplett in Weiss.

»So Cherie, nun wir mussen malän die schwarzä Fläcken.«

Antonie arbeitete effektiv und sehr gewissenhaft, was Bodo allerdings immer wieder zur Uhr schauen ließ. Noch eine halbe Stunde, dann erwartete Gerhard Esser seinen Liebling zurück. Die Zeit wurde allmählich knapp.

»Antonie, ich finde, er sieht jetzt genau aus wie der Alte. Du solltest es jetzt gut sein lassen. Die Wirkung des Beruhigungsmittels lässt auch langsam nach.«

»Isch gleisch bin färtig mein Freund. Er soll doch magnifique aussähen oder nischt? Nur noch 'ihr ein wänig scheiden, und dort ein wänig schneidän.«

»Antonie, ich glaube, er hat gerade leise geknurrt.« Bodo befestigte vorsichtshalber die Hundeleine am Halsband und schlang sie sich zwei Mal um die Hand. Er hatte die Leine ebenfalls in Algier erstanden und nach ein wenig fachmännischer Bearbeitung, sah sie der Alten täuschend ähnlich.

»Antonie bitte, es ist gut so.«

»Nur noch einä Schnitt `ihr unter die Hals - ».

Schneller als Antonie reagieren konnte, agierte der Terrier. Zeit seines Hundelebens hatte er in den Straßen Algiers ums Überleben kämpfen müssen. Nichts war ihm geschenkt worden. Nur der Stärkere überlebte.
Antonie ließ die Haarschere fallen und versuchte verzweifelt, sein Handgelenk aus dem Maul des wütend knurrenden Terriers zu befreien.
Aahh! Du verlauster, blöder Köter lass mich sofort los! Kackvieh, altes Verdammtes! Bodo, was hast du mir hier für eine reißende Bestie angeschleppt!«

Durch einen beherzten Griff in die Backen des Hundes befreite Bodo Antonies Hand aus dem Maul. Er schaute den Friseur staunend an. »Wo ist dein Akzent? Du bist ja überhaupt kein Franzose!«

Antonie hielt sich die blutende Hand.
»Du hast recht, Bodo, aber sag es niemandem. Mein Name ist in Wirklichkeit Anton Schuster. Antonie Cordonier ist nur die wörtliche Übersetzung. Es ist schwer, bei der reichen Kundschaft als Anton Schuster Anerkennung zu finden. Aber als exzentrischer schwuler Franzose glauben die dir einfach alles. Sie sind sogar bereit mehr zu bezahlen. Ich bescheiße ja niemanden. Ich liefere ehrliche Arbeit und sonst nichts.«

»Bei mir ist dein Geheimnis gut aufgehoben Antonie. Und ich hatte schon Bedenken, du würdest mehr von mir wollen als nur Geld«, grinste Bodo.

»Ich weis, dass du das gedacht hast«, grinste Antonie, »und es hat Spaß gemacht, dich dabei zu beobachten. Schwieriger ist es, wenn meine männliche Kundschaft wirklich etwas zudringlich wird.«

»Alles klar Antonie, was bin ich dir schuldig?«

»Bewahre mein Geschäftsgeheimnis, dann sind wir quitt.«

»Danke mein Freund! - So, jetzt muss ich diese reißende Bestie beim Besitzer abliefern. Am Besten geb` ich dem Hund vorher noch etwas von dem Beruhigungsmittel.«

Happy Sea, Brücke

»Na Fiete, alles im Lot auf`m Boot?!« Kapitän Fritz Hellemann schlug dem Steuermann bewusst kräftig auf die Schulter.

Fiete war gestern während seines Landurlaubs fürchterlich in einer Hotelbar versackt. Dementsprechend lose schwappte sein Gehirn momentan im Schädel herum. Jede Erschütterung hatte gemeine Schmerzen zur Folge. Fiete war klar, dass der Kapitän dies wusste und schamlos ausnutzte. Deshalb war er auch froh, dass Hellemann von plötzlichen Klingeln seines Handys abgelenkt wurde.

»Fritz, Gerlinde hier. Ich hab eben in der Klinik nachgefragt, es gibt noch keine Neuigkeiten. Deiner Frau geht es so weit gut.«

»Danke Gerlinde.«

»Ach so, - Martin Winsel lässt ausrichten, dass vor zehn Minuten eine Ansprache der Bundeskanzlerin angekündigt wurde. Sie wird um zehn vor zwölf auf allen Sendern übertragen. Martin meinte, es ginge um die dir bekannte Angelegenheit.«

»Interessant, - sag bitte Commissario Rossi Bescheid. Er möchte sich bitte dringend auf der Brücke einfinden.«

Um fünf nach zwölf starrten sich Rossi und Fritz bestürzt an.

»Das ist ja ein Ding. Wenn ich mich nicht irre, habe ich den Bellmeyer gestern noch in der Kasbah gesehen. Ich war ganz dicht an ihm dran, aber dann ist er mir in einer Menschenmenge entwischt.«

»Die Kanzlerin schien mir sehr entschlossen, sich das von den Russen nicht bieten zu lassen. Hoffentlich schaukelt sich die Angelegenheit nicht zu einer offenen Auseinandersetzung auf.«
»Meinen Sie etwa Krieg?!«

Fritz schaute Rossi stumm an und zuckte nur ratlos mit den Schultern.
»Ich kann mir nicht vorstellen, dass die olle Rautenstrauch das will.«

»Die vielleicht nicht, aber hat euere Kanzlerin da überhaupt ein Wörtchen mitzureden? Widerworte gibt die angeblich mächtigste Frau Europas den Amis jedenfalls nicht.«

»Wollen wir hoffen, dass die in Berlin dem großen Bruder nicht total hörig sind. Mir scheint, die haben mittlerweile vollkommen vergessen, das sie dem Volk verpflichtet sind und nicht irgendwelchen Lobbyisten.«

»Dem Volk?«, erwiderte Rossi lachend, »wovon träumen Sie denn nachts?«

In dem Moment trat Martin Winsel ein und überreichte dem Kapitän einen Zettel.
»D-die St-t-t-tellungnahme vom russischen Präsidenten ka-kam eben über den russischen Sender RT.«

»Danke Martin, bleib weiter dran an der Sache. Ich möchte alles wissen, was damit zu tun hat.«

Fritz überflog den Zettel.
»Der russische Präsident streitet jegliche Beteiligung an der Ermordung Bellmanns ab und verbietet sich jegliche haltlose Diffamierung seines Landes. Er hat nun seinerseits die Verteidigungsbereitschaft Russlands erhöht, um der westlichen Bedrohung zu begegnen.

»Ich fürchte, die Lage spitzt sich zu, Rossi.«

»Wollen wir das Beste hoffen. Dann hat sich ja meine Aufgabe hier auf dem Schiff erledigt. Die Mörder sind ermordet worden, wie passend. Ich denke, ich werde die freie Zeit jetzt dazu nutzen Ihren Bordarzt konsultieren. Mein Rücken macht mir wieder Probleme. Es gibt da doch solche Wärmepflaster. Vielleicht hat er ja eines für mich übrig. Wenn es Neuigkeiten in dieser Kriegsgeschichte gibt, bitte ich Sie trotzdem, mich auf dem Laufenden zu halten Herr Kapitän.«

Zirkus Trallafitti, Unterdeck

»Bosco, hier steckst du! Der Bulle ist wieder verschwunden. Ich möchte, dass wir nochmal für die Vorstellung heute Abend trainieren!«

»Wirf doch bitte beim Training auf deine Glühbirnen, das mindert mein Sterberisiko kolossal.«

»Jetzt übertreib aber nicht. Ich würde ja darauf verzichten, aber ich muss sehen, wie du reagierst. Ich kann es mir nicht leisten, dass du bei der Vorstellung zuckst oder gar wegläufst, verstehst du!«

»Na gut, ein Mal! Mehr nicht.«

Pietro und Bosco bauten die Holztafel auf, die auch bei der Vorstellung verwendet wurde. Bosco stellte sich auf das schmale Holzbrett, das unten an der Tafel angeschraubt war.

Der Messerwerfer stellte die Stromverbindung her, die Birnen flammten auf und Bosco schaute ihm erwartungsvoll entgegen.

»Jetzt spreiz deine Arme ab, bleib ruhig stehen und bewege bitte keinen Muskel!«

Pietro ergriff fünf Wurfmesser und hielt sie aufgefächert in der linken Hand. Ein Sechstes lag mit der Klinge locker, zwischen Daumen und Zeigefinger der Wurfhand. Er holte aus, das Messer flog, in der Luft eine halbe Drehung vollführend, auf Bosco zu, um dann zwischen Boscos Oberschenkeln, durch Boscos Handrücken, im Holz stecken zu bleiben.

»Bist du bescheuert!!! Ich sagte doch, du sollst dich nicht bewegen und du Idiot hältst die Hand zwischen deine Beine!«

»Das - ahh - ist doch wohl - ahh - eine völlig normale Reaktion du Arsch! Jetzt red` nicht! Zieh lieber schleunigst das Messer raus!«, stöhnte Bosco.

Mit einem Ruck riss Pietro die Klinge aus Holzplatte und Hand. Die Wunde begann sofort, stark zu bluten.

»Du musst zum Arzt!« Pietro schlang einen alten Lappen um die Stichwunde.
Cornelius, komm her! Hilf mir, deinen Freund zu stützen! Wir müssen ihn schnellstens in den Sanitätsbereich schaffen.

»Schnell, holen Sie den Doktor, wir haben hier einen Verletzten!«, rief Bellmeyer, der sich wieder mit der Clownperücke getarnt hatte.

Bitte kommen Sie sofort mit nach hinten durch ins Behandlungszimmer.
»Doktor von Hollerbeck, ein Notfall!!«, rief Sprechstundenhilfe Ramona laut.

»Wie ist DAS denn passiert?!«, fragte der Arzt neugierig, als er die Stichverletzung betrachtete. »Sind wir hier in der Bronx? Vorgestern schneidet sich einer den halben Finger ab, heute kommen Sie mit durchstochenem Handrücken?«

»Arbeitsunfall, Herr Doktor. Wir sind vom Zirkus«, antwortete Pietro lapidar.

»Wenn Sie es sagen - «, meinte von Hollerbeck zweifelnd. »Das müssen wir erst mal röntgen. Nicht, dass noch ein Knochen in Mitleidenschaft gezogen wurde. Schwester Ramona, bitte machen Sie mir ein Röntgenbild von der Hand des Patienten.«

»Gerne Herr Doktor. Draußen wartet übrigens ein älterer Herr, der hätte gerne ein Wärmepflaster.«

»Ich kümmere mich sofort darum.« Um das Behandlungszimmer leerer zu bekommen, wandte er sich an Pietro und Cornelius.
»Meine Herren, wenn Sie bitte draußen warten möchten. Ich schicke Ihren Arbeitskollegen raus, sobald ich ihn fertig verarztet habe.«

Während Ramona ein Röntgenbild anfertigte, geleitete der Bordarzt die beiden ins Wartezimmer. Dort saß Rossi auf einem der roten Plastikstühle. Gedankenversunken las er in der Apothekenumschau.
Plötzlich flog die Tür auf. Gerhard Esser taumelte mit schmerzverzerrtem Gesicht herein.

»Einen Arzt, schnell! Meine Hand!«

Von Hollerbeck schaute entsetzt auf den halb abgewickelten und in Fetzen herunterhängenden Mullverband.

»Aber Herr Esser, wie konnte das passieren? Ihr Verband ist ja ganz blutig!?«

»Mein Hund hat mich gebissen! Ich weiß auch nicht, was in den gefahren ist. Als der Hundesitter ihn zurückgebrachte, war er noch ganz ruhig, ja ich würde sogar sagen, etwas lummerig - ».

»Kommen Sie erst mal mit, ich schau mir das gleich an.«

Horatio führte den Patienten ins Behandlungszimmer.

Rossi, von Esser Auftritt aus seinen Gedanken gerissen, betrachtete jetzt neugierig die anderen wartenden Herren. Der eine trug eine Clownperücke, wie er sie gestern in der Kasbah schon mal kurz gesehen hatte. Der Kerl hatte Ähnlichkeit mit diesem Bellmeyer, den er zuletzt blutbesudelt im Interconti in Genua gesehen hatte. Aber das konnte ja nicht sein, der war ja tot.
Die Tür zum Wartezimmer flog abermals auf. Manni Rammelhammer baute sich wutschnaubend im Türrahmen auf.

Heute Morgen, nach dem Aufstehen, überkam Manni die Gewissheit, dass der, vom Doktor versprochene, *neue Mensch* sicher anders aussehen würde als das Monster, welches ihn aus dem Spiegel heraus anstarrte.
Er hatte sich unter Schmerzen gewaschen und einen

sauberen Jogging Anzug übergestreift. Danach begann er mit der Retusche. Ein breiter Schal um seinen Hals kaschierte nur unzureichend die vollkommen gefühllosen Schlauchbootlippen. Schminke, in Mengen, die sonst nur bei der Reparatur verbeulter Kotflügel zum Einsatz kamen, übertünchte die großen, bunt schillernden Hämatome auf der Stirn. Er wirkte nach der Retusche nicht mehr wie ein Monster, sondern eher wie ein schlecht geschminktes Monster. So aufgehübscht hatte sich Manni, beseelt von Rachegedanken der blutrünstigsten Art, auf den Weg zu Horatio von Hollerbecks Praxis gemacht.

»Wo ist der Fümper!!?«

Rossi blickte fragend zu der offensichtlich etwas aufgebrachten Person, die sich wütend, undeutliche Worte absondernd, im Türrahmen aufplusterte.

»Hollerbeck Fie Kurfuffer!!! Kommen Fie rauf, fenn fie fich frauen!!!«

Horatio, von dem Lärm im Wartezimmer angelockt riss die Tür auf und erblickte das Ergebnis seiner, wie er sich eingestehen musste, nicht wirklich besten Arbeit.

»Aber Herr Rammelhammer, was ist denn los? Warum regen Sie sich so auf?«, sprach er beschwichtigend auf Manni ein und warf entschuldigende Blicke zu den im Wartezimmer sitzenden Männern.

»Waf lof ift??!« Manni stürzte sich auf den Arzt. Sofort traktierte er ihn mit wütenden Faustschlägen. Rossi, nun ganz Polizeibeamter, sprang auf, riss den Angreifer zurück und schleuderte ihn quer durchs Wartezimmer, wo er mit dem Kopf unsanft gegen die Wand knallte. Der Schwung dieser heldenhaften Aktion brachte auch Rossi aus dem Gleichgewicht, so dass er auf die beiden wartenden Zirkusleute stürzte und dem einen versehentlich die Perrücke von Kopf fegte. Rossi starrte den jetzt unverkleidet dasitzenden Mann an und erkannte bestürzt, wen er vor sich hatte.

»Bellmeyer! Aber Sie sind doch tot!?«

Cornelius riss entsetzt die Augen auf, sprang aus dem Stuhl und floh aus der Praxis. Rossi wollte gerade hinterher, als Rammelhammer, der sich wieder aufgerappelt hatte, dem Arzt einen wütenden Schwinger versetzte, der diesen gegen den Commissario stolpern ließ, bevor beide zu Boden gingen.

Manni hielt sich seine, von dem gewaltigen Schlag schmerzende Faust, während dem Arzt das Blut aus der gebrochenen Nase spritzte. Dann packte er von Hollerbeck und schleuderte ihn gegen die halb offenstehende Tür des Behandlungszimmers.

»Lof rein da du Fümper! Wo haft du deine Botoxfizen?«

Als sich Rossi wieder aufgerappelt hatte, musste er feststellen, dass auch der andere, den er als den Messerwerfer des Zirkus identifiziert hatte, verschwunden war.

Ramona, die eben mit Bosco vom Röntgen zurückkam, traute ihren Augen nicht. Sie sah den verletzten Bordarzt am Boden liegen und bemerkte, wie ein wütender Rammelhammer den Giftschrank durchwühlte.

»He! Was tun Sie da!? Das dürfen Sie nicht!«

»Ah! Da find fie ja!«, rief Manni erfreut. Triumphierend streckte er eine ganze Schachtel mit Botoxspritzen in die Luft.
Einen zweifelnden Blick auf Ramona werfend, die ihn kampflustig, zu allem entschlossen anblickte, rief Manni geifernd: »Ich komme fieder, und dann fist du dran Hollerfeck!!!«

Manni flüchtete durch das Wartezimmer auf den Flur und ward vorerst nicht mehr gesehen.

»Kapitän Hellemann, das glauben Sie nicht! Ich bin soeben Bellmeyer begegnet!«
Rossi stand schwer atmend auf der Brücke.
»Ich brauche umgehend eine Verbindung zu meinem Chef in Genua! Die Welt steht so nah vor einem Krieg, wie seit der Kubakrise nicht mehr und die ahnen nicht, dass sich der Auslöser der ganzen Scheiße, hier auf dem Schiff, bester Gesundheit erfreut. Ich möchte wissen, was für Stümper da beim Geheimdienst am Werke sind.«

Kapitän Hellemann sorgte für eine freie Leitung nach Genua. Rossi berichtete seinem Chef in allen Einzelheiten,

was er gesehen hatte.
Der versprach, die Nachricht sofort an seine Vorgesetzten weiterzuleiten.

»Frau Bundeskanzlerin, ich habe soeben erfahren, dass ihr Verteidigungsminister nicht tot ist, sondern sich auf einem Kreuzfahrtschiff versteckt hält und sich bester Gesundheit erfreut«, teilte Italiens Staatschef seiner deutschen Amtskollegin Wilma Rautenstrauch brühwarm mit.

»Mr Präsident, mir ist soeben von meinem italienischen Amtskollegen mitgeteilt worden, dass unser Verteidigungsminister doch am Leben ist. Er hält sich angeblich auf einem Kreuzfahrtschiff versteckt!«

»Das ist ja unfassbar, Frau Bundeskanzlerin. Ich werde umgehend unsere Leute vom Auslandsgeheimdienst auf die Meldung ansetzen.«

»Harry, der Bellmeyer lebt angeblich noch! Wie kann das sein?«

»Leo, hier ist Harry. Bellmeyer ist angeblich nicht tot! Wen habt ihr denn in Algier von der Straße gekratzt!? Mein Gott ist das peinlich! Wie stehe ich jetzt da, vor dem Präsidenten? Wir haben Bilder von verstümmelten unkenntlichen Leichen veröffentlicht und dem Iwan die Schuld in die Schuhe geschoben! Etwas anderes, als einen toten deutschen

Verteidigungsminister, können wir uns jetzt nicht leisten! Sieh zu, dass du das wieder glattbügelst. Wie, ist mir scheißegal! Geht nicht, gibt`s nicht, ist das klar!«

»Leo Savallas hier! - Bobby, ihr habt`s versaut!«

»Ich weiß Leo, ich wollte dich eben anrufen. Zwei meiner Männer gelten mittlerweile als vermisst. Da hat es wohl eine Verwechselung gegeben.«

»Wo legt die Happy Sea als Nächstes an?«

»Gibraltar.«

»Ok, schick vier deiner besten Männer nach Gibraltar. Sie sollen sich auf die Happy Sea begeben und alle vier Zielpersonen ausschalten. Ihr habt sechsunddreißig Stunden.«

»Harry, Leo hier. Wir haben die Sache im Griff. Die Meldung, dass er noch lebt, könnt Ihr zurückhalten. Der Mann ist in spätestens sechsunddreißig Stunden Geschichte.«

»Frau Bundeskanzlerin, ich habe soeben die Nachricht bekommen, dass ihr Verteidigungsminister zweifelsfrei identifiziert wurde. Ihre Quelle muss sich getäuscht haben. Es tut mir sehr leid. Ich versichere Sie nochmals meiner aufrichtigen Anteilnahme«

»Danke Mr. Präsident.«

»Rossi! Hier spricht dein Chef! Wenn du mir noch einmal so einen Blödsinn erzählst, kannst du am Nordpol den Verkehr regeln! IST DAS KLAR?!!! Du kannst dir gar nicht vorstellen, was hier los war! Der Präsident ist stocksauer! Die Amis haben Bellmeyers Leiche einwandfrei identifiziert. Ich weiß nicht, wen du gesehen hast, aber du solltest wirklich mal zum Optiker gehen!«

Rossi wusste nicht mehr, was er glauben sollte. Nochmal würde er ganz sicher nicht so vorschnell den Boss anrufen. Sollten die sich ihren Bellmeyer doch sonst wo hinschieben.
Er schaute auf seine Armbanduhr. Halb sechs. Deutliches Hungergefühl machte sich bemerkbar. Er musste dringend noch etwas essen, bevor um acht die Zirkusvorstellung begann.

Speisesaal

Gerhard Esser hatte seinen Terrier eben für die Dauer des Abendessens in die Obhut des Hundesitters geben wollen. Der meinte allerdings, zurzeit keine Termine mehr frei zu haben. Daher sah er sich gezwungen, den Hund mit in den Speisesaal zu nehmen. Normalerweise gehorchte Bocuse auf`s Wort, aber im Moment konnte man ihn mit der Kneifzange nicht anfassen.

Esser wickelte die Leine eng um das Bein des Esstischs und ließ dem Hund auf diese Weise nicht viel Bewegungsraum. Bocuse kauerte sich knurrend neben das Tischbein und starrte sein Herrchen mit hypnotisierendem Blick an.

»Darf ich dem Herrn die Karte bringen?«, fragte Oberkellner Roman Sanftleben den neuen Gast.

»Das wäre hilfreich.«

»Möchten Sie schon etwas zu trinken bestellen?«

»Wie denn, wenn ich mich noch nicht entschieden habe, was ich zu speisen gedenke? Bringen Sie zuerst die Karte.«

»Sehr wohl der Herr.«

Roman präsentierte dem ungeduldigen Gast die Speisekarte.

»Wir haben heute Steinbutt im Angebot. Außerdem Schweinerückensteak an einer Feigenschaumrahmsauce.«

Das muss wohl weg, was? Nein danke, ich speise à la Carte. Jetzt gedulden Sie sich, bis ich gewählt habe.«

»Wie Sie wünschen mein Herr.«

Roman begab sich in die Küche, wo ihm Jérôme über den Weg lief.
Der Küchenchef war seit gestern wie ausgewechselt. Er brüllte nicht mehr herum und hatte so einen entrückten Blick, als wäre er nicht voll bei der Sache. Die Saucenköchin meinte, er hätte sich verliebt.«

»Chef, da draußen hockt mal wieder einer von der Sorte Kotzbrocken. Da hab ich ein Auge für.«

»Wer ist es denn?«, fragte Jérôme, während er neugierig durch das Bullauge der Schwingtür blickte, die den Speisesaal von der Küche trennte.

»Der Dicke an Tisch fünfzehn, mit der verbundenen Hand und dem Hund.«

»Ahaah! Welche Überraschung, das ist mein spezieller Freund, der Restauranttester!«

Die Bestellungen des Herrn bitte direkt an mich Roman.«

Gerhard Esser legte die Speisekarte Karte vor sich auf den Tisch.

»Sie haben gewählt?«

»Das habe ich in der Tat. Als Vorspeise bringen Sie mir die Lauchsuppe mit Steinpilzen. Danach den Lammrücken an glasierten Bundmörchen auf Kartoffelschaum und zum Dessert
Ihr hausgemachtes Parfait von Pfefferminzschokolade an Bananenmus.«

»Sehr wohl, der Herr.«

»Moooment! - Die Lauchsuppe bitte OHNE Steinpilze, anstatt Lammrücken bitte eine Schulter, keine Bundmörchen, sondern gelbe, ganz junge und die, nur leicht angeschwitzt. Das Parfait, - können Sie so lassen. Dazu nehme ich das 98`er Schwipselfurter Glanztröpfchen.«

Roman brachte die Bestellung in die Küche.

»Was glaubt dieser hergelaufene Schreiberling eigentlich, wer er ist? Etwa Bocuse?! Was erdreistet sich dieser selbsternannte Gourmet, meine Rezepte zu verändern!!!«
Die Saucenköchin grinste zu Jérôme herüber und dachte bei sich: *«Endlich ist er wieder ganz der Alte!«*

»Der wird sich noch wundern! Bitter bereuen wird er das Herummäkeln an den Kreationen von Jérôme Dupont!«

Der Speisesaal war bereits gut gefüllt, als Roman mit der Weinflasche an den Tisch trat.
»Der Rotwein mein Herr.«

Roman präsentierte dem Gast die Flasche.
Esser setzte umständlich eine Lesebrille auf und studierte ausgiebig das Etikett.
»Scheint in Ordnung.«

Nachdem der Kellner die Flasche geöffnet und einen Schluck eingegossen hatte, zelebrierte Esser eine so geräuschvolle Geschmacksprüfung, dass sich einige der anwesenden Gäste genötigt sahen, kopfschüttelnd zu ihm herüber zu starren.

»Die Temperatur könnte um eins Komma vier Grad höher liegen, um dem Hauch von Hibiskus die Möglichkeit zu geben, sich vollends zu entfalten, aber ich sehe mal großzügig darüber hinweg.«

Er nickte dem Kellner auffordernd zu und Roman schenkte den Rotwein ein.
Dann trug er die Vorspeise auf.

»Lauchsuppe mit Steinpilzen, ohne Steinpilze der Herr, bitte sehr.«

Gerhard Esser überhörte die Spitze des Kellners, nahm den Löffel und begann vorsichtig zu essen.

Von vorne näherte sich Hildegard Drömmelmann, die ihm während des so tragisch geendeten Kochkurses mehr als positiv aufgefallen war. Esser sprang auf und streckte ihr die Hand entgegen.
»Gnädige Frau, es ist mir ein Vergnügen, Sie hier zu treffen. Würden Sie mir die Freude machen, den Tisch mit ihnen

teilen zu dürfen.«

»Tut mir leid Herr Esser, aber ich habe bereits eine Verabredung.«
Seine ausgestreckte Hand bewusst ignorierend, schritt sie an ihm vorbei und wurde von Jérôme an der Tür zur Küche mit einem Kuss und einer langen, innigen Umarmung empfangen.

Mit so einer Abfuhr hatte Gerhard nicht gerechnet. Nur mit Mühe unterdrückte er seine aufwallende Wut.
Schon wieder der verfluchte Jérôme Dupont. Erst verleitete dieses stinkende, schmierige Schiffsköchlein, wie er ihn innerlich titulierte, ihn dazu, sich den halben Finger abzutrennen und dann besaß der auch noch die Dreistigkeit, die Frau anzugraben, auf die er selbst ein Auge geworfen hatte. Ein verwundeter Stier in der Arena, hätte nicht wütender sein können.

Oberkellner Sanftleben servierte das Hauptgericht.

»Lammschulter mit ganz jungen und ganz gelben, angeschwitzten Möhrchen auf Kartoffelschaum.«
Der Restauranttester blickte auf den Teller. Er nahm sein Besteck und begann zu essen, während es weiter in ihm brodelte. Dann plötzlich knallte er verärgert Messer und Gabel auf den Teller.

»Ober! Entfernen Sie sofort diesen Fraß und bestellen Sie dem Koch, dass die Lammschulter nicht genießbar ist. Total versalzen, das Teil! Ist wohl verliebt, ihr Frittenschmied!«, tönte er so laut, dass alle anwesenden Gäste es hören konnten. »Das Lamm scheint mir vor längerer Zeit an Altersschwäche verreckt zu sein! So ein zähes Stück Fleisch würde noch nicht mal mein Hund fressen! Das Gemüse ist fast roh und der Kartoffelschaum sieht aus, wie schon mal gegessen!«

Jérôme, der sich gerade mit seiner wiedergefundenen Jugendfreundin Hilde unterhalten hatte, dachte er hätte sich verhört.
Er trat aus der Küche und baute sich in seiner ganzen Leibesfülle vor dem Restauranttester auf.

»Isch konnte nischt umhin, mit anzuhörän, dass die von mir persönlisch zubereitete Lammschultär Ihne nischt mundät? Isch darf doch?«
Jérôme packte die Lehne eines Stuhls vom Nachbartisch und wuchtete ihn grob über Essers Tisch. Dieser hob vorsorglich die Hand, um zu verhindern vom Stuhlbein am Kopf getroffen zu werden. Dass es die Verletzte war, wurde ihm schmerzhaft bewusst, als das Stuhlbein grob am Verband vorbeischrappte.
Der Koch knallte den Stuhl lässig grinsend auf den Boden und setzte sich neben Esser an den Tisch. Dieser schützte vorsorglich die verletzte Hand, als Jérôme nach dem beanstandeten Teller griff und ihn vor sich platzierte.

»Herr Sanftläben, bittä wären Sie so freundlisch, mir zu bringän eine saubäre Bästeck. Man weiß ja nie, wär da hat schon alläs dran gäleckt.« Jérôme beugte sich zu dem am Tischbein angebundenen Hund herunter und sagte freundlich: »Nein meine kleine 'und, du warst nischt gämeint!«

Roman brachte neues Besteck und Jérôme trennte ein großes Stück Fleisch von der Schulter.

»Mhmm! Wie zart die Fleisch ist, die Messer fällt beinahe 'indursch wie dursch Buttär!«, schwärmte er, während er es sich in den Mund schob. Jérôme kaute und legte dabei eine Mimik an den Tag, die selbst von dem großen Mimen Louis de Funés nicht hätte übertroffen werden können. Mehrere, in der Nähe sitzende Gäste, dachten ernsthaft darüber nach, ebenfalls eine Lammschulter zu bestellen.

»Ein Traum! Nein, wirklisch, ein Traum von eine Stück Fleisch.«

Er wandte sich an den Terrier.

»Na mein Kleinär, dein Herrschen meint, du nischt würdäst das fressen? Das isch glaube jetzt abär nischt. Komm meine kleinä Freund, 'eute ist dein Glückstag!«

Jérôme stellte den Teller vor dem Hund auf den Boden, worauf der sofort gierig zu fressen begann.

»Bocuse! AUS!! Hörst du nicht, sofort AUS!!«

»Im Gägensatz zu seine Herrschen weiß die 'und, was schmäckt.«

Jérôme streichelte den Terrier und meinte grinsend: »Ja mein Kleinär, iss disch nur rischtisch satt. Wär weiß, wann du wiedär etwas bäkommst. Und keine Sorgä, Feinäschmäcker wie du, essen bei mir kostänlos.«
Dann wandte er sich an den Restauranttester.

»Ihre 'und ist 'ier jäderzeit willkommän, Härr Ässer. Isch würdä es allärdings begrüßän, wenn Sie speisän demnächst andre Orte, die bässer passe zu Ihnä. Vielleischt Sie nähmen eines unsärär preiswärten Fast-Food Angäbotä in Anspruuuch. Dadursch würdän auch Ihrä värkümmärtän Gäschmacksnervän nischt unnötisch strapaziert.«

Einige der Gäste applaudierten, als sich Esser mit hochrotem Kopf
erhob, die Hundeleine vom Tischbein löste und sich dem Ausgang zuwandte.
Ein bedrohliches Knurren des Hundes ließ ihn jedoch innehalten. Der Schmerz in seiner verbundenen Hand ließ Erinnerungen daran wieder aufflammen, zu welch brutalen Angriffen der Terrier seit Kurzem neigte. Er musste unter den grinsenden Blicken der anderen Restaurantbesucher abwarten, bis Bocuse den Teller restlos leergefressen hatte und mit dem dicken Knochen der Lammschulter im Maul, zum Verlassen des Restaurants bereit war.

Commissario Rossi, der ganz in der Nähe gespeist und die kleine Darbietung genossen hatte, erhob sich ebenfalls, um die in Kürze beginnende Zirkusvorstellung nicht zu verpassen.

Happy Sea, Oberdeck

Den ganzen Nachmittag hatten die Animateure geschuftet, um die provisorische Bühne für den Zirkus aufzubauen. Sie hatten, auf Grund des guten Wetters, eine Vorstellung unter freiem Himmel geplant. Die Kreuzfahrtgäste saßen erwartungsvoll auf dem Oberdeck am großen Pool, als Roger Reiman, die Bühne in seiner Eigenschaft als Entertainment-Direktor betrat.

»Meine sehr verehrten Damen und Herren, liebe Kinder. Es ist mir eine Ehre, Ihnen heute Abend den absoluten Top Act dieser Kreuzfahrt präsentieren zu dürfen! Wir haben keine Kosten und Mühen gescheut, ihn für diese Reise, direkt aus Las Vegas einfliegen zu lassen. Freuen Sie sich mit mir auf den weltbekannten Zirkus Trallafitti und seinen Direktor Jacopo Colombooooo!!«

Aus den Lautsprecherboxen erscholl typische Zirkusmusik. Jacopo trat mit in die Luft erhobenen Händen in den Scheinwerferkegel. Dann begrüßte er mit Kusshänden sein Publikum, welches mit tosendem Beifall reagierte.
»Meine Damen unde Herre, ich freue mich, heute hier sein zu dürfe. Ich verspreche Ihne eine phantastische Show, voller unglaublicher Darbietungen. Nun habe ich die Freude Ihne hier unde heute unde exklusive, die weltbekannte Schlangefrau Medusa ankündigen zu dürfe. Lassen Sie sich von ihrer äußerst gefährliche Darbietunge verzaubern.«

Indische Musik erscholl, als Jacopos Ehefrau Giada Colombo in einem, ganz in Grün gehaltenen, Kostüm auf die Bühne trat. Als Kopfbedeckung trug sie einen glitzernden, grünen Zylinder.

In kunstvoll, langsamen Bewegungen, schwebte sie förmlich über die Bühne.

Das Publikum schrie entsetzt auf, als sich unvermittelt lange Klapperschlangen aus ihren Hosenbeinen und Ärmelöffnungen wanden, um sich rasselnd in Richtung ihres Kopfes zu bewegen. Aus dem grünen Zylinder gesellten sich nun weitere Schlangen dazu. Fast zwanzig ausgewachsene Klapperschlangen wanden ihre Körper aggressiv rasselnd um die Artistin und wogten im Takte hypnotisch anmutender Musik. Das Publikum hielt fasziniert den Atem an. Dann blieb Giana stocksteif stehen, spreizte die Arme ab und bewegte keinen Muskel. Die Schlangen vollführten nun ihrerseits einen gespenstisch anmutenden Tanz, indem sie sich in alle Richtungen von Gianas Körper fortstreckten. Sie ähnelte jetzt einem überdimensionalen, menschlichen Igel.

Dann verstummte die Musik. Wie auf ein geheimes Zeichen hin zogen sich die giftigen Kriechtiere in den Zylinder und in Gianas Kostüm zurück. Die Schlangenfrau verbeugte sich unter frenetischem Beifall.

Der Applaus war noch nicht ganz verklungen, als Jacopo, gefolgt von Beppo dem Clown, die Bühne betrat.

Die beiden führten eine lustige Slapstick-Nummer auf, in der sie einem imaginären Hund das Rechnen beibringen wollten, der es aber nicht begriff. Dem Publikum standen vor Lachen die Tränen in den Augen.

Dann erlosch das Licht, lustige Musik verstummte und die

bekannte Winnetou Melodie suchte sich, in der nun herrschenden Dunkelheit, stetig lauter werdend, den Weg in die Ohren des begeisterten Publikums. Eine Stimme aus dem Off erzählte die Geschichte einer verzweifelten Indianersquaw, welche eine Mutprobe zu überstehen hatte, da sie bei ihrem Stamm in Ungnade gefallen war. Die Story entbehrte zwar jeder Logik, die Zuschauer akzeptierten dies jedoch klaglos.

Ein Spot flammte auf und Pietro stand im Kostüm eines Indianerhäuptlings vor dem Publikum. Aus dem Dunkeln hörten die Reisegäste eine verzweifelt schreiende Frau. Dann loderte weiter rechts ein Feuerring auf, der Pietros große runde Zielscheibe umrahmte. In der Mitte der Scheibe wand sich im Feuerschein eine an Händen, Füßen und mit einem Halsring an ein Brett gefesselte Indianerin, die laute Entsetzensschreie ausstieß.
Der Indianerhäuptling vollführte eine Art Kriegstanz, während der Erzähler erklärte, dass die arme Squaw nun eine schwere Prüfung zu bestehen habe.

Pietro starrte den, mit Hilfe einer Indianerperrücke unkenntlich gemachten Bosco an, der, gepresst in ein ihm etwas zu enges Indianerkostüm, mit hoher Stimme, Schreie der Verzweiflung absonderte.

Sie hatten Bosco Handschuhe übergestreift, um den dicken Verband zu kaschieren, welchen Doktor von Hollerbeck ihm angelegt hatte. Auch die Fesseln waren neu. Pietro wollte verhindern, dass sich das Desaster vom Training wiederholte. Irgendwie hatte er den Eindruck, Boscos Angstschreie wären nicht gespielt.

Pietro hob die Hand mit dem ersten Wurfmesser und sah echte Angst in den Augen des Leibwächters. Die scharfe Klinge schnitt sirend durch die Luft und blieb dicht neben Boscos Oberarm im Brett stecken. Bosco war nahe daran den Verstand zu verlieren. *Warum habe ich mich nur auf so einen -* »Pflock-Trrrr«, vibrierte das zweite Messer im Holz.
Auf so einen Scheiß einlassen - »Pflock-Trrrr«, das Dritte, - *auf so einen Scheiß einlassen können*«, schoss es ihm durch den Kopf. In seiner Angst schloss er die Augen. Weitere sieben Messereinschläge musste er mit anhören, bevor das Publikum vor Begeisterung tobte und er die Augen wieder öffnete. Als Pietro die Fesseln löste, hatte Bosco so weiche Knie, das er ihn stützen musste. Das Publikum war begeistert von der authentischen Zur-Schau-Stellung seiner Ängste.
Danach betrat Zirkusdirektor Jacopo, als starker August die Bühne.
Gekleidet in ein geringeltes, altmodisches Sportdress, reckte er eine drei Zentimeter dicke, und einen Meter fünfzig lange Eisenstange in die Luft.

»Meine Dame unde Herre, ich bitte nune viere starke Männer auf die Bühne. Iche lasse ihne fünfe Minute Zeit, diese Stange mit reine Muskelkrafte zu verbiege. Wenn sie es schaffen, ich gebe jedem von ihne einhunderte Euro!«

Nach anfänglichem Zögern meldeten sich vier mutige Männer um sich an der Stange zu versuchen, doch selbst gemeinsam brachten sie es nicht zustande, das Eisen zu verformen.

»Genug, ihr schwachen Geschöpfe! Lasst die starke August ran. Iche euch zeige, wie dasse geht!«, tönte Jacopo vollmundig, nachdem die fünf Minuten um waren.
Er packte die Stange so weit außen wie möglich, danach begann er, zu drücken.
Zuerst sah es so aus, als schaffe er es ebenfalls nicht, aber dann begann das Metall, sich langsam zu verformen. Schweiß stand ihm auf der Stirn. Die gewaltigen Arm-und Schultermuskeln des Italieners drohten die kurzen Ärmel seines Turnerdress zu sprengen.
Angefeuert von erst vereinzelten, dann aber immer zahlreicher werdenden, staunenden Zuschauern, holte Jacopo noch einmal tief Luft, bevor er die Stange so weit verbog, dass sich beide Enden berührten. Triumphierend hob er das Eisen in die Luft, während das Publikum begeistert applaudierte.

Dann richtete er das Wort wieder an die Zuschauer.
»Begrüßen Sie mite mir jetzt eine Künstler, wie Sie ihne noche nie habe gesehen. Eine Superstar, der Unmögliches möglich macht. Eine Künstler, füre den die Naturgesetze nichte zu gelte scheine! Begrüße Sie die größte lebende Illusioniste der Gegenwart! Begrüße Sie Topas unde sein Assistentin Chackaaa!!!«

Der Zirkusdirektor verließ die Bühne. Mehrere Scheinwerfer flammten auf und tauchten das Podium in gleißendes Licht. Weißer Rauch zischte plötzlich aus dem Bühnenboden. Eine starke Böe vertrieb in der eigentlich windstillen Nacht den Rauch, dann Topas stand auf der Bühne. Das Publikum war in keinster Weise auf diesen verblüffenden Auftritt vorbereitet und einige stießen Schreie des Erstaunens aus.

Er verneigte sich breit lächelnd vor dem Publikum. Ein üppig verzierter Anzug, wie ihn normalerweise nur Zirkusdirektoren bei den Vorstellungen trugen, kleidete einen schlanken, durchtrainierten Körper. Das Kostüm war jedoch nicht bunt, sondern tiefschwarz. Lange, lockige blonde Haare fielen bis auf die breiten Schultern des Zauberers und standen in hartem Kontrast zu dem restlichen Outfit. Warme, hellblaue Augen, strahlten die Zuschauer an. Einige hatten das Gefühl, dass Topas ihnen in die tiefsten Abgründe ihrer Seele blickte. Ein Raunen ging durch die Menge. Ein paar der weiblichen Gäste stießen erstickte spitze Schreie aus.

Topas war ein Künstler, der auf der Bühne sehr wenig sprach. Es genügten ihm meist nur Gesten und Blicke, und das Publikum wusste intuitiv, was er wollte oder meinte. Er agierte wie ein Pantomime.

Topas zog fragend die Augenbrauen hoch, und rief »Penelope!?« Dann erhellte sich verstehend sein Blick. Wie aus dem Nichts erschien ein riesiges teppichgroßes rotes Seidentuch in seiner Hand, welches er mit einer geschickten, fließenden Bewegung auf dem Bühnenboden ausbreitete.
Topas schnippte einmal mit den Fingern und mittig, unter dem Tuch, begann langsam, unter Trommelwirbeln eine Gestalt emporzuwachsen. Nein, es schien, als würde das Tuch selbst zum Leben erweckt. Es nahm die Form eines großen roten Drachen an, der kräftig mit den Flügeln schlug, einen Feuerstrahl `gen Himmel schickte, dann in die Lüfte aufstieg und in der dunklen Nacht davonflog.

Das Publikum tobte.

Topas hob den ausgestreckten Zeigefinger und augenblicklich herrschte wieder gespannte Stille im Publikum.
Mit fragendem Gesichtsausdruck sagte er nur ein Wort: »Penelope?«

»Pe-ne-lo-pe! Pe-ne-lo-pe! Pe-ne-lo-pe!«, skandierte die begeisterte Menge.

Wiederum hob Topas den ausgestreckten Zeigefinger. Diesmal wandte er sich an eine, in der ersten Reihe sitzende junge Frau.
Er griff ihr hinter das Ohr. Zu ihrer Verblüffung zog er dort ein weiteres, mehrere Quadratmeter großes, diesmal tiefblaues Seidentuch hervor, welches er wiederum auf den blanken Bühnenboden schleuderte. Er wandte sich abermals an sein Publikum und flüsterte einmal geheimnisvoll drängend den Namen seiner Assistentin. Dabei hob er auffordernd die Arme.
Sofort skandierte das Publikum wieder: »Pe-ne-lo-pe! Pe-ne-lo-pe! Pe-ne-lo-pe!«

Topas drehte sich zu dem, nun als eine Art Teppich ausgebreitetem Tuch, schloss theatralisch die Augen und breitete beschwörend und fordernd die Arme aus. Langsam, von spannungsgeladener Musik begleitet, hob sich das Tuch, und als würde jemand langsam aus dem Boden wachsen, nahm es die Gestalt der darunter verborgenen Assistentin an.

»*Ganz schönes Kaliber, die Frau!*«, schoss es Einigen beim Anblick des Tuchs durch den Kopf.

Ein Grollen, wie von einem wilden Raubtier, erscholl. Topas riss das Tuch von der Gestalt und Topas ergriff breit grinsend die Hand seiner Assistentin. Dann verneigte er sich, gemeinsam mit der Gorilladame Penelope, vor den tobenden Reisegästen.

Topas, der Sohn von Jacopo und Giada war der Gorilladame zufällig in Texas bei der Zwangsversteigerung eines maroden Wanderzirkus begegnet.
Als er dort vor dem rostigen, trostlosen Käfig stand und dem Tier in die Augen blickte, war es, wie ein gemeinsames Wiedersehen. Er hatte damals das Gefühl, in die Seele eines Wesens zu schauen, das er schon immer gekannt hatte. Auch der Gorilladame war deutlich anzumerken, dass dies für sie eine besondere Begegnung war. Sie hatte sich, ohne den Blickkontakt aufzugeben, langsam auf ihn zubewegt und einen Finger durch das Gitter gestreckt. Topas, hatte seinen Finger ebenfalls ausgestreckt und den des Menschenaffen berührt.
In dem Moment wurde ihm klar, dass das Schicksal sie beide hier zusammengebracht hatte, und dass er die Gorilladame unbedingt aus seiner elenden Lage befreien muste.
Topas ersteigerte die Affendame und gab ihr den Namen Penelope. Er nahm Kontakt zu namhaften Zoologen auf, um zu ergründen, ob sie wieder ausgewildert werden könnte. Nachforschungen bei den Vorbesitzern ergaben jedoch, dass sie in Gefangenschaft geboren worden war, und daher niemals zu einem Leben in der freien Natur fähig sein würde.
So kam es, dass er sie im Zirkus in seinem Wohnwagen

unterbrachte. Nach und nach bemerkte er, dass Penelope mit außerordentlicher Intelligenz gesegnet war. Sie verständigten sich mit Blicken und Gesten, was Topas sowieso am Liebsten war. Es dauerte nicht lange und er baute sie sehr erfolgreich als Assistentin in seine Show ein.

Topas schritt über die Bühne. Seine Augen fuhren suchend über das Publikum. Dann plötzlich erhellte sich sein Blick.

Heinrich Schluckbichl unterhielt sich angeregt mit Sitznachbarin Magdalena Krause. Beim heutigen Speeddating war von beiden erfreut festgestellt worden, dass es durchaus Berührungspunkte gab. Das lag darin begründet, dass die Erwartungen, in der anfänglichen Euphorie noch recht hoch angesiedelt, mittlerweile von den Singles auf ein realistisches Maß zurückgeschraubt worden waren. Magdalena schaute großzügig über Heinrichs Bierbauch hinweg und Heinrich meinte, sich irgendwie auch an ihren modischen Kurzhaarschnitt gewöhnen zu können. In Heinrich keimte seit heute Morgen das zarte Pflänzchen der Hoffnung auf, die Zweibettkabine doch nicht umsonst gebucht zu haben.
Die beiden waren so in ihr Gespräch vertieft, dass sie nicht bemerkten, wie ein Scheinwerfer sie erfasste und zum Mittelpunkt der Show machte.
Die neben ihnen sitzenden Reisegäste stießen sie an und deuteten auf die Bühne. Von gleißendem Licht geblendet, blickten sie blinzelnd auf. Das frisch verliebte Paar schaute hinüber und sofort wurde ihr Blick von Topas erwidert. Wie hypnotisiert erhoben sie sich. Sie drängelten, verfolgt vom gleißenden Scheinwerferlicht, durch die Zuschauermenge auf den Zauberer und dessen Assistentin zu.

Topas reichte ihnen die Hand und sah beide fragend an.
Heinrich wollte sich gerade vorstellen, als Topas abwehrend die Hand hob und den Kopf schüttelte. Er schloss die Augen, fasste sich theatralisch an die Stirn und schien zu überlegen.
»Magdalena und Heinrich, ich freue mich, euch als Freiwillige hier begrüßen zu dürfen.«
»Woher kennen Sie unsere Namen?«, fragte Magdalena erstaunt.
Topas schaute sie mit einem Blick an, der besagen sollte, was diese dumme Frage eigentlich sollte.
»Kannst du schwimmen, Magdalena?«

»Äh, - ja.«

»Du auch Heinrich?«

»Selbstverständlich!«

»Gut, ist aber nicht notwendig!«

»Könnt ihr über Wasser laufen?«
Beide schauten den Zauberer fragend an.
»Könnt ihr?«

»Äh, -n-nein?«

»Doch, ihr könnt und Penelope wird euch dabei begleiten!«
Topas begab sich zusammen mit den beiden und seiner schwergewichtigen Assistentin Penelope an den Rand des großen Swimming-Pools, in dem sich tagsüber die

Reisegäste vergnügten. Er bedeutet Heinrich, auf`s Wasser zu treten und zum anderen Ende des Pools zu gehen.

»Das geht doch nicht! Ich kann nicht über Wasser laufen! Keiner kann das!«
Topas schaute ihn verwundert an. Dann wandte er sich an Magdalena. »Und du? Willst du es versuchen?«
Sie schüttelte den Kopf und klammerte schutzsuchend sich an Heinrichs Arm, dem dies überhaupt nicht unangenehm war.

Topas wandte sich nun an seine Assistentin Penelope, nickte ihr aufmunternd zu. Die Gorilladame erhob sich, ging an den Rand des Pools und sprang mit einem Satz auf`s Wasser.

Sie tauchte jedoch nicht ein, sondern stand sicher auf der Oberfläche. Ein Aufschrei des Erstaunens raste durch das Publikum. Penelope schaute Heinrich und Magdalena an und streckte auffordernd die Hände zu ihnen aus.
Zögernd ergriffen die beiden Penelope`s Hände. Dann setzte Heinrich einen Fuß auf die Wasseroberfläche. Es fühlte sich an, als stünde er auf einer Gummifläche, wie man sie von Kinderspielplätzen kannte. Dies war das Seltsamste, was er je erlebt hatte. Vorsichtig zog er den anderen Fuß nach und stand zu seiner Verwunderung auf der Wasserfläche. So ermutigt folgte ihm auch Magdalena. Weit unter ihren Füßen konnten sie, verzerrt durch das Flimmern der Wasseroberfläche, die Fugen der Fliesen erkennen.
Die Gorilladame ermunterte beide durch Gesten, ihr weiter über den Pool zu folgen.
Zuerst vorsichtig, dann immer mehr Vertrauen zu dem

Affen fassend, schritten beide vorsichtig bis zur andern Seite und standen alsbald wieder auf den Fliesen des gegenüberliegenden Beckenrands.

Topas forderte das Publikum gestenreich auf den mutigen Akteuren Applaus zu spenden, woraufhin diese sich dankbar verneigten. Dann schnippte er einmal mit dem Finger. Alle drei verschwanden spurlos in einer Nebelwolke. Ein Aufschrei des Erstaunens fuhr durch die Zuschauer.

»Meine Damen und Herre, verabschieden sie mite mir den größten Zauberer, dieses Jahrhunderts. Meine Damen und Herren TOPAS!!!«, rief Jacopo laut.
Topas verneigte sich dankbar vor dem begeistert klatschenden Publikum, schnippte mit dem Finger und löste sich buchstäblich in Luft auf.

»Meine Damen und Herre, das ware TOPAS! Frage Sie mich bitte nichte, wie er das hate gemachte, ich immere wieder bin genau so verblüffte wie die Publikum.
Das ware Zirkus Trallafitti!!! Danke für Ihr komme! Ich hoffe, es hate ihne gefalle!!«

Holger Pfeifer war eben auf dem Weg ins Quartier des Zirkus, um sich für die tolle Vorstellung zu bedanken, als er Commissario Rossi über den Weg lief.
»Na Herr Rossi, wie weit sind Sie mit Ihren Ermittlungen?«

»Ah! Herr Pfeifer, na, wenn Sie wüssten. Ich hab` mich mit meinen Ermittlungsergebnissen ganz schön in die Nesseln gesetzt. Ich war sicher, den Bellmeyer beim Bordarzt gesehen zu haben. Aber davon wollte man zu Hause nichts wissen. Sogar gedroht haben die mir, dass ich meinen Job verlieren würde, falls ich nochmal so einen Unsinn verbreite.«

»Sind Sie sich denn sicher, dass es Bellmeyer war?«

»Ja natürlich! Aber ich lege keinen gesteigerten Wert darauf, mich erneut in die Nesseln zu setzen, obwohl ich fest davon überzeugt bin, dass die beiden Flüchtigen sich noch immer hier an Bord befinden. Ich vermute, sie verstecken sich im Zirkus.«

Da wollte ich sowieso gerade hin, wollen Sie mich begleiten? Dann könnten Sie sich dort mal ganz unverbindlich dort umsehen.«

»Leute, die Vorstellung war klasse!«, lobte Jacopo seine Artisten, die sich um ihn versammelt hatten. »Damit meine ich alle Beteiligten! Auch Bosco hat eine tolle Show abgeliefert. Wo ist er übrigens?«

»Er hat sich etwas hingelegt, die Nummer eben hat ihn nervlich doch sehr mitgenommen«, meinte Pietro grinsend.

»Ah, wen haben wir denn da!? Herr Pfeifer! Hat Ihnen die Vorstellung gefallen?«, begrüßte Jacopo den Reeder, der mit Rossi zusammen gerade das Lager des Zirkus betreten hatte.

»Ich möchte Ihnen allen ein riesen Kompliment machen, es war eine phantastische Show! Das Publikum war ebenfalls begeistert, aber das haben Sie ja selbst mitbekommen. Darf ich Ihnen Commissario Rossi vorstellen, ab sofort auch ein glühender Fan des Zirkus Trallafitti.«

»Wir hatten zu Anfang der Reise bereits das Vergnügen. Sitzen ihre Verbrecher mittlerweile hinter Schloss und Riegel?«, fragte Jacopo scheinheilig.

»Leider nein, aber ich gebe die Hoffnung nicht auf. Vielleicht könnte Topas sie mir einfach herbeizaubern?«, scherzte Rossi an den Zauberer gewandt. »Ich bin mittlerweile der Auffassung, Sie können wirklich Zaubern Herr Topas. Eine andere Erklärung habe ich für Ihre Darbietung nicht.«

»Hatten Sie etwas anderes erwartet? Etwa einen dieser Magier mit faulen Tricks doppeltem Boden? Nein Herr Rossi, bei mir ist alles echt, sogar meine Assistentin Penelope«, antwortete Topas mit Blick auf den Käfig, in dem sich die beiden Gorillas gerade aufhielten.

»Wie heißt denn der kleine Gorilla?«, fragte Rossi interessiert und wandte sich dm Käfig zu.

»Der? Äh - das ist Hugo. Er ist genau wie Penelope in Gefangenschaft geboren. Ich habe ihn im letzten Jahr vor dem Verhungern gerettet. Er lag total verwahrlost und abgemagert in einem kleinen Zoo in Rio.«

Rossi stand jetzt am Käfig und konstatierte. »Seit dem hat er aber ordentlich zugelegt, Herr Topas. Ich glaube, den müssten Sie mal auf Diät setzen. - Na mein Freund, komm doch mal her.«

In dem Moment sprang Penelope von Eifersucht getrieben auf, stürmte an die Gitterstäbe, rüttelte bedrohlich daran und stieß ein lautes Brüllen aus.

Rossi wich erschrocken zurück. Dann begab sich die Gorilladame wieder zurück in ihre Lieblingsecke, riss den im Affenkostüm steckenden Bellmeyer von den Füßen und drückte ihn ganz fest an ihre Brust.

»Umpfff!« Der Verteidigungsminister, dem die Brisanz der Situation durchaus bewusst war, versuchte vergeblich ein Stöhnen zu unterdrücken. Die Vehemenz, mit der Penelope ihn drückte, empfand er allerdings als das Äußerste der Belastbarkeit für seine Knochen.

»Ja, die haben sich richtig gern, die beiden. Bei den Affen geht es schon mal etwas grober zu«, versuchte Topas die Situation zu retten.

»Klang ja fast ein bisschen menschlich, der kleine Dicke«, meinte Rossi verwundert.

»Herr Pfeifer, wohin führt uns die Reise als Nächstes?«, versuchte Jacopo von Bellmeyer abzulenken.

»Morgen früh schlagen wir im Hafen von Algeciras auf Gibraltar auf, unserer letzten Station, vor den Kanarischen Inseln.«

Pfeifer und Rossi verabschiedeten sich.

»Noch lust auf einen Absacker in der Bordbar Herr Rossi?«

»Da sag ich nicht nein Herr Pfeifer! Also der kleine fette Affe eben, der stöhnte wirklich fast wie ein Mensch, hatten Sie nicht auch den Eindruck?«

»Die werden wohl nicht umsonst Menschenaffen genannt, Herr Rossi. So klein fand ich den übrigens gar nicht, er wirkte bloß klein, neben der riesigen Penelope.«

In der Bordbar setzten sie sich an den Tresen. Barmann Charly Holmes, schaute sie fragend an.

»Was darf ich Ihnen bestellen?«

»Das Gleiche, was Sie nehmen.«

»Gut, - Charly, mach uns bitte zwei Caipi.«

»Gerne Chef! - Ach, wo sie gerade hier sind, - was mache ich mit dem Gast dort drüben? Der schüttet sich seit 'ner Stunde komplett zu und schimpft in einer Tour über Jérôme Dupont.«

»Wenn es schlimmer wird, lass ihn von einem starken Matrosen der Decksmannschaft in seine Kabine verfrachten.«

In dem Moment betrat Hildegard Drömmelmann die Bar. Sie war auf dem Weg in ihre Kabine, um sich dort mit

Jérôme auf ein Glas Sekt zu treffen.

»Entschuldigen Sie, kann ich bei Ihnen eine Flasche Sekt kaufen? Ich meine zum Mitnehmen.«

»Normalerweise verkaufen wir so etwas in unserem Bordshop, meine Dame.«

»Der ist leider schon geschlossen, können Sie nicht eine Ausnahme machen?«

Charly warf einen fragenden Blick zu Holger Pfeifer herüber. Der nickte unmerklich.

»Ok, weil Sie so nett gefragt haben«, meinte Holmes lächelnd und reichte Ihr eine Flasche über die Theke.

Hildegard bezahlte und trat zielstrebig den Rückweg an.

»Aber schöne Wrau, wohindeswechs in dieser sch-sch-schönen Nacht!«, lallte Gerhard Esser lautstark und hielt Hildegard am Arm fest. »Gibssse dich jetzt nur noch mit dem stinkenden Frittenschhhhh- schhhh- schhhhmied ab?«

»Belästigt del Mann Sie?« Hop Sing, der mit Larissa am Nebentisch saß, sah sich genötigt einzugreifen. Zu sehr lastete die Schmach auf ihm, bei der Auseinandersetzung auf dem Oberdeck, mit diesem brutalen Fremden so kläglich versagt zu haben.

»Halt dich darausch schu Witzfigur! Dasiss meine Feundin!«

Esser verwechselte mittlerweile Wunsch und Wirklichkeit.

»Ich glaube, es ist bessel, Sie gehen jetzt!«

»Du Schlissauge hast mir garnichssusagen, verpsssich.«

Noch einen Tisch weiter, hockten die beiden wettfreudigen Rentner.
»Einen Zehner auf den Kinesen«, flüsterte Karl seinem Kumpel Hannes zu.

»Ick halt dajejen, den Einsatz biste so jut wie los, Karl.«

Im Gegensatz zu den Rentnern hatte Hop Sing seinen Einsatz nicht so weit zu Ende bedacht, dass am Ende den Worten, Taten folgen mussten. Zu allem Übel schien der Fremde überhaupt nicht beeindruckt zu sein.

»Hopsi mein Liebster, pass auf. Der Mann scheint zu allem entschlossen!«, versuchte Larissa ihren Freund und Beschützer zu warnen.

Hop Sing nahm wieder seine Kampfstellung ein, ein Bein nach hinten, eines leicht nach vorn, die Handkanten zu todbringenden Werkzeugen verkrampft und mit den Armen einen verwirrenden, hypnotisch anmutenden Schlangentanz vollführend.

Ick erhöhe auf n` Zwanni, Hannes.«

»Halt Ick.«

Esser schaute gebannt, wie das sprichwörtliche Kaninchen vor der Schlange, auf die vor seinem Gesicht herumwuselnden Handkanten, als Hop Sing plötzlich einen brutalen Kampfschrei ausstieß.
Der vollkommen betrunkene Restauranttester stolperte vor Schreck rückwärts über die kleine Schwelle, die den etwas höher gelegenen Tisch von Gang trennte. Er knallte, nach einer uneleganten halben Drehung, mit dem Gesicht auf die Tischkante, rutschte in die Lücke zwischen die, in elegantem Mintgrün, gehaltene Sitzbank und den stabilen Mahagonitisch, bevor er reglos liegen blieb.

»Ist der tot?«, fragte Hildegrad Drömmelmann mehr beiläufig, als besorgt.

Rossi, der inzwischen herbeigeeilt war, beugte sich über den am Boden liegenden Restauranttester und fühlte nach dem Puls.
»Der schläft nur. Morgen wird er ein prächtiges, buntes Veilchen haben und einen Zahnarztbesuch würde ich ihm auch empfehlen. Der Barmann hat bereits zwei Matrosen hierherbeordert, die den Trottel in seine Kabine tragen sollen.

»Aber ich habe ihn doch gar nicht berührt!«, stammelte Hop Sing ängstlich.

»Das kann ich bestätigen!«, sagte Hildegard sofort und auch Larissa stimmte ihr zu.

»Na dann ist doch alles gut, machen Sie sich keine Sorgen.

Außerdem wird der sich morgen sowieso an nichts erinnern können, so breit, wie der ist«, beruhigte Rossi den Asiaten.

»Komm her, Hopsi mein Held. Toll, wie du die Dame verteidigt hast!« Larissa umarmte Hop Sing stürmisch. »Lass uns in meiner Suite ein wenig feiern.«

»Vorher hätte ich noch eine Frage an Sie, Frau Lehmann, oder soll ich lieber Belmonte sagen? Leugnen nutzt nichts, ich weiß genau, wer Sie sind!«

»Ich weiß nicht was Sie meinen, wer sind SIE denn überhaupt?«

»Mein Name ist Rossi, Commissario Rossi. Ich weiß, dass Sie sich in Genua, im Interconti, mit Cornelius Bellmeyer ein Bett geteilt haben. Als Sie die Suite verlassen hatten, fanden wir dort zwei Tote. Ich ermittle in diesem Fall von Doppelmord!«

Larissa riss entsetzt die Augen auf. »Aber damit hab` ich nichts zu tun!«

»Wo ist Bellmeyer?! Und sagen Sie mir bitte nicht, er wäre nicht an Bord! Ich WEISS, dass er und auch Strozzi sich hier auf dem Schiff versteckt halten!«

»Verehrter Commissario«, entgegnete Larissa, die blitzschnell ihre Situation gecheckt hatte, nun gefasst. »Es ist richtig, ich war die Freundin von Cornelius Bellmeyer, dem deutschen Verteidigungsminister.«
Sie wandte sich kurz an ihren neuen Freund: »Keine Sorge,

die Geschichte ist längst vorbei Hopsi. Entschuldige mich einen Moment, ich muss mit Herrn Rossi allein sprechen.«

Larissa führte den Kommissar außer Hörweite der anderen.
»Jetzt machen Sie mir das mit Hopsi hier, bitte nicht kaputt! Er ist ein feiner Kerl und weiß nichts von meiner Vergangenheit. Den Strozzi kenne ich nur von Sehen, das ist nämlich der Leibwächter von diesem schrägen Vogel Bellmeyer.«

»Wieso schräger Vogel?«

»Ach Commissario, Sie glauben ja gar nicht, was Leute seines Schlages so alles verlangen, ich meine im Bett und so. Dieser Typ war vollkommen durchgeknallt. Er glaubte tatsächlich, sein Pimmel sei der Größte und Beste. Es war fast wie in diesem Märchen, Spieglein, Spieglein an der Wand, wer hat den, - und so weiter. Commissario, ich musste ihm ständig bestätigen, das er den Größten - na Sie wissen schon, was ich meine. Aber war soll`s, der Job wurde gut bezahlt.«

»Wieso Job, hat er Sie nicht selbst angesprochen?«

»Wo denken Sie hin Rossi. - Nein, ich bekam Zeit und Ort mitgeteilt, wo ich ihn treffen könnte. Dann sollte ich ihn angraben und mit ihm in die Kiste springen. Sogar das Hotelzimmer haben die besorgt.«
Irgendwann wollte ich dann aufhören, weil der Kerl mir irgendwie fies war. Da haben die mir nochmal einen ziemlichen Batzen Kohle auf den Tisch geblättert, damit ich mit ihm diese Kreuzfahrt mache. Das war vor zwei Wochen.

Jetzt sitze ich hier in meiner großen Luxus Suite und keine Spur von Bellimausi.«

»Sie wissen nicht, wo er sich aufhält?!«

»Ich habe keine Ahnung. Dieser Strozzi hat mich auf dem Oberdeck vollgequatscht. Ich soll die Finger von Hopsi lassen, und so. Bellmeyer wäre bereits wütend, dass ich mit dem rummachen würde.«

»Wusste ich`s doch! Strozzi ist auf dem Schiff und Bellmeyer muss ebenfalls hier sein, sonst könnte er ja nichts von Ihnen und Hop Sing wissen. Wenn ich nur wüsste, wo die sich verstecken.«

»In den Nachrichten sagten sie, dass der Strozzi den Bellmeyer entführt haben soll!«, meinte Larissa.

»Da sind Sie nicht mehr auf dem neuesten Stand. Man hat ihre Leichen angeblich gestern in Algier gefunden. Der Russe soll sie umgebracht haben. Jetzt fängt in Europa das große Säbelrasseln an. Ich fürchte, die politische Lage ist im Moment so ernst wie selten zuvor.«

»Na um Bellimausi, diesem Idioten, ist es doch nun wirklich nicht schade und der Strozzi hat mir sowieso irgendwie Angst gemacht!«

»Freuen Sie sich nicht zu früh, ich habe Strozzi heute Morgen gesehen, aber er ist mir wieder entwischt.«

Aber wie kann das sein? Wenn die doch im Fernsehn sagen

man hätte beide tot aufgefunden?«

»Auf die Frage hätte ich auch gerne eine Antwort. Larissa, sobald Sie einen von beiden sehen, geben Sie mir bitte sofort Bescheid! Möglicherweise steckt mehr hinter der Sache, als wir glauben.«

Gibraltar

Der Jeep hielt am Eingang des Fährterminals von Algeciras auf Gibraltar. Vier Männer in Hawaihemden, Anglerwesten mit vielen Taschen und kakifarbenen Shorts stiegen aus. Durch ihre dunklen Brillen betrachteten sie die Happy Sea, welche in den frühen Morgenstunden an der Kaimauer festgemacht hatte.

Hammer, Butcher, Duster und Hellboy waren die Besten der Besten, die Crème de la Crème im Abmurksen lästiger Individuen. Ihr Job war das Töten. Man hatte sie darauf gedrillt, bedingungslos zu gehorchen und jeden, absolut jeden, egal ob Frau, Kind, Greis, oder Lieblingskaninchen zu killen, einzig, weil man es ihnen befahl. Lautlos, effektiv und mit jedem, noch so exotischen Tötungsinstrument. Sie stellten die Elite des Teams RIP dar.

»Ihr wisst, was ihr zu tun habt, Jungs. Haltet nach Möglichkeit die Funkverbindung aufrecht, damit ich mir ein Bild machen kann, wie sich die Lage für euch an Bord entwickelt.«

Die Männer waren mit hochmodernen Mobiltelefonen ausgestattet. In ihren Sonnenbrillen verborgen, übermittelten die Geräte ständig Bild und Ton an die Leitstelle. In den Anglerwesten führten sie diverse Tötungswerkzeuge mit, so dass sie in jeder Situation entsprechend reagieren konnten. Nach dem ersten gescheiterten Einsatz ihrer Teamkollegen, waren sie hochmotiviert. Ein Scheitern war nicht vorgesehen, da sie bereits Plan B darstellten.

»Dort drüben stehen die Busse für die Landausflüge. Jeder sucht sich nach Möglichkeit einen Alleinreisenden, der nicht so schnell vermisst wird. Ihr braucht deren Bordkarten oder Bändchen, oder was auch immer euch zum Betreten der Happy Sea berechtigt. Also, viel Glück Jungs, wir erwarten euch im Zielhafen des Schiffs, in Santa Cruz auf Teneriffa.«

»Hi ich bin Joe, nimmst du auch an der Single-Reise teil?«, fragte Hellboy seinen Sitznachbarn, der schüchtern am Fenster des Reisebusses saß.

»Jo, i bin dä Häribert, Häribert Flätle. Du kommsch abä nät us Deutschland, hä? Isch denk mol du bischt us Amiland, hä?«

Hellboy verstand nur Bahnhof, obwohl er der Meinung war, die deutsche Sprache einigermaßen zu beherrschen.

»Äh- well, yes, ich bin aus Amerika. Reist du allein, oder hast du schon jemanden kennengelernt?«

»Nä, bisch jetscht nät, abä was nät is kann jo no wärd`n.«

»Äh - yes.«

Nach dieser etwas holprigen Form des sich Bekanntmachens, fasste Heribert Flätle Vertrauen zu seinem Sitznachbarn. In der Gewissheit, den Ausflug in Gesellschaft eines sympathischen Gesprächspartners zu verbringen, freute er sich auf ihr Reiseziel, den Affenfelsen von Gibraltar. Mit ihm freuten sich auch drei weitere

Kreuzfahrtgäste, allesamt schüchtern, männlich und Single. Man würde ihre gut versteckten Leichen in einigen Tagen in der Nähe verschiedener Sehenswürdigkeiten Gibraltars entdecken.
Die Ermittlungen würden im Sande verlaufen und die Akten als ungeklärte Todesfälle im Aktenkeller der Polizeibehörde verschimmeln.

Die Happy Sea legte in den Abendstunden ab. Vier Kabinen beherbergten auf dem Weg nach Teneriffa neue Bewohner.

Kapitänskajüte

Rosi Kempinski hockte unter der Spüle in der winzigen Kochnische der Kapitänskajüte.
»Na Rosi kriegst` du`s hin?«

»Fritze, - äh ich meine Käpt`n, wat für ne Frage. Et jibt nix, wat Rosi nich hinkricht, jar nixen!«, tönte sie aus dem Schrank. »Jem´Se mir ma die Wasserpumpenzange, Käpt`n?«

«Auch, wenn ich jetzt dein Käpt`n bin, kannst du immer noch Fritz zu mir sagen.«

Die beiden kannten sich noch aus den Tagen, als Fritz Bootsmann auf der Happy Sea war und Rosi ihn bereits als Chefmechanikerin herumkommandiert hatte.
Rosi war ähnlich gestrickt wie Fritz, sie war in den Hinterhöfen Berlins aufgewachsen. Auch sie musste sich von frühester Jugend an durchbeißen und behaupten.
Sie redete noch immer, wie ihr der Schnabel gewachsen war.

»Und, Fritze, wat macht der Nachwuchs, noch immer nix in Sicht?«
»Ich warte auf Nachricht aus dem Krankenaus Rosi. Es kann jeden Moment so weit sein.«

»Sach ma Fritze, ick will ja nix sag`n ne, aber wat machst du mit so`nem Teil hier?!«

Rosis Hand ragte aus dem Schrank und wedelte mit

Bellmeyers Dildo herum.

»Ach der, das ist nicht meiner.«

»Det sag`n alle.«

»Nee wirklich, mit dem Dingens hat ein Gast unsere Bordpsychologin niedergeschlagen. Ich habe die Arme besinnungslos in ihrer Praxis gefunden. Aber sie wollte mir partout nicht sagen, wer es war. Ärztliche Schweigepflicht und so.«

»Psychologen, ick hab`s ja immer jesacht, die ha`m alle einen anne Klatsche. Sach ma, wat machste jetzt damit? Willste dat prächtije Teil etwa wechwerfn?!«

»Darüber hab ich noch gar nicht nachgedacht Rosi. Hast du denn Verwendung dafür?«

»Na wat denkst denn du? Als Rücklage für schlechte Zeiten zum Beispiel«, grinste sie Fritz aus dem Schrank verschmitzt an.

»Nimm ihn mit Rosi, bevor mich noch jemand fragt, wofür ich den brauche.«

»Danke Fritze. - So, dein Abfluss jeht wieder! Ick muss weiter zur nächsten Baustelle! Bei den Zirkusleuten jeht die Klimaanlage nich. Machs jut, mein Junge!«

Fritz grinste hinter der Mechanikerin her, als sein Telefon klingelte.

»Hallo mein Schatz, es scheint jetzt loszugehen. Sie schieben mich gerade in den Kreissaal.«

»Hermine, ist das war?! - Toll, wie geht es dir? - Äh - dumme Frage, - »

»Nun beruhige dich Fritz, es wird schon. Wo seid ihr gerade?

»Auf dem Weg nach Teneriffa, Schatz. Wir sind eben von Gibraltar los.«

»Ach ich währ` jetzt auch gern` an Bord!«

»Das glaub ich Schatz, obwohl ich jetzt lieber bei dir wäre.«

»Machs gut Liebster, ich melde mich wieder, wenn es losgeht!«

Kleiner Speisesaal

»Jérôme, ich möchte dir nochmal sagen, wie ich mich für dich freue!«

»Danke Holger, es kam ja alles ziemlich plötzlich. Dreißig Jahre hab ich die Hilde nicht gesehen. Ausgerechnet hier beim Kochkurs läuft sie mir dann über den Weg.«

»Und da hast du sie gefragt, ob sie dich heiraten will«, versuchte Holger Jérômes Aussage zu vervollständigen.

»Nein, ich hab mich nicht getraut. Sie war immer meine Traumfrau, aber heiraten, das hatte ich nie zu hoffen gewagt. Ob du es glaubst oder nicht, Hilde hat MICH gefragt, als sie hörte das wir heute euere Hochzeit feiern.«

»Ich find` das Klasse Jérôme, wirklich!«

»Ja, aber die Truppe in der Küche ist schon am Zittern, dass sie bloß alles richtig machen, wenn ihr Chef heiratet. Aber es war ja sowieso schon alles durchgeplant. Jetzt müssen sie eben nur die Mengen geringfügig ändern. Meine rechte Hand, der Uwe, der wird das schon stemmen.

Zirkus Trallafitti, Unterdeck

Die Schiffsmechanikerin schreckte förmlich zurück, als sie die Tür zum Laderaum öffnete.
»Hallo, ick bin die Rosi! Puh! N´ Pumakäfig is ja nix dagegen!«

»Ja, hiere unte iste es kaum noch auszuhalte«, antwortete Pietro mit gequältem Gesichtsausdruck. Rosi schleppte ihren schweren Werkzeugkoffer ins Zirkuslager.
»Diese verdammten Gorillas pupsen, als bekämen sie esse bezahlte. Musse wohl liege an die Kohlköpfe, die sie heute gefressen habe. Und das jetze ohne die Klimaanlage! Puhh!!!«

»Ick schau mir dat ma an. Sie sind doch der Messerwerfer, oder? Also icke hätte dabei ja Bammel jehabt, aber eure Tschotschi hat dat ja janz jut wegjesteckt.«

»Das iste reine Übungssache. Es geht nur ganze selten mal eine Wurf daneben«, grinste der Pietro.

Rosi stellte ihren Werkzeugkoffer neben dem Affenkäfig ab, holte sich eine Aluleiter, die daneben an der Wand lehnte, und lehnte sie gegen die Klimaanlage.

»Könn`se sich ma uf de Leiter stell`n, wenn ick raufklett`re. Mit Artistik hab ick et nich so.«

»Abere sicher, meine Dame!«
Pietro hielt die Leiter und schaute gelangweilt zu Penelope

und dem im Gorillakostüm steckenden Bellmeyer herüber. Penelope schien den Kerl irgendwie gern zu haben. Sie duldete es nicht, dass er das Kostüm wieder auszog.

Zu seinem Entsetzen sah Pietro, wie die Gorilladame neugierig ihre Hand zur Werkzeugkiste ausstreckte und diese vorsichtig öffnete. Obenauf lag eine Plastiktüte. Sie packte die Tüte und zog sich damit in ihre Ecke zurück.

»Penelope nichte!« rief Pietro laut.

»Wat is los?«

»Nein, nichte Sie, der Gorilla hate gerade ein Tute aus ihre Werkzeugkiste stibitzt.«

Rosi riss die Augen auf, als ihr klar wurde, um was für eine Tüte es sich handeln musste.

»Nein, nicht!! Dat darf der nich! Schnell holen Se die Tüte zurück!»

»Na, so einfach iste das nichte, Frau Rosi. Da helfen nur Gute zurede. Penelope kann sein verdammte stur.«

Rosi war mittlerweile die Leiter heruntergehastet und stand an den Käfigstäben.

»Komm Penelope, jib mir die Tüte, sein een bravet Mädchen.«

»Wir musse sie mit irgendwas locke. Uno Momento, ich hole ein Banane. Vielleichte sie tauschte die gegen Tüte.«

Der kleine Gorilla saß teilnahmslos in der Ecke und beobachtete interessiert die Frau. Penelope hob die Tüte, schwenkte sie wild triumphierend herum und klopfte sich mit der anderen Hand auf die Brust.
Plötzlich riss der Boden der Plastiktüte. Der Dildo schoss heraus und blieb genau vor dem kleinen Gorilla liegen. Rosi sah, wie Penelope und der kleine Affe wie hypnotisiert auf den Gummipimmel starrten.
In dem Moment kam Pietro mit ein paar Bananen zurück.

»Das ist ja meiner!«, schrie der kleine Gorilla laut und stürzte sich auf den Dildo.

Es dauerte einen Augenblick, bis Rosi realisierte, dass da jemand gesprochen hatte. Da es die Affen nicht sein konnten, schaute sie sich fragend zu Pietro um.

»Wieso Ihrer?! Dat is meener, den hat mir der Käpt`n jeschenkt!«

Pietro, der Bellmeyers Ausruf nicht gehört hatte, schaute erst Rosi, dann den Dildo in der Hand des kleinen Affen verdutzt an.

»Ich nixe hab gesagt!«

»Aber Sie ham doch jrade jerufen, dat is meener!«

»Schön Frau, ich glücklich verheiratet, was ich soll mit so eine Dingens. Nein, meiner iste das nichte!«

»Eben, det Teil is ja auch mir! Und jetze sehen se zu, dat det blöde Affenvieh dat Dingens wieder `rausrückt!«

Bellmeyer stand hilflos im Käfig. Er wusste nicht, was er jetzt machen sollte. Nach so vielen Tagen hielt er das Geschenk für Larissa endlich in den Händen. Er bewunderte die meisterhafte Arbeit des Franzosen. Wie detailgetreu das Kunstwerk war. Niemals würde er es kampflos dieser Rosi überlassen. Selbst wenn er sich dafür verraten müsste.
In dem Moment wurde ihm das Kunstwerk von Penelope aus der Hand gerissen. Die Gorilladame holte aus und knallte ihm den Dildo wie einen Gummiknüppel gegen den Schädel. Zum Glück wurde die größte Wucht von dem massiven Gorillakopf des Kostüms absorbiert. Aber trotzdem fand er sich auf dem Boden liegend wieder.

»Ich glaube, jetze iste kein gute Momente, die Gorilla zur Herausgabe von ihre, äh - Dinges zu überrede. Iche würde vorschlage, Sie mir die Sache überlasse. Penelope wird über kurz odere lange die Lust, wenn ich das so sage dürfen, an dem Dingens verliere. Dann ich werde es füre Sie heraushole. Kommen Sie doch heute Abend nochmale wieder.«

»Gut Herr Pietro, dann repariere icke ihre Klimaanlage eben ooch erst heute Abend.« Mit den Worten drehte sich Rosi um und verließ wütend den Laderaum.

»Scheiß Vieh«, sagte Pietro zum Käfig gewandt. »Hey Cornelius, komme her und bringe mir die Dildo.«

»Damit mir diese Walküre noch einen verpasst? Nein danke,

Pietro.«, antwortete Bellmeyer dumpf aus dem Kostüm heraus.

»Dass du es da drin überhaupte aushältst, iche wäre schon erstickt.«

»Ja, so toll ist das nicht, aber erstens mag Penelope nicht, wenn ich es ausziehe und zweitens es ist das perfekte Versteck vor diesem Rossi.«

»Na du musste ja wisse«, sagte Pietro, als er schleunigst den stinkenden Raum verließ.

Bellmeyer wartete, bis dem Gorilla die Augen zufielen. Dann stand er vorsichtig auf, nahm den Dildo und schlich leise aus dem Käfig. Dort legte er sein Affenkostüm ab. Dann machte er sich eiligst auf den Weg zu Larissas Suite, um ihr endlich das Geburtstagsgeschenk zu überreichen, auf welches sie so lange hatte warten müssen.

Suite 101

»Hopsi machst du mal auf, es hat geklopft!«

»Ich kann glad nicht, bin auf dem Klo!«

Larissa stemmte sich müde aus ihrem Liegesessel und öffnete von außen die Balkontür. Auf dem Weg zur Tür bemerkte sie, dass sich der Türknauf langsam hin und her drehte. Larisa stutzte. Nach allem, was ihr Commissario Rossi erzählt hatte, war sie nun auf der Hut. Vielleicht stand dort draußen dieser brutale Strozzi, der ihr wieder verbieten wollte, sich mit Hop Sing zu treffen.

In dem Moment trat Ihr neuer Freund aus dem Bad.
Larissa bedeutete ihm, mit auf die Lippen gelegtem Zeigefinger, leise zu sein.

Wieder klopfte es.

Larissa schüttelte energisch den Kopf, als Hop Sing Anstalten machte, die Tür zu öffnen.
Es klopfte wieder und eine Stimme rief: »Larissa, ich bin`s, dein Bellimausi!«

»Schnell Hopsi, ins Bad«, zischte sie.
Als ihr ganz persönlicher Fitnesstrainer sich in seiner Ehre gekränkt sträubte, schob sie ihn energisch durch die Badezimmertür, knallte diese hinter ihm zu. Sie öffnete die Tür zur Suite.

»Cornelius, was machst du denn hier?«, fragte sie zuckersüß.

»Wie, was mach ich hier? Das ist meine Suite, das ist unsere Kreuzfahrt, hast du das etwa schon vergessen, mein Schatz?«

»Nein, natürlich nicht, ich meinte ja auch nur, äh - wo warst du die ganze Zeit?«

»Hast du mich vermisst? Ich musste eine Weile untertauchen Schätzchen. Die wollen mir einen Mord anhängen, aber ich habe nichts gemacht.«

»Einen Mord, das ist ja schrecklich! Wen hast du denn - ?«

»Niemanden, ich habe niemanden ermordet. Larissa, wer ist das Schlitzauge, das um dich herumschleicht? Muss ich mir Sorgen machen? Hast du einen anderen?«

»Aber Bellimausi - «, wich Larissa der Frage aus.

»Herzlichen Glückwunsch zum Geburtstag, - nachträglich Schatz. Ich hatte kein Geschenkpapier, deshalb die olle Plastiktüte.«

Larissa nahm die Tüte und griff hinein.
»Iiiih!!!« Sie riss entsetzt ihre Hand wieder heraus und schleuderte die Tüte weit von sich. »Eine Schlange!?!«

»Aber nein! Schatz, das ist ein Teil von mir!«

»Was??! Ein Teil von dir?? Was hast du getan?!!«

Cornelius griff nach der am Boden liegenden Tüte, griff hinein, zog den Dildo heraus und streckte ihn ihr entgegen.
»Hier, ein Teil von mir, nur für dich. Nun komm und fass ihn mal an!«

»Bongo RIP an Bongo Mother, Zielpersonen Alpha und Delta ausgemacht. Situation - äh, - das sehen Sie ja selbst.
Hellboys Führungsoffizier schaute staunend auf den Monitor. Dort sah man in Breitbild und High Definition Colours, Cornelius Bellmeyer. Eine Hand, die augenscheinlich seinen riesigen Pimmel umschloss, war halb vom Körper verdeckt.

»Bestätige, Bongo RIP. - Oh My God!!! What the hell is that?!!!«
»Sir?«
»Äh, - o.k, Zielperson ausschalten!«

Hop Sing, der das Geschehen hinter der Badezimmertür hockend und durch das Schlüsselloch spähend beobachtete, sah jetzt ebenfalls einen riesigen Pimmel in der Hand seines Konkurrenten, der seine Freundin auch noch dazu aufforderte, dieses Teil anzufassen.
Das war eindeutig zu viel.

Er riss die Tür auf und stürzte sich auf seinen Nebenbuhler.
»Du perverse alte Sau! Was fällt dil ein!«

Er umklammerte von hinten den völlig überrumpelten

Bellmeyer und riss ihn mit sich auf den Boden. Gemeinsam rollten sie bis vor die Glastür zur Terrasse.

Ein Ploppen, das von niemandem, außer dem Schützen wahrgenommen wurde, ertönte leise aus der offenstehenden Eingangstür und im Bruchteil einer Sekunde später, zerbarst das Sicherheitsglas der Panoramascheibe zur Terrasse in Millionen kleine Glasbröckchen.

Hop Sing riss Bellmeyer an der Schulter herum. Sein harter Faustschlag in Richtung Kinn ging, mangels Übung vorbei und traf Larissa, die sich ebenfalls einmischen wollte, auf dem Auge. Augenblicklich einschießende Tränen verwässerten ihr den Blick und machten sie so, vorübergehend vollkommen orientierungslos.

Abgelenkt durch Larissas kurzen Schmerzensschrei, bemerkte der Verteidigungsminister nicht, dass erneut Hop Sings Faust auf ihn zugeflogen kam.

Diesmal traf der Schlag exakt seine Nase. Blut spritzte und Tränen trübten auch seine Sicht. Bellmeyer torkelte hinaus auf den Balkon, um sich vorübergehend vor dem Angreifer in Sicherheit zu bringen. Hop Sing stürzte hinterher, um dem perversen Eindringling jetzt endgültig den Rest zu geben.

Plötzlich traf ihn einen Schlag mit dem Pistolenknauf einer Sig Sauer mit aufgeschraubtem Schalldämpfer am Hinterkopf und es wurde Schwarz um ihn.

»Bongo RIP an Bongo Mother. Was machen die Chinesen hier!! Davon habt Ihr nichts gesagt!«

»Hier Bongo Mother, weiß ich auch nicht! Nicht töten, könnte Verwicklungen geben. Ich kläre das. Konzentrier dich auf die Zielpersonen!«

Cornelius hatte sich eben wieder aufgerappelt.
Wegen der Tränen in den Augen war sein Sehvermögen stark getrübt, und deshalb schlug er mit dem schweren Gummipimmel blind um sich.

Der Agent des Killerkommandos war kurzzeitig durch das Funkgespräch abgelenkt, als Bellmeyers Dildo satt gegen seine Schläfe klatschte. Der Treffer quetschte die Arterie. Das unterbrach die Blutversorgung zum Gehirn. Es wurde schwarz um Hellboy. Seine Spezialbrille flog über die Balkonbrüstung, stürzte dem Meer entgegen und ließ seinen Vorgesetzten am Monitor, kurz am zur Meeresoberfläche teilhaben. Ein zweiter, wieder eher zufälliger Schlag, mit Bellmeyers erigiertem Gummipenis donnerte hart gegen seinen Hinterkopf, ließ ihn vorwärtstaumeln, unglücklich über den eleganten Mahagonihandlauf der Glasbrüstung stürzen und seiner Spezialbrille folgen.

Schwer atmend stützte Cornelius seine Arme auf das Geländer. Er rieb sich das Wasser aus den Augen, um wieder einen klaren Blick zu bekommen, dann schaute er sich suchend um.
Larissa saß weinend in der Suite hinter dem Sofa und hielt die Hand vor ihr schnell zuschwellendes Auge. In der Tür zur Terrasse lag der Chinese reglos auf einem Haufen Glaskrümel.

»Ha! Hab ich dich erwischt, du elendes Schlitzauge!

Triumphierend stieg er über Hop Sing hinweg. Glas knirschte unter seinen Schuhen, als er durch die zerstörte Balkontür die Suite betrat. Er beugte sich zu Larissa herunter.

»Larissa Liebling, alles wird gut. Ich habe dem verdammten Chinesen eine Lektion erteilt. Der wird es nicht mehr wagen, dich anzurühren! Ich muss wieder zurück in den Zirkus, Schatz! Dort bin ich sicher. Wenn man mich hier findet, bin ich erledigt. Hier, nimm mein Geschenk, damit wird es dir nicht langweilig. Dann ist immer ein Teil von mir bei dir.«

Larissa schaute auf und sah ihn mit verquollenen Augen an. »Nimm deinen blöden Gummipimmel mit, und lass dich hier nicht mehr blicken du Idiot!«

»Ach Larissa, es war sicher alles Zuviel für dich, ich verstehe das. Komm erst mal wieder zur Ruhe. Ich melde mich, wenn es dir etwas besser geht. Soll ich das Schlitzauge über Bord werfen?«

»NEIN und jetzt verpiss dich endlich!!!«

Cornelius erhob sich und verließ leise die Suite. *Armes Ding*, dachte er auf dem Rückweg zum Zirkus, *sie musste aber auch so viel durchmachen in den letzten Tagen. Die an den Nerven zehrende Ungewissheit, was wohl mit ihrem Geliebten geschehen war, muss verdammt hart für sie gewesen sein. Und dann noch die penetranten Nachstellungen dieses Fitnesstrainers. Kein Wunder, dass sie jetzt erstmal für sich sein wollte.*

Bongo Mother an Bongo RIP-Team, Hellboy ist Geschichte. Chinesische Agenten vermutlich ebenfalls an Bord. Vorsicht, extrem gefährlich. Absichten der Chinesen noch unklar. Zielpersonen weiterhin am Leben.

Zirkus Trallafitti, Unterdeck

Commissario Rossi schlich durch die weit verzweigten Gänge im Unterdeck. Dort unten sah es nicht so elegant aus wie oben, wo sich die Reisegäste aufhielten. Rohre liefen an der Decke entlang und über allem lag leichter Dieselgeruch.
Der Kriminalist wollte auf gar keinen Fall entdeckt werden. Eben hatte sich Larissa gemeldet und ihm verraten, dass Bellmeyer sich im Zirkus versteckt.

Bosco Strozzi lag unter Pietros Zirkuswagen auf seinem provisorisches Nachtlager. Oben im Wagen hörte er Pietro mit Rebecca streiten. Er verstand nicht genau, worum es ging.
Irgendein Vorfall in Genua, den er ihr noch nicht verziehen hatte. Vor einer Stunde, Bellmeyer kam gerade von einem Ausflug zurück, war Penelope sofort aus dem Käfig gestürzt. Sie hatte den Verteidigungsminister gepackt, ihn in den Käfig gestoßen und gezwungen das stinkende Gorillakostüm wieder anzuziehen. Bosco konnte sich schon denken, wen Cornelius besucht hatte. Der Kerl stellte mit seinen unüberlegten Handlungen eine echte Gefahr für ihn dar. Gut dass Penelope, wenn auch aus anderen Beweggründen, dafür sorgte, dass der Trottel nur wenig Auslauf bekam. Strozzi war froh, dass sich ihre Wege auf Teneriffa trennen würden. Sollte Bellmeyer doch selber sehen, wie er dort aus weiter kam.
Bosco zog die alte Pferdedecke über seine kalten Schultern und schloss die Augen.

Agent Duster öffnete geräuschlos die Eisentür zum Laderaum. Durch sein Nachtsichtgerät schauend, lag das riesige Zirkuslager hell erleuchtet vor ihm. Er wechselte auf Wärmesensor. Mehrere Lebewesen befanden sich im Raum.
Die beiden Affen ignorierend, schlich er leise zu der Person, die unter dem Zirkuswagen lag. Hinter ihm rüttelte einer der Affen unruhig an den Käfigstangen.
Duster zog geräuschlos einen Würgedraht aus der Jackentasche. Er packte mit festem Griff die beiden Hölzer, zwischen die der Draht geknotet war.
Die Person schien zu schlafen.
Über ihm öffnete sich die Tür des Wagens.

»Glaub doch, was du willst, Pietro!«, hörte er eine Frauenstimme schimpfen.

»Tu ich auch! Ich geh jetzt auf ein Bier in die Bar!«

»Ja dann geh doch!«

Der Mann polterte die kurze hölzerne Treppe hinunter, riss wütend die Stahltür auf und verschwand.

Bosco, von dem Tumult aus Pietros Wagen geweckt, öffnete blinzelnd die Augen. Zeitgleich spürte er einen schneidenden Schmerz um seinen Hals. Verzweifelt versuchte er die Finger zwischen den Draht und seinen Hals zu bekommen, aber es war schon zu spät. Er schlug wild um sich, konnte aber nichts gegen die nahende Ohnmacht tun. Er spürte mit entsetzen, wie ihm die Luft ausging.

Agent Duster zog mit aller Kraft an der Würgeschlinge. Plötzlich spürte er ein kreisrundes, kaltes Stück Stahl im Nacken.

»Aufhören!!! Sofort! - Jetzt ganz langsam aufstehen. - So ist gut. - Eine falsche Bewegung, und ich blase dir die Birne weg!!!«

Rossi hatte eben aus seinem Versteck heraus den geheimnisvollen Fremden an sich vorbeischleichen gesehen. Deutlich war ihm die verräterische Ausbeulung unter der Anglerweste aufgefallen. Das nur unzureichend im hinteren Hosenbund versteckte Nachtsichtgerät brachte dann die endgültige Entscheidung, dem verdächtigen Fremden zu folgen.

»Jetzt runter auf den Boden, flach hinlegen!! Arme ausbreiten! Langsam Junge, gaaanz langsam.«

Rossi war sich bewusst, dass er es hier mit einem Profi zu tun hatte. Gerade, als er überlegte, womit er den Fremden fesseln sollte, wirbelte der herum.
Ein Schuh traf ihn an der Schläfe, der andere trat ihm die Pistole aus der Hand, die daraufhin quer durch den Raum schlitterte. Rossi stürzte hart auf den Rücken.

Duster hatte seine Chance genutzt. Dafür war er jahrelang zur Kampfmaschine ausgebildet worden.
Sofort erkannte er Zielperson Delta, diesen Rossi, der sich soeben wieder aufrappelte. Er trat ihm die Füße weg. Der Gegner stürzte schwer auf den harten Stahlboden. In einer fließenden Bewegung zog er seine Sig Sauer und nahm die

Stirn des Commissarios ins Visier.
Unvermittelt wurde ihm der Arm mit brachialer Gewalt zur Seite geschlagen. Der Schuss löste sich und pfiff als Querschläger sirrend durch den Laderaum. Duster wirbelte filmreif mit einem Salto vorwärts durch die Luft, um aus der Gefahrenzone zu kommen. Als er wieder auf den Füßen landete, blickte er in die Augen eines schwarzen haarigen Monsters. Ehe er reagieren konnte, schlug ihm das Vieh nochmals seitlich gegen den Pistolenarm. Duster hörte, wie sein Ellbogengelenk brach. Dann wurde er herumgewirbelt. Zwei große nackte Füße trafen ihn im Rücken. Stählernen Rammböcken gleich, katapultierten sie ihn durch die Tür nach draußen.

»Bongo RIP an Bongo Mother, muss mich verletzt zurückziehen,
Zielpersonen definitiv im Zirkus. Großer, schwarzer, unbekannter Gegner, sehr gefährlich.«

Rossi rappelte sich wieder auf. Er ließ langsam den Blick schweifen. Die Affen hockten im Käfig und von Strozzi fehlte jede Spur. Aber wer war der kampferprobte Fremde, und warum wollte der Strozzi töten. Ja er hatte sogar, als der Kerl auf ihn zielte, kurzzeitig den Eindruck, es wäre es die volle Absicht des Fremden, auch ihn zu töten. Da spielte ein leises Lächeln um die Lippen des Fremden, so als hätte er sagen wollen, hab ich dich endlich! Rossi war sich sicher, in die kalten Augen eines Killers geblickt zu haben.

»Sind Sie verletzt? Kann ich Ihnen irgendwie helfen?«, rief

Rebecca Agostini, die gerade die Treppe des Zirkuswagens herunterstieg und besorgt auf Rossi zukam.

»Danke, aber ich glaube, es ist noch alles dran«, grinste der.

»Wer war dieser brutale Fremde?«

»Das kann ich Ihnen noch nicht sagen, aber ich werde es herausfinden schöne Frau, darauf können Sie sich verlassen«, presste Rossi entschlossen heraus. »Wer hat diese Kampfmaschine eigentlich in die Flucht geschlagen? Ich war kurzzeitig etwas weggetreten.«

»Ich glaub, da müssen Sie sich bei Penelope bedanken. Wen die mal wütend wird, dann hat auch der härteste Kämpfer keine Chance.«

»Aber wie ist der Gorilla denn aus dem Käfig - .«

»Ach, da hat wohl mal wieder jemand die Tür nicht abgeschlossen. Ich werde gleich mal Topas Bescheid sagen.«

»Also ich glaube, Sie sollten die Tür ruhig offen lassen. Einen besseren Leibwächter werden Sie nicht bekommen. Ich schicke meiner Lebensretterin nachher ein paar Pfund Bananen herunter!«, verabschiedete sich Rossi. Er war sicher, dass sich Strozzi hier noch irgendwo aufhielt, aber er hatte das Gefühl, dass diese Frau ihm nicht verraten würde, wo.

Rebecca kletterte zurück in ihren Wagen. »Sie können rauskommen, er ist fort.«
Strozzi schälte sich aus dem engen Toilettenkabuff. Schwer

atmend ließ er sich auf einen Stuhl fallen.
»Das sieht aber nicht gut aus Bosco, soll ich Ihnen eine Salbe drauf tun?«
Rund um den Hals hatte der dünne Draht die Haut aufgeschnitten. Teilweise blutete es sogar leicht.
»Es wird schon irgendwie gehen, aber trotzdem danke. Ich muss verschwinden, dieser Rossi hat mich erkannt. Er ahnt, dass ich hier unten bin.«

»Mein Nscho-Tschi-Kosüm, mit der Perücke! Also bei der Vorstellung habe ich Sie nicht wiedererkannt. Das sollte genügen, um den Commissario zu verwirren. Ich erzähle ihm einfach, Sie seinen meine hässliche Schwester.«

»Danke!«, grinste Bosco, - »aber Sie haben recht! Das wird ausreichen, - zumindest, bis wir auf Teneriffa sind.«

Bosco zog sich Hosen und Hemd aus.
»Das Luftholen fällt mir immer noch schwer. Der verdammte Kerl hat den Draht brutal zugezogen. Ich fürchte, dieser Rossi hat mir das Leben gerettet.«

In dem Moment flog die Tür auf. Pietro stand mit aufgerissenen Augen im Türrahmen, Bosco nur in Unterhosen am Tisch.
»Was wird denn das jetzt?!«

»Es ist nicht das, was du denkst, Pietro. Er wollte sich nur mein Kostüm überziehen, damit Rossi ihn nicht erkennt.«

»Ich sehe hier keinen Rossi. Nur einen halbnackten, schwer atmenden Kerl, den ich für einen Freund hielt, dem ich sogar vertraut hatte!«

»Pietro, deine Frau hat recht, es ist nicht so, wie es scheint!«

»Du hast mich schwer enttäuscht Bosco, mach, dass du hier rauskommst, Los! Ich hole meine Wurfmesser, wenn du in fünf Minuten noch hier bist, nagle ich dich an die Wand!!!«

Pietro stürmte wütend aus dem Zirkuswagen.

»Ich fürchte, er meint es ernst Bosco. Pietro ist sehr eifersüchtig. Du solltest jetzt wirklich schnell verschwinden.«

»Ok, danke für deine Hilfe Rebecca!«

Bosco schlüpfte in das Indianerinnenkostüm und verließ eilig den Laderraum.

Draußen auf dem Gang hatte sich Rossi postiert. Er beobachtete, eine, als Indianerin verkleidete Person, die den Laderaum verließ. Die langen schwarzen Haare umrahmten ein eher maskulines Gesicht.
Dann fielen Rossi die roten Striemen am Hals der Person auf. Er zählte eins und eins zusammen. Von der Statur her könnte es passen, dachte er sich.

»Strozzi! Hände hoch, keine falsche Bewegung. Ich habe Sie in Genua in Aktion gesehen, deshalb liegt mein Zeigefinger ganz nervös am Abzug, das können Sie mir glauben. Los rüber an die Wand, Hände auseinander!«

Rossi näherte sich vorsichtig. Zerknirscht stellte er fest, dass er wieder keine Handfessel dabei hatte. Das Problem hatte sich allerdings in dem Moment erledigt, als er hart von einem Pistolenknauf am Hinterkopf getroffen wurde und zu Boden sackte.

»Um dich kümmere ich mich gleich im Anschluss, mein Alter! Jetzt zu dir mein Freund. Wenn der Alte dich nicht mit Strozzi angesprochen hätte, wärest du mit der Verkleidung glatt durchgekommen. Jetzt hast du eben Pech. Los, da rüber!« Agent Butcher deutete mit der Pistole auf eine Stahltür in der Außenhaut des Schiffes, die mit zwei schweren Riegeln gesichert war.

»Aufmachen!«

»Warum willst du mich umbringen, was hab` ich dir getan?«

»Es ist nichts Persönliches. Da sind Leute, die wollen dich tot sehen, und weil die mich so nett gefragt haben, tue ich denen den Gefallen.«

»Na, wenn das so ist.« Bosco öffnete die Riegel und zog die schwere Stahltür auf.

Er blickte an dem muskulösen Fremden vorbei und sagte: »Pietro glaube mir, ich hatte nichts mit deiner Frau!«

»Der war jetzt aber wirklich aus der Mottenkiste, für wie blöd hältst du mich eigentlich, Strozzi?! Der Spruch funktioniert nur im Kino.«

»Sag nicht, ich hätte dich nicht gewarnt.«

Während Bosco das sagte, sah er das für ihn gedachte Wurfmesser heranwirbeln. Da es dicht an dem Killer vorbei fliegen würde, um ihn in der Brust zu treffen, trat Strozzi einen kleinen Schritt zur Seite. Der Fremde machte den verhängnisvollen Fehler, die Bewegung mitzumachen. Das Wurfmesser drang mit sattem Schmatzen in seinen Rücken ein. Der Agent riss verwundert die Augen auf und kippte durch die geöffnete Außentür, direkt in den Ozean.
Pietro schrie entsetzt auf. Wütend riss er ein zweites Messer aus der Scheide.

»Wegen dir habe ich einen Unschuldigen getötet, Bosco! Jetzt bist du dran!«

Bosco erkannte, dass dem eifersüchtigen Ehemann mit gutem Zureden im Moment nicht beizukommen war und rannte so schnell er konnte durch den Gang davon.

Bundeskanzleramt Berlin

Außenminister Horst-Eberhard Holzhauer nahm die Kanzlerin beiseite.
»Wilma, hier ist ein Memo der deutschen Botschaft in Moskau. Die Russen haben unseren Botschafter einbestellt. Zusammengefasst heißt es in der Meldung, dass die Russen behaupten, nichts mit dem angeblichen Mord an Bellmeyer zu tun zu haben. Außerdem sehen sie in unserer massiven Konzentration von Nato-Truppen an ihrer Grenze, eine nicht hinnehmbare Provokation. Als Reaktion wurden die russischen Streitkräfte in höchste Alarmbereitschaft versetzt. Durch unsere haltlosen Beschuldigungen würden wir die ohnehin schon angespannten Beziehungen, zuwischen Russland und Westeuropa, unnötig weiter belasten. Der Präsident hat angedeutet, dass er unsere Handlungsweise nicht nachvollziehen könne. Die einzige Erklärung sieht er darin, das Westeuropa sich dem Druck anderer Staaten - er drückte sich da bewusst vage aus - , die wiederum massiv, eigene Interessen verfolgten, beugen würde. Er meinte, wir würden uns dadurch auch weiterhin wirtschaftlich selbst ins Abseits manövrieren. Die Lücken, welche unsere Wirtschaftssanktionen gegen sein Land aufgeworfen hätten, würden nun nach und nach durch andere Länder wie China und erstaunlicherweise sogar die USA ausgefüllt.«

»Danke Horst Eberhard. Ich habe das zur Kenntnis genommen.«

Wilma Rautenstrauch ließ sich mit dem amerikanischen Präsidenten verbinden.

»Hallo Mr. Präsident. Sagen Sie mal, wie stichhaltig, sind Ihre Beweise, für eine russische Beteiligung an der Ermordung Bellmeyers und dessen Leibwächters?«

»Ich sagte Ihnen bereits, dass wir sicher sind, dass es sich bei den Leichen um die erwähnten Personen handelt, Frau Bundeskanzlerin. Unser DNA-Abgleich mit den von Ihnen übersandten Proben ergab eine 99,9-prozentige Übereinstimmung.«

»Die Russen streiten eine Beteiligung an der Ermordung rigoros ab, Mr Präsident. Warum sollten die das tun? Und was haben die überhaupt für einen Grund, Verteidigungsminister Bellmeyer umbringen?«

»Wir haben verlässliche Informationen, dass die Russen ein milliardenschweres Waffengeschäft geplant hatten. Unser eigener Deal mit den Saudis hätte sie aus dem Rennen geworfen. Sie wussten, dass Bellmeyer die Liefergenehmigung für das Konsortium, bestehend aus dem deutschen Rüstungskonzern Moselblech und einigen amerikanischen Rüstungsunternehmen, noch nicht unterschrieben hatte. Das sollte, wenn es nach dem Iwan ging, auch so bleiben. Wir bekamen erst am Tag von Bellmeyers Verschwinden seine mündliche Zusage zu dem Deal. Zur Unterschrift ist es allerdings nicht mehr gekommen. Dass Sie, Frau Kanzlerin, quasi im Alleingang, die Genehmigung noch durchgerückt hatten, ahnten die Russen natürlich nicht. Die hatten also einen guten Grund, Bellmeyer zu beseitigen, um das Geschäft dann selber durchzuziehen.«

»Ich verstehe.«

»Waffen verkaufen wir alle gerne, aber wir können uns natürlich nicht bieten lassen, dass der Iwan zu solch drastischen Mitteln greift. Deshalb müssen wir Stärke zeigen. Wenn wir jetzt klein beigeben, verlieren wir unser Gesicht.«

»Natürlich, Mr Präsident. Sie werden schon das Richtige tun. Ich wünsche Ihnen noch einen schönen Abend.«

»Ich hatte eben die deutsche Kanzlerin in der Leitung Harald. Sie macht sich Sorgen, wegen unserer Muskelspiele in Europa«, berichtete der Präsident dem amerikanischen Verteidigungsminister.

»Machen Sie sich keine Sorgen, wir haben alles im Griff«, beruhigte Verteidigungsminister Harald Chatham den Präsidenten.

»Nicht, dass uns wohlmöglich noch ganz Europa um die Ohren fliegt, Harald.«

»Warum eigentlich nicht? Nein, war nur ein Scherz. Mach dir keine Gedanken, wir wissen genau, was wir tun.«

»Wenn du es sagst. Einen schönen Abend noch, Harald.«

»Hallo Mr Präsident, Malcolm Hardball hier. Sie erinnern sich?

Thunderstorm, Hardball & Gamble. Das Rüstungsunternehmen, welches Ihren Wahlkampf maßgeblich mitfinanziert hat. - Ja, genau der. Ich sitze hier gerade mit meinen Freunden von Goldkehlchen & Stanley zusammen. - Die Bank, ja richtig! - Wir hörten, Sie machen sich Sorgen wegen der Lage in Europa? - Das sollten Sie nicht. Glauben Sie mir, dort passiert nichts, was wir nicht geplant haben. Machen Sie einfach weiter wie bisher, und alles wird gut. - Ach und Grüße an die Frau Gemahlin und die Kinder.«

»Leo, Harald hier. Wie weit seid ihr mit der Beseitigung der Zielpersonen? - Rückschläge?!! - Leo, wir haben uns politisch ziemlich weit aus dem Fenster gelehnt, vermassel das jetzt nicht!«

»Bobby, Leo hier. Ich hatte gerade den Verteidigungsminister in der Leitung. Du kannst dir sicher vorstellen, dass der nicht sehr begeistert von eueren bisherigen Leistungen war. - Nein, Bobby, keine Ausreden, - du hast die besten Männer, die uns zur Verfügung stehen. Wenn du die Operation versemmelst, gibt es einen Skandal, den niemand von uns überleben wird!«

Zirkus Trallafitti, Unterdeck

Cornelius Bellmeyer schwitzt in seinem muffeligen Affenkostüm, da die Klimaanlage noch immer nicht funktionierte.
Seit Penelope den Eindringling verjagt hatte, wirkte sie etwas aufgedreht. Er nahm den Gorillakopf ab, griff in das linke Bein seines Kostüms und fischte den Dildo heraus. Nachdenklich betrachtete er das Kunstwerk.

Das Larissa sein Geschenk nicht mochte, schmerzte ihn sehr. All die Mühen, welche er dafür auf sich genommen, und die Verwicklungen, die das Ding schon verursacht hatte. Ganz zu schweigen von den zwei Toten.

Penelope watschelte noch immer aufgeregt im Käfig hin und her. Plötzlich blieb sie böse brüllend vor ihm stehen. Sie griff sich den Gorillakopf und hielt ihn Cornelius fordernd hin.

»Ich will das scheiß Ding nicht! Lass mich in Ruhe du stinkst!«

Penelope schaute ihn böse an. Dann packte sie den Dildo und riss ihn Cornelius aus der Hand.

»Gib mir sofort das Ding zurück! Der gehört Larissa!!!«

Cornelius stürzte sich wütend auf die Gorilladame und versuchte ihr den Dildo zu entreißen. Penelope fegte den Minister mit einer ärgerlichen Wischbewegung fort, als sei er eine lästige Fliege.

Cornelius rappelte sich wieder auf und setzte seine wütende Attacke gegen Penelope fort.

Das brachte das Blut des durch die Ereignisse ohnehin schon aufgebrachten Affenweibchens erst recht in Wallung.

Penelope holte aus und donnerte ihm den Dildo schmerzhaft rechts und links gegen die Schultern. Bellmeyer stülpte sich zu seinem eigenen Schutz den Gorillakopf wieder über. So sauer hatte er die Äffin noch nicht erlebt. Sie brüllte ihn wütend an und trommelte mit den Fäusten gegen ihren mächtigen Brustkorb. Cornelius hatte das Gefühl, sie wollte ihm zeigen, wer der Herr, oder in diesem Fall, die Dame, im Hause ist. Das erste Mal seit ihrer ersten Begegnung fürchtete er sein Leben. Er rannte zur Käfigtür, riss sie auf und flüchtete aus dem Lagerraum. Penelope, die mit der Flucht ihres anscheinend etwas überempfindlichen Kameraden nicht einverstanden war, setzte sofort, den Dildo wild über dem Kopf schwingend, hinterher.

Happy Sea, Hochzeitszimmer

Samantha und Holger, sowie Hildegard und Jérôme betraten den, wie eine kleine Kapelle ausgestatteten Raum, der für Eheschließungen auf See vorgesehen war. Die beiden Brautpaare schritten zu feierlicher Hochzeitsmusik, die leise aus versteckten Lautsprechern plätscherte, langsam zu einem Pult. Hinter diesem hatte Kapitän Fritz Hellemann, gekleidet in seine Gala-Uniform, mit ernster Mine Aufstellung genommen.
Verehrte Brautpaare, liebe Freunde. Dies ist für uns alle, die erste Hochzeit auf hoher See. Ich fühle mich geehrt, in meiner Funktion als Kapitän der Happy Sea diese Trauung durchführen zu dürfen.
Ich möchte nicht viel Zeit mit der Vorrede vertrödeln, da mir die Küche mitgeteilt hat, dass alles für die Hochzeitsfeier bereit ist. Ich will schließlich nicht Schuld daran sein, wenn die Suppe kalt wird«, grinste Fritz.

Als Trauzeugen sind zugegen Gerlinde Klüsenpichler und Roger Reimann für das Brautpaar Holger Pfeifer und Samantha Klose, sowie Sophie Edelkamp-Flottgrebe und Doktor Horatio von Hollerbeck für das Brautpaar Jérôme, äh - Franz Pohl und Hildegard Drömmelmann.«

»Dann lasst uns also beginnen.«
Fritz wandte sich an seine Chefin.
»Willst du Samantha Klose den hier anwesenden Holger Pfeifer - »
Aus Fritzens Brusttasche hörte man die bekannte Melodie »Ihr Kinderlein kommet«.

»Entschuldigt bitte, das ist das Krankenhaus. Es muss wichtig sein. -
Hellemann? - Hermine? Es geht los?!! - Kaiserschnitt!!? -Ja, nein du störst doch nicht, Hermine! Hier findet nur gerade eine Trauung statt. - Ja natürlich will ich dabei sein! Ich stelle auf laut!«
Fritz legte sein Smartphone vor sich auf das Pult.
»Entschuldigt bitte, liebe Freunde, aber das muss jetzt sein. Ich werde nämlich gerade Vater.«

Aus dem Telefon war die hektische Stimme eines Arztes zu hören.
»Nein, ich habe jetzt keine Zeit, Sie sehen doch, dass ich hier einen Kaiserschnitt mache! So Frau Hellemann, wir haben Ihnen eine örtliche Betäubung gegeben. Nun geht es los. Sie werden nichts spüren, aber Sie bekommen alles mit.«

»Ich schneide - äh,- ich fange am Besten noch mal an«, sagte Fritz, der bei den letzten Worten des Arztes etwas blass geworden war.
»Willst du, Samantha Klose den hier anwesenden Holger Pfeifer lieben achten..., in guten wie in schweren..., bis dass der Tod euch scheidet, so antworte mit Ja, ich will.«

Fritz nickte Samantha auffordernd zu.
»Ja ich will!«

Skalpell, Schwester Hildegard. Tupfer, », krächzte es aus Fritzens Smartphone.

»Dann frage ich dich Holger Pfeifer, willst du die hier..., so antworte mit Ja, ich will.«

»Ja, ich will!«, sagte Holger feierlich.

»Dann erkläre ich euch, Kraft meines Amtes als Kapitän dieses Schiffes, zu Mann und Frau!«

Fritz wandte sich an Hilde und Jérôme und begann mit der zweiten Trauung.

»Es sind zwei!«, tönte es aus dem Smartphone.

»Das ist richtig Hermine, wir feiern heute eine Doppelhochzeit!«,
informierte Fritz seine Frau.

»Ist das Ihr Gatte da am Telefon?«, fragte der Arzt der Entbindungsabteilung.
»Ja Herr Doktor, er vollzieht gerade eine Trauung. Holger und Jérôme heiraten.«
»Ach? - Tja, Hans und ich überlegen auch schon länger, ob wir den Schritt wagen sollen. Man hört das ja jetzt immer häufiger.«

»?«, dachte Hermine.

»Ja, dann wünsche ich dem mutigen Brautpaar viel Glück!«

»Willst du, Hildegard Drömmelmann, den hier anwesenden Franz Pohl lieben, achten..., bis dass der Tod euch scheidet, so antworte mit Ja, ich will.«

»Ja, ich will!«

»Was meintest du mit zwei, Hermine?«, fragte Fritz, dem die Tragweite des eben Gehörten langsam bewusst wurde.
»Zwillinge Fritz, es sind Zwillinge!«

»Schwester Hildegard, nun machen Sie schon! Heißes Wasser, aber flott!!«

»Dann frage ich dich Franz Pohl, willst du die hier anwesende Hildegard... so antworte mit Ja, ich will.«

Ja, ich will!«

»Damit erkläre ich euch zu Mann und Zwillinge.«

»Herr Hellemann, ich gratuliere Ihnen zu zwei gesunden Jungs!«
Tönte es aus dem Smartphone. Fritz verdrehte die Augen und sackte hinter dem Pult zusammen.
Holger brachte ihn mit ein paar leichten Ohrfeigen wieder zur Besinnung.
»Hildegard, schnell ein Glas Wasser!«

»Was soll ich denn mit dem Wasser, Schwester Hildegard?!«

Speisesaal

Alle Besatzungsmitglieder, die irgendwie abkömmlich waren, hatten sich im Speisesaal versammelt. Die Küchenmannschaft kredenzte einen kulinarischen Höhepunkt nach dem Anderen. Nach etwa zwei Stunden, es wurde soeben das Hauptgericht abgetragen, entdeckte Jérôme einen herrenlosen Terrier unter dem Tisch, der ihm nur zu bekannt war.

»Hey mein kleiner, hat dich dein Herrchen wieder vernachlässigt?«

»Du kennst den Hund?«, fragte Hildegard, geborene Drömmelmann und jetzige Frau Dupont, ihren Mann.

»Ja, ich hatte eine etwas unsanfte Begegnung mit seinem Herrchen. Ein ausgesprochen unsympathischer Mensch, der auch noch die Dreistigkeit besaß, sich bei mir als Restaurantkritiker einzuschleichen. Du kennst ihn, er hat sich doch während des Kochkurses den halben Finger abgesäbelt. Wie du ja mitbekommen hast, versuchte er gestern, mein Essen runterzumachen. Bei der Gelegenheit habe ich mich mit seinem Hund angefreundet. Mir schien, dass der sein Herrchen anscheinend auch nicht sonderlich mag.«

Jérôme schaufelte Fleischreste auf einen Teller und stellte ihn unter den Tisch, wo sich Bocuse sofort dankbar darüber hermachte.

Manni Rammelhammer hatte von der Teilnahme am Hochzeitsessen abstand genommen. Es war ihm noch nicht möglich, mit den, noch immer gefühllosen Lippen, feste Nahrung aufzunehmen, ohne zu sabbern. Außerdem wollte er mit seinem momentanen Aussehen nicht in die Öffentlichkeit gehen. Er konnte es sich allerdings nicht verkneifen, durch die Eingangstür den Mann zu beobachten, dem er das monströse Aussehen zu verdanken hatte.

Verstohlen trieb er sich in der Nähe der Glastür herum. Er musste mit ansehen, wie sich Doktor Frankenstein, so nannte er von Hollerbeck jetzt, mit der netten Psychologin amüsierte.

Auf die Dame hätte ich besser gehört, und nicht auf Hollerbecks vollmundige Versprechungen, dachte sich Manni. Flammen der Wut loderten erneut in ihm auf. Er stellte sich vor, wie er dem Doktor in jeden Körperteil eine Botoxspritze jagte, wodurch von Hollerbeck immer groteskere Formen annahm.

Das Licht erlosch. Eine große Hochzeitstorte, beleuchtet von etlichen Wunderkerzen wurde, gefolgt von der gesamten Küchenmannschaft, in den Saal geschoben. Die Hochzeitsgesellschaft erhob sich von ihren Stühlen und applaudierte für das rundherum gelungene Essen.

Von draußen waren plötzlich Entsetzensschreie zu hören. Dann flog die Tür krachend auf.

Bellmeyer befand sich seit einer gefühlten Ewigkeit in dem stinkenden Gorillakostüm auf der Flucht. Eine Stunde lang hatte er es geschafft, sich in der Gesellschaft einiger spielfreudiger älterer Damen, im bordeigenen Kasino aufzuhalten, ohne entdeckt zu werden. Sie sahen in ihm ihren Glücksbringer. Jedes Eurostück, welches die Ladys in den einarmigen Banditen versenkten, wurde vorher am Fell des Affenkostüms gerieben. Als Gegenleistung spendierten sie ihm diverse hochprozentige Alkoholika. Als bei den Damen dann trotzdem eine hartnäckige Pechsträhne einsetzte, wurde dem Affen umgehend die Freundschaft gekündigt und sie verbannten ihn auf den Flur. Dass die eingefleischten Zockerinnen mit der von ihm ausgehenden Pechsträhne nicht so falsch lagen, bemerkte er, als die, noch immer durch die Gänge marodierende Penelope, ihn entdeckte. Bellmeyer wusste nicht wirklich, was der Affe mit dem Dildo vorhatte, aber seine Phantasie spielte ihm verschiedene, sehr plastische Variationen vor, die alle nicht dazu angetan waren, sich von der Gorilladame überwältigen zu lassen.

Außerdem musste er Larissa aus den Fängen dieses Chinesen befreien. Der Kerl hatte sie psychisch ja schon vollkommen in seiner Gewalt.

Die Köpfe der Hochzeitsgäste flogen herum. Der, als Gorilla verkleidete Bellmeyer, stürmte, gefolgt von einer Dildo-schwingenden Gorilladame, in den Saal.

Die plötzliche unerwartete Dunkelheit, gepaart mit diversen alkoholhaltigen Getränken im Spielkasino und grell abbrennenden Wunderkerzen, raubten dem Verteidigungsminister vorübergehend jegliche Orientierung. Wie blind stolperte er durch den Speisesaal, bis er auf etwas Weiches, Klebriges traf.

Das Licht flammte auf. Gehetzt schaute er sich um.

Bellmeyer realisierte, dass er in der vormals prächtigen Hochzeitstorte lag, und über und über mit Sahne beschmiert war.

Einige Hochzeitsgäste fingen bei dem Anblick des bekleckerten Gorillas in der Torte, laut an zu lachen. Immer mehr Leute stimmten mit ein, biss dem ganzen Saal vor Lachen die Tränen herunterliefen.

Nachdem Cornelius Bellmeyer die Sahne vor seinen Sehschlitzen entfernt hatte, entdeckte er Larissa. Sie saß an einem Tisch, zusammen mit diesem frechen Chinesen und lachte ebenfalls über sein Missgeschick. Bellmeyer sprang wütend auf, glitt aber sogleich auf der Sahne aus und klatschte erneut in die Torte.
Das alles sah nach einer perfekt einstudierten Slapsticknummer aus.

Holger Pfeifer erhob sich und nahm Blickkontakt zu dem entsetzt dreinblickenden Zirkusdirektor Jacopo Colombo und dessen Sohn Topas auf. Er nickte ihm anerkennend zu und klatschte laut Beifall zu der gelungenen Einlage. Sogleich fielen mehrere Gäste in die Beifallsbekundungen mit ein.
Jacopo brauchte einen Augenblick um die Lage zu begreifen, stieß Topas den Ellenbogen in die Seite. Beide lächelten, mit wie sie hofften, wissendem und dankbarem Gesichtsausdruck zurück, bevor sie entsetzt das weitere Geschehen verfolgten.

Penelope hockte mit entrücktem Gesichtsausdruck neben dem Trümmerhaufen der Torte, tunkte immer wider den Dildo in die Sahne, um ihn dann genüsslich abzuschlecken. Einige der anwesenden Herren entfuhr bei dem Anblick ein unterdrücktes Stöhnen.

»Ich dachte, du hättest das Ding entsorgt, Holger«, sagte Samantha Pfeifer vorwurfsvoll zu ihrem frisch angetrauten Mann.
»Das dachte ich auch!«

»Damit hat mich doch dieser komische Golfer verkloppt! Ich hab` es dann Kapitän Hellemann als Beweismaterial überlassen!«, trug nun Trauzeugin Sophie Edelkamp-Flottgrebe zur allgemeinen Erheiterung bei.

»Ich habe das Corpus Delikte verschenkt. An wen, möchte ich jetzt nicht verraten, aber es war nicht die Gorilladame«, grinste Kapitän Hellemann breit.

Bellmeyer hatte sich auf den, wegen der Sahne sehr rutschigen Gummifüßen des Kostüms, mehr schlitternd als laufend bis zu Larissas Tisch vorgearbeitet. Ein wenig zu viel Schwung ließ ihn auf Hop Sing stürzen, und diesen mit sich auf den Boden reißen.

Mittlerweile hatte auch Commissario Rossi, der sich mit Hop Sing und Larissa einem Tisch teilte, erste Zweifel an der Echtheit des Affen. Die Bewegungen des Primaten muteten bei längerer Betrachtung doch sehr menschlich an. Daher sah Rossi in der Vorführung auch eher eine gelungene Slapstick Einlage, als eine Affen-Dressurnummer des Zirkus Trallafitti.

»Du scheiß Chinese, vergreifst dich nicht mehr an meiner Larissa! Ist das klar!!«, tönte es sehr undeutlich und dumpf auf dem Affenkostüm.

Rossi sah seine Vermutung bestätigt, hatte allerdings die Worte nicht verstanden. Er klatschte lachend Beifall zu der gelungenen Nummer.

Bellmeyer rappelte sich mühsam wieder auf die Beine und riss Hop Sing an dessen Kragenaufschlägen vom Boden hoch.

Wieder hörten Larissa und Rossi eine wütende Abfolge von Worten, die allerdings noch immer unverständlich herüberkamen.

Der Fitnesstrainer, der das Ganze nicht wirklich als Spaß verstand, riss sich wütend los. Angriffslustig nahm er die bewährte Karate-Kampfstellung ein, was vom begeisterten Publikum mit lautem Gejohle und Applaus honoriert wurde.

Bellmeyer, auf theoretischer Ebene, eher mit der alten Schule des traditionellen Boxkampfs vertraut, stand dem Asiaten wie ein Preisboxer gegenüber und wirbelte mangels praktischer Erfahrung bedrohlich mit den Fäusten.

Der Anblick der beiden sich so umkreisenden Kontrahenten ließ so manchen aus dem Publikum in hemmungslose Lachkrämpfe ausbrechen.

Der Asiate stieß einen bösen Kampfschrei aus, der Bellmeyer so erschreckte, dass er ausrutschte und auf dem Hintern landete.

Hop Sing, nun ganz der faire Kämpfer, wartete, bis sich sein Gegner aufgerappelt hatte.

Bellmeyer täuschte einen Scheinangriff mit den Fäusten vor, um Hop Sing dann mit aller Kraft zwischen die Beine zu treten.

Wie ein gefällter Baum fiel dieser rücklings auf den Stuhl,

wo er von Larissa sofort in den Arm genommen wurde.
Bellmeyer trat vor, zeigte drohend mit dem Finger auf den Asiaten, spie undeutliche, wütend Worte aus. Danach flüchtete er eiligst aus dem Saal.
Rossi fand den letzten Teil der Vorführung etwas übertrieben, als er bemerkte, dass Hop Sings Schmerzen augenscheinlich echt waren.

»Ist das was Persönliches, zwischen ihrem Freund und dem Gorilla-Darsteller?«

Larissa, der eben klar geworden war, wer sich in dem Kostüm versteckt hatte, schaute verlegen zur Seite.

Rossi wurde schlagartig klar, was das zu bedeuten hatte.
Er schlug sich mit der Hand an die Stirn. »Bin ich blöd! Ich habe vor dem Käfig gestanden und der Kerl hat sich wahrscheinlich innerlich krankgelacht.« An Larissa gewandt fuhr er fort: »Aber was ich nicht verstehe, ist Folgendes: Wenn er doch ein so perfektes Versteck hat, warum zieht er hier so eine Show ab? Er muss doch damit rechnen, dass ich ihm auf die Schliche komme.«

Larissa schaute ihn mit einer Spur Mitleid für Bellmeyer im Blick an: »Sie dürfen von dem Mann, nur weil er Verteidigungsminister ist, keine überbordende Intelligenz erwarten. Die Tatsache, dass er Politiker geworden ist, besagt doch grundsätzlich erst mal nur, dass er sich hochgelabert hat. Dass er, nach einem mittelmäßig abgeschlossenen Studium, einen relativ einfachen aber zugleich sehr lukrativen Weg eingeschlagen hat. Leute wie Bellmeyer müssen eigentlich nicht viel wissen. Dafür haben

sie ja ihre Berater. Bellmeyer musste nur darauf achten, die richtigen Hände zu schütteln und in die passenden Ärsche kriechen. Oder warum glauben Sie, kann so einer erst Landwirtschaftsminister und dann Verteidigungsminister werden. Er war weder Bauer, noch Soldat. Er kann eine Kuh nicht von einem Ochsen und einen Panzer nicht von einer Haubitze unterscheiden. Es ist der Titel, der jeden Glauben macht, der Mann sei fähig für den Job. Sein Titel strahlt sozusagen wie ein Heiligenschein und beseitigt jeden Zweifel an seiner fachlichen Kompetenz.
Er ist nicht der erste Politiker, den ich in der Kiste hatte. Sie alle haben mir von ihren Problemen erzählt. Seien Sie versichert, nach diesen Geständnissen hätten auch Sie jeglichen Glauben an die Intelligenz unserer Führungsebene verloren. Das mag vielleicht nicht auf alle zutreffen, die sich in den Zimmern der Macht tummeln, aber ganz bestimmt auf viele. Bellmeyer ist sozusagen ein Musterbeispiel für Dummheit und Korrumpierbarkeit. Dazu kommt noch, dass er das Musterbeispiel eines extrem von sich überzeugten, schwanzgesteuerten Exemplars der Gattung Mann ist.«

»Wegen des Kerls steht die Welt kurz vor einem dritten großen Krieg, und er Idiot geistert hier im Affenkostüm herum und hat nur seinen Nebenbuhler im Kopf?!!«

»Nochmal langsam zum Mitschreiben, Herr Rossi. Bei Cornelius Bellmeyer hat man zwar Verteidigungsminister auf die Stirn geschrieben, es ist aber keiner drin«, sagte Larissa und kümmerte sich wieder um Hop Sing, der vor lauter Schmerzen nichts von dem Gespräch mitbekommen hatte.
»Wir verabschieden uns für heute Commissario, Sie sehen ja,

wie es Hopsi geht. Ich glaube, er muss sich erstmal hinlegen.«

Holger und Jérôme bedankten sich nochmals bei Jacopo Colombo für die gelungene Unterbrechung der Hochzeitsfeier. Noch nie in ihrem Leben hätten sie so gelacht wie heute.

Topas wollte eben Penelope einfangen, musste aber feststellen, dass sie sich schon wieder aus dem Staub gemacht hatte.

»Hier hast du dich versteckt! Ich suche dich überall!« Gerhard Esser fasste seinen Terrier am Halsband und zerrte ihn unter Jérômes Tisch hervor.

»Ihre 'und hatte isch eingeladen, abär isch mich nicht kann ärinnern, Sie zu mein 'ochzeit gäbetän zu 'aben«, grinste der Schiffskoch Hergard Esser an. »Oder wolltän Sie sisch preiswäert vollschlagen die Bauch?«

Alle starrten den Restauranttester fassungslos an.

»Abär weil 'eute ist mein 'ochzeit, isch will nischt so sein. Gähen Sie in Küsche und lassen sich etwas einpacken für zum Nämen mit.«

Esser wäre vor Scham beinahe im Boden versunken, konnte aber in seiner Wut nichts Passendes erwidern. Er befestigte die Leine an Bocuses Halsband und zerrte den sich wild sträubenden Terrier aus dem Saal.

Bordfriseur Antonie Cordonier, und Hundesitter Bodo Grabowski saßen an einem der Nebentische. Sie beobachteten grinsend das Schauspiel.

»Sag mal Antonie, wie lange hält eigentlich die Farbe auf dem Terrier?«

»Keine Sorge Bodo, wenn der merkt, dass es sich nicht um seinen Hund handelt, ist er schon lange wieder zu Hause.«

Suite 101

Es klopfte energisch an der Tür. »Zimmerservice!«

»Wir haben nichts bestellt!«

»Eine kleine Aufmerksamkeit der Reederei!«

Larissa öffnete die Tür. Bellmeyer stürmte im Affenkostüm herein und knallte die Tür hinter sich zu.
»Penelope ist mir noch immer auf den Fersen. Ich weiß nicht, was in den blöden Affen gefahren ist. Du musst mich verstecken! - Was macht dieses Schlitzauge in meinem Bett!!«

»Bellimausi, so wie DU den eben in die Eier getreten hast, konnte ich ihn doch nicht da liegen lassen. Außerdem beschützt mich Hopsi vor deinem Strozzi!«

»Hopsi?! So nennst du ihn! Schmeiß den Arsch sofort aus meinem Bett!«

Agent Hammer stand vor der Tür zur Suite 101. Er presste ein kleines Mikrofon an das Türblatt.
Zwei Zielpersonen auf einmal, das war ein echter Glücksfall, nach der unsäglichen Pechsträhne, die den ganzen Einsatz bis jetzt begleitet hatte. Hellboy tot, Duster schwer verletzt und Butcher vermisst, was auch nichts Gutes ahnen ließ. Jetzt durfte nichts mehr schief gehen.

»Zimmerservice!«

Larissa und Bellmeyer schauten fragend zur Tür.
»Hast du was bestellt?«

»Nein, los versteck dich auf dem Balkon, damit man dich in dem Affenkostüm nicht sieht.«
In dem Moment flog die Tür auf und riss dabei das Schloss aus der Türfüllung. Agent Hammer wollte kein Risiko eingehen, als er gehört hatte, was drinnen besprochen wurde. Mit gezogener Pistole stürmte er in die Suite.
»Niemand versteckt sich hier irgendwo!«

»Wer sind Sie? Bitte tun Sie uns nichts! Wir haben doch nichts gemacht!«
»Ich weis nicht, was Ihr getan habt, es ist mir auch scheißegal. Ihr steht auf meiner Liste, und allein das zählt.«

Hammer schaute sich mit geübtem Blick in der Suite um und entdeckte den Asiaten schlafend im Bett.
Verdammt, schon wieder die Chinesen, schoss es ihm durch den Kopf.
Er legte den Finger an die Lippen. »Schön leise sein, wir wollen doch unseren chinesischen Freund nicht aufwecken, oder?
Los raus auf die Terrasse, alle beide«, zischte Hammer bedrohlich.
Draußen tippte er Bellmeyer mit dem Schalldämpfer leicht gegen den Affenkopf, »Runter mit der Verkleidung. Ich will doch wenigstens wissen, ob du der Richtige bist!«

Cornelius drehte den Kopf der Verkleidung und der

Bajonettverschluss öffnete sich. Er hob den Affenschädel herunter und starrte den Fremden an.
»Schickt Herr Schmidt Sie?«

Hammer zog zwei Fotos aus der Tasche, um sie mit Larissa und Bellmeyer zu vergleichen.
»Schmidt? Nie gehört, wer soll das sein?«

»Ein Lobbyist, der noch immer auf meine Unterschrift wartet. Der wird jetzt bestimmt ziemlich sauer sein.«

»Keine Ahnung, was du da faselst. Los, rüber an die Brüstung. Schaut euch das Meer nochmal genau an. Ist doch ein schöner letzter Blick auf die Welt, die ihr jetzt leider verlassen müsst.«

»Ich habe Geld! Zwanzigtausend! Ich muss es nur eben holen!«, versuchte Bellmeyer sich aus der Affäre zu ziehen.

»Rüber an die Brüstung, Arschloch, ich sage es dir nicht noch einmal. Ich kann das jetzt langsam und schmerzhaft für euch gestalten, oder human, ihr habt die Wahl.

Cornelius nahm Larissa an der Hand. Sie stellten sich widerwillig an die Brüstung und schauten auf das Meer hinaus.

Agent Hammer spürte plötzlich eine schwere Hand, die mit stahlhartem Griff seine ausgeprägte Schultermuskulatur zusammenquetschte und ihn zurück in die Suite zog. Hammers Hand öffnete sich automatisch, so dass die Pistole dumpf auf Teppichboden polterte. Er riss erschrocken den Kopf herum.

In der Zentrale starrte Captain Bobby Stout entgeistert auf den Monitor. Das von Agent Hammers Video-Brille übertragene Bild zeigte ein haariges, schwarzes Gesicht, das er in der diffusen Beleuchtung allerdings nicht richtig erkennen konnte. Der Fremde sagte nichts, sondern fuchtelte dem Agenten mit etwas vor dem Gesicht herum, das aussah wie ein sehr biegsamer Schlagstock.
»Hammer! Wer ist das!?? Warum schießt du nicht?!«

Hammers rechter Arm hing nutzlos am Körper herunter. Der Affe umklammerte noch immer die Schulter. Der Schmerz war nahezu überirdisch und trieb ihm Tränen in die Augen.
Captain Bobby Stout musste hilflos mit ansehen, wie plötzlich der seltsame Schlagstock auf den Monitor zusauste. Nicht nur einmal, sondern immer und immer wieder schlug das haarige Monster zu. Das klatschende Geräusch verursachte ihm beim bloßen Zuschauen körperliche Schmerzen.
Hammers Wangen und Schädeldecke brannten von den brutalen Treffern. Seine Beine gaben nach, aber das Monster hielt ihn an der Schulter aufrecht, so dass er nicht zusammenbrechen konnte.
Bobby Stout machte sich in Gedanken eine Notiz: *neuartiger Schlagstock, sehr effektiv, möglicherweise Weiterentwicklung der Russen oder der Chinesen.*

Bellmeyer und Larissa warteten noch immer auf den Schuss. Unten sahen sie eine Schule Delphine vorbeispringen,

Möwen kreischten über ihren Köpfen und warmer Nachtwind wehte um ihre Nasen. Dann flog der Fremde an ihnen vorbei. Sein Schrei riss erst ab, als der Körper auf der Meeresoberfläche aufklatschte.

Bellmeyer und Larissa wirbelten herum. Penelope streckte Cornelius fordernd den Gorillakopf entgegen, den dieser widerwillig aufsetzte.

»Was ist denn hiel los?«, fragte Hop Sing, der in gekrümmter Körperhaltung an der Terrassentür lehnte.

»Raus aus meiner Kabine, Schlitzauge! Wag es ja nicht, dich noch mal in mein Bett zu legen! Larissa ist MEINE Freundin!«, fuhr Cornelius Hop Sing an. Der vernahm wegen des Affenkostüms jedoch nur einen dumpfen undeutlichen Wortschwall.

In dem Moment wurde Cornelius grob von Penelope am Arm gepackt und auf den Gang hinaus gestoßen.
»Nicht schon wieder, du Monster!«

Penelope ließ ein bedrohliches Grollen hören und erhob warnend den Dildo, so dass Bellmeyer es als sicherer ansah, spontan seine Flucht fortzusetzen.

Commissario Rossi blieb noch eine weitere Stunde bei den Hochzeitsgästen im Speisesaal, bevor er sich in die Kabine verabschiedete.

Agent Duster hatte sein gesplittertes Ellenbogengelenk notdürftig geschient und eine Betäubungsspritze hineingejagt. Captain Stout, sein Führungsoffizier, hatte ihm unmissverständlich klargemacht, dass jetzt alles von ihm abhinge. Alle Zielpersonen seien noch am Leben. Die Chinesen mischten mittlerweile ebenfalls mit und eine unbekannte, mit größter Brutalität zuschlagende dritte Partei würde auch Interesse an Bellmeyer zeigen. Möglicherweise sogar tatsächlich die Russen, aber genau wüsste man es nicht.

Duster war eben zufällig dem Leibwächter über den Weg gelaufen. Der saß, noch immer als Indianerin verkleidet, in der Bordbar, um sich etwas zu trinken zu besorgen. Jetzt wartete Duster auf eine günstige Gelegenheit, seine Kameraden zu rächen. Mit diesem Strozzi würde er anfangen. Der Killer begann jetzt, die Sache persönlich zu nehmen.

Nachdem er sich in der Bordbar einen Energie-Drink genehmigt hatte, um wieder einigermaßen wach zu werden, wanderte Bosco ziellos durch die endlosen Gänge des Schiffs, auf der Suche nach einem stillen Platz, wo er eine Zeit lang die Augen schließen konnte. Die Müdigkeit war im Moment sein größtes Problem. Er öffnete eine Tür, die auf den Außengang führte, welcher das gesamte Schiff umspannte. Nach etwa zwanzig Metern bemerkte er einen bequemen Liegestuhl. Sofort ließ er sich hineinfallen und war einen Augenblick später eingeschlafen.

Agent Duster stand reglos in der Dunkelheit. Er zielte sorgfältig, um sein Opfer aus zwanzig Metern Entfernung nicht zu verfehlen, als er von hinten brutal umgerannt wurde. Thorben und Sieglinde Scheuermann drehten soeben die zehnte Runde, um die Happy Sea. Die dunkel gekleidete Person war ihnen nicht aufgefallen, da sich ihr Bewegungsablauf beim Joggen weitestgehend automatisiert hatte und sie mit den Gedanken ganz, wo anders waren.

Die Waffe wurde Duster aus der Hand geschlagen und schlitterte über den Teakholzboden. Er stürzte unglücklicherweise auf das bereits gebrochene rechte Ellenbogengelenk und brach sich bei der Gelegenheit zusätzlich den rechten Oberarm.

Captain Bob Stout verfolgte am Monitor fassungslos, optisch wie auch akustisch, das Desaster, welches sich im Halbdunkel abspielte.
»Das gibt es doch gar nicht! Ich glaube das jetzt nicht! Wie kann denn nur so viel schief gehen!«

»Duster, bist du o.k?«, tönte es aus den Ohrhörern der Agenten, als dieser sich gerade wieder aufrappeln wollte.

»Entschuldigen Sie bitte, wir haben Sie in der Dunkelheit glatt übersehen. Haben Sie sich verletzt?«, fragte Sieglinde Scheuermann besorgt den Fremden. »Thorben, fass doch mal mit an, um dem armen Mann aufzuhelfen.«

Ehe sich Agent Duster wehren konnte wurde er an beiden Armen gepackt und hochgerissen. Dabei verschob sich der gebrochene Oberarmknochen und die nachlassende Betäubung ließ ein Feuerwerk von Schmerz zu den Gehirnsynapsen durch.

Den schier übermenschlichen Schmerz ausblendend schickte

er das Sportlerehepaar mit zwei gezielten Schlägen gegen die Halsregionen ins Reich der Träume.
Dann bückte er sich nach der auf dem Boden liegenden Sig Sauer und hob sie auf. Das Ignorieren von Schmerzen war eine der vielen Ausbildungseinheiten, welche er erfolgreich durchlaufen hatte.

Strozzi war durch den Tumult in seiner Nähe aufgeweckt worden. Ohne die Körperhaltung zu verändern, beobachtete er, wie der Fremde die beiden Jogger außer Gefecht setzte und sich dann nach einer Waffe bückte.

Als Duster wieder zum Liegestuhl blickte, war der Leibwächter verschwunden. Ruhig scannte er die Umgebung ab, bis er eine sich langsam schließende Tür ausmachte.

Strozzi hastete durch die Gänge, als unvermittelt Commissario Rossi vor ihm auftauchte, der gerade seine Kabine betreten wollte. Fast gleichzeitig erkannten beide, wen sie vor sich hatten.

»Strozzi, gib auf, du kannst mir nicht ewig entkommen. Spätestens, wenn du auf Teneriffa von Bord gehst, kriege ich dich. Ich werde die spanischen Behörden informieren und die werden das Gelände rund um das Schiff absichern.«

Strozzi starrte den Commissario aus müden Augen an, als plötzlich eine Kugel neben seiner Schulter von der Wand abprallte und sirrend weiter durch den Gang pfiff.

»Was geht denn hier vor?!!«, rief Rossi alarmiert und riss

schnell die Tür zu seiner Kabine auf. »Los, rein hier!«
Ohne weiter nachzudenken, retteten sich beide mit einem Sprung in Rossis Behausung, als schon die zweite Kugel durch den Gang pfiff.

Der Commissario riss die Schublade seines Nachttischs auf, holte seine Waffe heraus und hechtete hinter einen großen, blauen Klubsessel, wo Strozzi ebenfalls bereits in Deckung lag.

Duster feuerte im Vorbeilaufen mehrere ungezielte Schüsse in Rossis Kabine.

»Wer ist das, verdammt noch mal? Wer will uns tot sehen?«

»Ich weiß es nicht, Rossi, aber eines ist sicher, die Burschen waren schon in Algier in der Kasbah hinter uns her. Das sind verdammt harte Profis.«

»Wissen Sie eigentlich, dass Sie und Bellmeyer offiziell schon für tot erklärt wurden?«

»Was soll denn DER Scheiß jetzt?«

»Ihre Leichen hat man in Algier gefunden, die Russen haben Sie angeblich umgelegt. Das zumindest, wird seit vorgestern in den Medien verbreitet.«

»Sie können mir viel erzählen.«

Agent Duster versuchte, mit einer Scheckkarte die Tür zur

Nachbarkabine zu öffnen. Dass so etwas meist nur in Romanen funktionierte, musste er erkennen, als die Karte abbrach. Da er sich in diesem Teil seiner Ausbildung nicht gerade als talentiert hervorgetan hatte, beließ er es bei dem einen Versuch und trat die Tür ein. Er erkannte, dass die Kabine nicht bewohnt war und hastete zur Balkontür. Er öffnete sie geräuschlos. Behände kletterte der Agent über die Milchglasscheibe, die die Balkone voneinander trennte.

»Doch es stimmt. Ich habe deshalb sogar eine Meldung nach Italien geschickt, dass Sie und Bellmeyer sich hier auf dem Schiff befinden.«

»Na dann ist es doch gut.«

»Ne, nix ist gut! Zur Schnecke haben die mich gemacht. Ihre Leichen seinen höchst offiziell identifiziert worden und ich solle mich gefälligst heraushalten!«, antwortete Rossi. Als er den Blick von Strozzi abwandte, sah er in der Glasscheibe eines Kunstdrucks, der die Kabinenwand schmückte, eine Bewegung.

»RUNTER!!!«
Die Kugel streifte Strozzi am Oberarm, da er sich im Bruchteil einer Sekunde vorher, flach auf den Boden gepresst hatte.
Rossi wirbelte mit einer für sein Alter erstaunlichen Vehemenz herum. Er feuerte mehr intuitiv, als gezielt, durch das Balkonfenster. Das Projektil zertrümmerte Agent Dusters, bis dahin noch unversehrten linken Oberarmknochen, so dass seine Waffe nutzlos zu Boden

schepperte.

»Und warum sollte jemand daran interessiert sein, dass wir tot sind?«, setzte Strozzi, noch immer auf dem Boden liegend und seinen durch einen Streifschuss verletzten Arm ignorierend, die Unterhaltung fort.

»Das werden wir gleich erfahren, ich habe ihn erwischt!«

Rossi stürmte auf Balkontür zu. Draußen erwartete ihn ein schwarz gekleideter und zu allem bereiter Kämpfer. Beide Arme hingen irgendwie nutzlos herunter, aber das war für Duster noch lange kein Grund aufzugeben. Er fühlte sich, wie der Ritter in dem Monthy Pyton Klassiker *Die Ritter der Kokosnuss*, dem die Arme abgehackt worden waren und der trotzdem immer weiter kämpfte.

Der harte Tritt des Agenten erwischte Rossi unvorbereitet am Kinn und katapultierte ihn zurück in die Kabine.
Gerade als Strozzi aufstehen wollte, um dem Fremden entgegen zu treten. Wirbelte ein Messer über seinen Kopf hinweg und traf den unbekannten Kämpfer direkt ins Herz.

»Bosco!? Ist alles o.k.?«

»Äh, - ja?« Strozzi wusste nicht so recht, ob er Pietro jetzt vertrauen konnte, oder ob er sich noch immer auf dem Kriegspfad befand.«

»Ich hab nochmal mit Rebecca gesprochen, Bosco. Ich glaube, ich hab da etwas überreagiert.«

»Da fällt mir aber wirklich ein Stein vom Herzen, Pietro.«

»Wenn ich die Herren mal eben unterbrechen dürfte, vielleicht sollten wir nachschauen, ob der aggressive Fremde dort auf dem Balkon noch lebt?«, sagte Rossi mit einer Spur Sarkasmus in der Stimme. »Was haben Sie eben gefragt, Strozzi?«

»Mich würde brennend interessieren, warum jemand daran interessiert sein sollte, uns tot zu sehen?«,

Rossi war schon auf dem Balkon, um den leblos daliegenden Fremden zu untersuchen.

»Tot?«

»So tot wie Oppa Totentöter, der wird uns nichts mehr erzählen! Laut Papieren ein Russe!«

»Verdammt!«

»Ich weiß nicht, wer wirklich hinter all dem steckt, Strozzi, aber eines weis ich: Im Moment beginnt ein gewaltiges Säbelrasseln zwischen der Nato und Russland. Wir stehen kurz vor dem Ausbruch des dritten Weltkriegs, und ich habe das dumpfe Gefühl, wir spielen dabei eine nicht unwesentliche Rolle.«

»Sie meinen, das alles passiert nur wegen mir und Bellmeyer?«

»Na, Sie sollten sich da nicht so wichtig nehmen, Strozzi. Es geht um den Tod des deutschen Verteidigungsministers Cornelius Bellmeyer und um einen russischen Pass, der praktischerweise neben eueren Leichen gefunden wurde. Das war der Auslöser für Truppenaufmärsche beiderseits der russischen Grenze.«

»Aber das ist doch alles erstunken und erlogen, Commissario.«

Rossi schaute nachdenklich zur Tür.
»Ich fürchte, irgendjemand ist daran interessiert, dass es Krieg gibt. Und deshalb will der auch, dass weder Sie noch Bellmeyer wieder auftauchen. Sonst hätte man doch meine Meldung, dass Sie noch leben, ernst genommen.«

»Wer hat die Macht, und das Geld, professionelle Killerkommandos nach Algier und hier auf die Happy Sea zu senden?«, fragte Strozzi nachdenklich.«

»Wer kann denn eigentlich wollen, dass es in Europa Krieg gibt? Ich glaube niemand, der dort wohnt, ist an einer kriegerischen Auseinandersetzung mit Russland interessiert, oder liege ich da falsch. - So blöd kann keiner sein.«

»Grundlage für Krieg waren schon immer wirtschaftliche Interessen, Strozzi. Es ging noch nie darum, für Gott und Vaterland zu kämpfen. Das wurde den Soldaten doch von alters her von den Kriegsprofiteuren eingeredet. Anders macht das Sterben für die nützlichen Idioten, um es mal böse auszudrücken, auch keinen Sinn. Nachher wird den Überlebenden ein billiger Orden an die Brust geheftet. Dann werden sie mit ihren Psychosen, furchtbaren

Kriegserinnerungen und einer kleinen Rente allein gelassen, während in den Vorstandsetagen der Rüstungsindustrie die Sektkorken knallen.«

»Sie glauben also, dass ich und Kollege Bellmeyer nicht wieder auftauchen sollen. Es passt nicht in deren großen Plan, habe ich Sie so richtig verstanden? Dann will man aber garantiert auch verhindern, dass Sie, mein lieber Commissario, die Sache hinterher ausplaudern. Jetzt, wo ich darüber nachdenke, ist jeder gefährdet, der von meinem und Bellmeyers Überleben Kenntnis hat.«

»Also auch Larissa!«, sagte Rossi nachdenklich.

»Ich sehe da für uns nur eine Chance, wir müssen der Welt mitteilen, dass Cornelius Bellmeyer noch am Leben ist!«

»Und wie sollen wir das anstellen?«

»Darüber zerbrechen wir uns gleich den Kopf, zuerst entsorgen wir mal die Leiche. Kommen Sie Strozzi, Pietro, packen Sie mal mit an!«

»Wollen Sie mich eigentlich noch immer verhaften, Rossi? Wenn man es nüchtern betrachtet, habe ich doch nur meinen Job gemacht, als ich ihren Kollegen erschoss. Es sah ja wirklich so aus, als wollte er meinem Boss ans Leder.«

»Darüber unterhalten wir uns auf Teneriffa. Über Ihre Schuld oder Unschuld muss letztlich ein Gericht entscheiden. Ihre Argumentation ist allerdings nicht so ganz von der Hand zu weisen. Lasst uns erstmal die Leiche im

Meer entsorgen, sonst bekommt Pietro noch Ärger, weil er uns das Leben gerettet hat. Also bei drei!«

»Halt, mein Messer!«, rief Pietro, riss es aus dem Brustkorb des Agenten und wischte es an dessen Kleidung sauber.
»Ihm hat es schließlich kein Glück gebracht. Ich hänge an meinen Wurfmessern. Gute sind gar nicht so leicht zu bekommen.«

»Wartet die Brille nehme ich!«, sagte Strozzi und setzte sie sogleich auf. »Ich glaube, die hat sogar `ne Nachtsichtfunktion. Wer weiß, wozu es heute noch gut ist.«

»Jetzt reicht es aber mit der Leichenfledderei! Los, ab mit ihm ins Wasser!«

»Scheiße!«, fluchte Bobby Stout, als er, jetzt aus Strozzis Blickwinkel, mit ansehen musste, wie Agent Duster über die Reling entsorgt wurde. Die Tonübertragung funktionierte jetzt nur noch einseitig, da Dusters Mörder, dessen Ohrempfänger nicht entdeckt hatten.

»Leo, Bobby hier, wir haben ein Problem«, meldete er sich bei seinem Vorgesetzten Leo Savallas. Er berichtete ihm alles über die Unterhaltung und Pläne der Zielpersonen, die er eben, dank Dusters Brille mitgehört hatte.

»Bobby, genau das wollte ich NICHT von dir hören!«

»Leo, alle vier Agenten sind tot. Ich weis auch nicht, wie das passieren konnte.«

»Bobby, ein Schiff voller dickbäuchiger, träger Urlauber! Und du willst mir erzählen, von dieser Pauschaltouristentruppe wurden vier deiner Männer getötet?!«

»Na ja, so einfach kann man das jetzt auch nicht sagen. Da waren schon ein paar seltsame - .«

»Paperlapap Bobby, keine Ausflüchte, - ihr habt`s vergeigt und ich muss jetzt sehen, wie ich die Kuh vom Eis kriege, so ist es doch, oder?!! - Die Zielpersonen wollen also der Welt verraten, dass Sie noch am Leben sind?! Aber warum? - Ach so, die Welt retten, - nun ja, von ihrem Standpunkt aus ist das durchaus nachvollziehbar, aber wir können das natürlich auf gar keinen Fall dulden. Fucking Europe!!!« Leo knallte den Hörer auf die Gabel, dass es nur so schepperte.

»Hallo Herr Verteidigungsminister, - ja ich weiß, dass es schon spät ist, aber es ist wichtig. - Oh, tut mir leid, wenn ich Ihre Freundin geweckt habe. - Bobby`s Jungs haben es vergeigt. - Zur Verantwortung ziehen? Sir, die Männer sind tot! - Nein, man kann die Leichen nicht bis zu uns zurückverfolgen. Sir, wir brauchen jetzt ganz schnell einen Plan C.
Bellmeyer und Strozzi wollen an die Öffentlichkeit gehen, herausposaunen, dass sie noch leben. - Natürlich ist das ein Desaster, - ja Sir, - das sehe ich genau so. Die Happy Sea legt morgen auf Teneriffa an. - Ja es ist mir klar, dass es dann zu spät ist, Sir.«

USS Philadelphia

»Sir, gerade kam dieser Funkspruch rein Sir, höchste Priorität Sir!«

»Geben Sie her, Hornsby.«

U-Bootkapitän Frank Harrisburgh, nahm das Papier entgegen und las die Meldung. Er warf einen Blick auf die Seekarte und stellte stumm einige Berechnungen an, während die anwesenden Offiziere neugierig zuschauten.

»Neuer Kurs 172° Steuermann! Tiefe neunzig Fuß, volle Kraft!
Torpedo Rohr Eins und Zwei laden und feuerbereit machen! Dies ist keine Übung Männer!«

»Irgendwelche Anweisungen Sir?«, fragte Funker Hornsby.

»Sobald wir unser Ziel erreicht haben; das wird in etwa einer Stunde sein; fahren Sie die Funkboje rauf und warten auf neue Anweisungen.«

»Jawohl Sir!«

Happy Sea Oberdeck

Bellmeyer hielt sich völlig entkräftet am Geländer der großen geschwungenen Haupttreppe fest. Es war ihm jetzt vollkommen egal, ob Penelope ihn erwischte, oder nicht. Er konnte einfach nicht mehr. Die Beine zitterten, er bekam kaum noch Luft in dem stickigen Kostüm. Von Weitem sah er die Gorilladame, den Dildo zwischen den Zähnen auf ihn zuwatscheln. Kurz bevor sie ihn erreicht hatte, erscholl ein schneidender Befehl von Topas. Widerwillig blieb Penelope vor Bellmeyer stehen und lies sich von Topas an der Hand nehmen.
»So meine Dame, jetzt ist Schluss mit deinen Eskapaden. Wir gehen jetzt schön brav zurück in den Käfig! Wo hast du denn den furchtbaren Gummipimmel her? Komm, gib den mal schnell her!«
Topas nahm den Dildo und entsorgte ihn in einem Papierkorb neben dem Treppengeländer.
»Bitte bringen Sie das Kostüm bitte wieder zum Zirkuswagen zurück Cornelius!« Er wandte sich ab und zog den Affen mit sich.

Ohne, dass Topas etwas davon mitbekam, verpasste Penelope Bellmeyer heimlich einen Tritt, der ihn rückwärts stolpern ließ. Er ruderte vergeblich mit den Armen, dann stürzte er, sich mehrfach überschlagend, die breite Haupttreppe hinunter. Der stabile Gorillakopf schützte ihn vor den schlimmsten Verletzungen.

»Mammi schau mal, der Affe ist die Treppe

hinuntergefallen!«, rief ein kleines Mädchen und ihre Mutter antwortete:« Das macht nichts Melissa, Affen sind unheimlich gelenkig, die halten das aus. Jetzt komm endlich, Papa wartet schon auf uns!«

Bellmeyer rappelte sich benommen wieder auf. Jeder Knochen im Leib tat ihm weh. Er fasste mit beiden Händen den Gorillakopf und versuchte vergeblich den Bajonettverschluss durch Drehen zu öffnen. Irgendwas musste sich beim Sturz verbogen haben.

Gerlinde Klüsenpichler litt an leichten Nachwehen, bedingt durch die gestrige Hochzeitsfeier. Sie konnte ja schon einen Stiefel voll vertragen, aber gestern hatte sie ihr Limit leicht überschritten.
Aus der Ferne sah sie einen Gorilla auf sich zuwanken.
Auch nach mehrmaligem Blinzeln verschwand der Affe nicht, sondern kahm jetzt direkt auf sie zu.

»Ich brauch Hilfe! Mein Kopf!«, tönten ihr flehende Worte, dumpf entgegen.

»Meiner auch!«, entgegnete Gerlinde schlagfertig. Waren Sie nicht gestern der Affe in der Torte? - Nein was haben wir gelacht! Ach den Gummipiephahn haben sie auch wieder dabei! - Einfach göttlich, die Nummer!«

Cornelius hatte den, von Topas entsorgten Dildo wieder aus dem Abfalleimer gerettet, aber leider keine Tasche dabei, in der er ihn hätte verstauen können.

»Der Affenkopf geht nicht mehr ab! Rufen Sie einen Mechaniker bitte!«

»Ach so, ja dann rufe ich am Besten unsere Spezialistin für Gorillaköpfe«, lachte Gerlinde.
»Rosi, bitte zur Rezeption, es ist dringend!« sprach sie in ihr Funkgerät.

Darf ich ihnen zwischenzeitlich eine kleine Erfrischung anbieten? Ich hätte da einen leckeren Grappa im Anbruch, Herr - äh - Gorilla, oder wie darf ich Sie ansprechen?«

»Mein Name ist Cornelius und einen Grappa könnte ich jetzt wirklich gut gebrauchen. Natürlich nur, um meine Schmerzen etwas zu betäuben. Ich bin eben die große Treppe zur Einkaufsmeile heruntergestürzt. Dabei muss sich auch der Verschluss von diesem Scheiß Affenkopf verbogen haben.«

Gerlinde füllte zwei Wassergläser großzügig mit Grappa, gab Cornelius eines in die Hand und prostete ihm zu.
»Auf ihre Torten Nummer!«

»Wat habt ihr denn zu feiern? Is jetze Ausgang im Zoo? Haste noch een für `ne durstige Seele wie mich?«, fragte Schiffsmechanikerin Rosi, die hinter vorgehaltener Hand auch gerne McGiver genannt wurde, in Anlehnung an den amerikanischen Serienhelden, der alles mit einer Rolle Klebeband reparierte.

»Aber gerne Rosi.« Gerlinde schob ihr einen großen Grappa rüber.

»Darf ich dir den Gorilla Cornelius vorstellen. Das ist der, der uns gestern so gut mit der Tortennummer unterhalten hat.«

»Hab ick mir schon jedacht, so viele Affen ham wa hier aum Kahn ja ooch nich.

»Cornelius möchte dringend aus seinem Kostüm befreit werden da ist was verklemmt.«

»Na so verklemmt schien mir Ihr Affenkollege jestern mit meinem Jummipimmel aber nicht gewesen zu sein. Den hat er mir übrigens jeklaut. War'n Jeschenk vom Käpt`n. Und dat hätt ick jerne wieder! Ick fand dat Dingens nämlich janz dolle! - Na komme ma her Sie verklemmter Affe. Runter aufe Knie!«

Rosi untersuchte den Mechanismus zum Öffnen und griff sich Hammer und Schraubenzieher aus ihrem Werkzeugkasten. Nach ein paar gezielten Schlägen hatte sie den Bajonettverschluss so weit gerichtet, dass er sich bewegen ließ.

»Jetze ma janz still halten!« Rosi umschlang den Kopf mit beiden Armen, presste ihn fest an ihre ausladende Brust, um ihn dann mit einem Ruck zu drehen. Sie hob den Gorillaschädel vom Kostüm und schaute in ein Gesicht, das sie mit verklärtem Blick anstarrte.

»Rosi, Sie riechen so gut!«

»Ja dat hat noch keener zu mir jesacht. Alle sagen immer ick stinke nach Motoröl. Danke mein Freund ick fühl mich jeschmeichelt!«

»Sie mögen meinen Dildo?«, fragte Cornelius mit entrücktem Blick.

»Ihren Dildo? Den hat mir der Käpt`n jeschenkt!«

»Ursprünglich war es meiner. Es sollte ein Geschenk für eine Freundin sein. Es ist ein Maxime Dubois Dildo, abgeformt vom Orginal.«

»Wie, vom Orjinal? - Woll`n Se mir jetze verscheißern? Sie meenen dat et dat Monster-Teil ooch in echt jibt?!«

Cornelius schaute Rosi in die Augen und senkte dann verstohlen den Blick an sich herunter.

»Nee ´ne!? Dat jlob ick erst, wenn ick`s seh! Haste heut Nacht schon wat vor, Süßer?«

Die Welt um Cornelius Bellmeyer bestand nur noch aus Rosi. Larissa und alle anderen Probleme waren vergessen. Er stieg aus dem Affenkostüm, ergriff ihre Hand und zog die Mechanikerin zu sich heran.
»Ach Rosi, das Schicksal hat uns zusammengeführt.«
Commissario Rossi und Bosco Strozzi hatten eben Holger Pfeifer über ihre Begegnung mit dem Killer informiert.
Nach eingehender Analyse der Ereignisse, waren die Drei zu dem Entschluss gekommen, unbedingt die Öffentlichkeit zu informieren. Eine weitere Eskalation der weltpolitischen Lage musste unbedingt verhindert werden.

Doch zuerst sollte Doktor von Hollerbeck, sich Strozzis verletzten Oberarm ansehen.

»Der war heute mein Trauzeuge«, sagte Holger, »ich glaube, den finden wir eher in seiner Kabine, als in der Praxis, so wie der getankt hat.«

»Dann hat es heute Nacht wohl keinen Zweck mehr, bei ihm ärztlichen Rat einzuholen.«

»Lasst mal, eine Indianerin kennt keinen Schmerz«, grinste Strozzi, der noch immer Rebeccas Kostüm und die Perücke trug. »So schlimm ist es nun auch wieder nicht. Ich wickle jetzt einen Verband drum, und dann drehen wir oben auf der Brücke unsere Videobotschaft. Ich habe so ein Gefühl, dass in Sachen Weltfrieden die Zeit drängt!«, mahnte Strozzi zur Eile.

Manni Rammelhammer hatte sich in der Bordbar ein wenig Frust von der Seele getrunken. Dabei war in ihm die Erkenntnis gereift, dass der Bordpsychologin Sophia Edelkamp-Flottgrebe möglicherweise etwas an ihm liegen würde. Hatte sie doch immerhin versucht, ihn von dem verhängnisvollen chirurgischen Eingriff abzuhalten.
Mit zunehmender Wirkung des Alkohols steigerte sich auch sein Wunschdenken bezüglich trauter Zweisamkeit mit der betörenden Seelenklempnerin. Aus diesem trügerischen Gefühl heraus stand er jetzt vor ihrer Suite und begehrte um Einlass. Auf gar keinen Fall würde er es zulassen, dass dieser windige Doktor Frankenstein seiner Angebeteten den

Kopf verdrehte. Seine Beobachtung heute auf dem Hochzeitsempfang ließ ihn allerdings Schlimmstes befürchten.

»Soffffia, fitte mach auf!«, nuschelte er über seine gefühllosen Gummilippen. »Ich fin ef, der Manni!«

Als auf sein Rufen keine Reaktion erfolgte, legte Manni das Ohr an die Tür und lauschte.
Rhythmisches Knarzen eines Bettes war zu hören, gepaart mit vereinzelten spitzen Schreien und wohligem Stöhnen.
Das ging Manni jetzt entschieden zu weit. Zuerst versaute ihm der Schnösel das Gesicht und dann paarte er sich auch noch frech weg mit seiner Angebeteten.

»Hollerfeck du Fau!!! Fffach fofort die Tür auff, ofer ich breche fie auffff!«

Es dauerte einen Moment, dann wurde drinnen wütend die Tür entriegelt und aufgerissen.
»Wer wagte es mitten in der Nacht hier herumzu - !!!«

Horatio von Hollerbeck blickte erschrocken in ein Gesicht, auf das er, aus handwerklicher Sicht, nicht wirklich Stolz sein konnte.

»SIE??!«

»FIE!!!«

Beide starrten sich an wie zwei Kampfhähne in der Arena.

»Ja, fchauen Fie fich nur an waf Fie verfrochen hafen! Meine Karriere hafen Fie mir verfaut! Daf dauert doch Monate, fif ich fieder auftreten kann! Ich mache Fie fertig Fie, Fie Quackfalfer, Fie!«

Mit den nahezu unverständlichen Worten zog Manni eine Botoxspritze aus der Tasche. Damit stieß er, wie Gascogner d'Artagnan mit einem Degen, nach dem nur notdürftig mit einem Bademantel bekleideten Schönheitschirurgen. Der wich geschickt aus, duckte sich unter Mannis ausgestrecktem Arm hindurch und flüchtete aus der Suite den Gang hinunter. Rammelhammer nahm, leicht behindert durch seinen vorausgegangenen Alkoholgenuss, schwankend die Verfolgung auf.

Brücke der Happy Sea

Steuermann Fiete Olsen stand in seiner schmucken Uniform am Ruder. Konzentriert starrte er auf den nächtlichen Ozean. Vereinzelt leuchteten vom Mond beschienene Schaumkronen in der Dunkelheit. Vor einer Stunde hatten sie die Meerenge von Gibraltar passiert und befanden sich nun auf direktem Weg zu den Kanarischen Inseln. Die wollte er südlich umschiffen, um dann in Santa Cruz, der Hauptstadt Teneriffas festzumachen.
Fiete blickte routiniert auf den Radarschirm. Zwei Frachter kahmen ihm entgegen, die das Kreuzfahrtschiff südlich, relativ nah passieren würden.
Wie oft hatte er früher selber diese Route auf einem stinkenden Viehtransporter gefahren. Von Argentinien direkt nach Genua. Bestes Rindfleisch für Europa.

Wen die Leute sehen würden, wie es auf so einem Viehtransporter zugeht, würden sie wahrscheinlich kein Fleisch mehr anrühren. Ging es ihm, in einem Anflug von Verständnis für die geschundenen Kreaturen, durch den Kopf.

Bis jetzt gefiel ihm der neue Job als Steuermann auf der Happy Sea recht gut. An die Uniform und das gepflegte Äußere musste er sich erst noch gewöhnen, aber dafür war die Bezahlung sehr gut.

»N´Abend Fiete, alles klar da draußen?«

Fritz Hellemann betrat, gefolgt von Holger, Rossi und Strozzi die Brücke.

»Wir wollten die ruhige Nacht hier bei dir mal etwas aufmischen!«

»Herr Pfeifer, - Chef, - meinen herzlichsten Glückwunsch zur Hochzeit!«, sagte Fiete pflichtbewusst.

»Danke Herr Olsen. Hat die Küche Ihnen etwas vom Hochzeitsmenü raufgebracht? Sie mussten ja leider zu der Zeit arbeiten!«

»Danke, ja, es hat ausgezeichnet geschmeckt, Chef!«

In dem Moment betrat Funkoffizier Martin Winsel die Brücke.
»H-h-hier habe ich d-d-die Videoka-kamera Kapitän. Wir bbbräuchten aber noch etwwwas mehr Licht für die D-dreharbeiten.«

»Ich regle das«, sagte Kapitän Hellemann und rief bei Gerlinde Klüsenpichler an.
»Gerlinde, Fritz hier, wir brauchen Lampen und am Besten ein paar Verlängerungskabel. Könntest du McGiver Bescheid sagen, dass sie uns die Sachen auf die Brücke bringt? - Danke. Ach versuch doch mal, einen Mann im Gorillakostüm ausfindig zu machen. Der soll sich unten beim Zirkus aufhalten. Der Herr möchte bitte umgehend auf der Brücke erscheinen. - Du hast ihn schon? - Rosi bringt ihn mit?! - Na super, es läuft ja alles wie am Schnürchen!« Fritz wandte sich an die anderen. »Habt ihr gehört, der Bellmeyer ist bei Rosi, sie bringt ihn gleich mit.«

Strozzi verdrehte wissend die Augen. »Der Kerl iste unverbesserlich. Zu einhundert Prozente schwanzegesteuert. Und so was iste Verteidigungsminister! Ich dachte immere das nur bei uns in Italia iste immer Bunga-Bunga, aber nein, es scheinte auch schon aufe Deutschland übergegriffe zu habe.«

»Cornelius Be-be-bellmeyer? Der deutsche Verteidigungsminister! Ist es a-also w-wirklich war? Der lebt und i-i-ist hier an Bord! Ich w-w-werd verrückt«, stotterte Funker Winsel in die Runde.

USS Philadelphia

Captain Harrisburgh saß im Kommandostuhl und las zum dritten Mal den Funkspruch, den Funker Hornsby ihm eben hereingereicht hatte.
Er sollte ein Kreuzfahrtschiff mit 2600 Menschen an Bord versenken. Da musste ein Fehler vorliegen.

»Hornsby, lassen Sie sich den Befehl bestätigen. Ich möchte, dass die Admiralität die Anweisung schlüssig begründet, ansonsten werde ich ihn verweigern!«

»Jawohl Sir!« Hornsby drehte sich zackig um und eilte zurück in den Funkraum.

Happy Sea Brücke

»Hier meene Herrn, ihre Kabel und det janze Lampenjedöns. Ihr könnt froh sein, dat mir meen neuer Freund Cornelius beim trag`n jeholfen hat!«
Rosi betrat, gefolgt von Bellmeyer die Brücke.
»Braucht ihr ihn lange? Wir zwee beeden ham nämlich noch wat vor heute Nacht!«

»Wir drehen hier eine Videobotschaft an die Welt, Rosi. Dein neuer Freund spielt dabei die Hauptrolle. Herr Bellmeyer, wenn wir alles so weit aufgebaut haben, sollten Sie ein paar Worte an die Menschen da draußen richten. Die sind noch immer der Meinung, Sie seien tot.«

»Wer behauptet denn sowas?! Das ist ja eine Frechheit!«

Strozzi und Rossi erklärten dem Verteidigungsminister, was zwischenzeitlich passiert war und das mittlerweile wegen seines angeblichen Ablebens der Weltfrieden bedroht sei.

»Aber das muss doch jemand geplant haben! Wer soll denn ein Interesse daran haben, dass es Krieg in Europa gibt? Und dann noch gegen Russland! Bei dem maroden Zustand der Bundeswehr, wäre das doch sowieso größenwahnsinnig. Wir würden in Null Komma nix platt gemacht.«

»Tja«, meinte Rossi, »wenn ich als Kriminalist nach einem Täter suche, frage ich mich zuerst, wem nützt die Tat. Also wer würde davon profitieren, wenn Europa wirtschaftlich am Boden liegt. Da fiele mir im Moment nur ein Land ein.«

»Sie wollen damit andeuten, dass Russland - !?«

Rossi verdrehte genervt die Augen »Nein nicht Russland, mit denen kamen wir doch bis zur Ukrainekrise wunderbar aus. Warum sollten die ein Interesse daran haben, uns platt zu machen?

»Ja wer denn dann? - Sie meinen - «.

»Ja, genau die. Oder sagen wir besser, gewisse Kräfte bei denen, die vom Krieg und dessen Auswirkungen profitieren.«

»Genug geredet Leute, es wird Zeit, der Welt die Wahrheit zu übermitteln. Ich möchte nicht schuld sein, wenn in Europa die Lichter ausgehen! Außerdem bin ich gerade Vater von Zwillingen geworden. Die sollen doch keinen Krieg erleben. Schon gar keinen, den eigentlich niemand will. Es wäre doch vollkommen dämlich und sinnlos, für die wirtschaftlichen Interessen einiger Weniger, die sowieso schon mehr besitzen als sie brauchen, das Leben Unschuldiger zu opfern«, mischte sich Kapitän Hellemann in das Gespräch ein.

»Leo, Bobby hier. Die drehen gerade eine Videobotschaft an die Welt. Ich fürchte, die wissen ziemlich genau, was gespielt wird.«

»Bobby, wir haben alles im Griff. Plan C ist bereits

angelaufen.«

USS Philadelphia

»Sir, die Antwort, auf die Sie gewartet haben!«

»Danke Hornsby.«

Der Kapitän las still die Meldung:
Das Kreuzfahrtschiff ist umgehend zu versenken. Es befindet sich nachweislich eine Atombombe an Bord, die auf den Kanarischen Inseln gezündet werden soll.
Alle bisherigen Maßnahmen zur Entschärfung des Sprengkörpers sind gescheitert.
Eine Detonation in Santa Cruz hätte Hunderttausende Tote zur Folge. Unzählige weitere Opfer durch radioaktiven Fall-out, in Südeuropa und Nordafrika.
Maßnahme unumgänglich.
Wir fühlen mit Ihnen. Nicht Sie, sondern die Terroristen, welche die Bombe gebaut haben, tragen die Schuld.

Hornsby hatte den Eindruck, dass Captain Harrisburgh in der letzten Minute um Jahre gealtert sei.

Harrisburgh erhob sich aus seinem Stuhl.
»Steuermann, auf Seerohrtiefe gehen.«

Die Ballasttanks der Philadelphia wurden angeblasen und der Koloss stieg bis auf fünf Meter unter der Meeresoberfläche auf.
Er schaute durch das Okular und erblickte in nur fünfhundert Metern Entfernung das hellerleuchtete Ziel.
Gedanken an die Titanic keimten in ihm auf.

»Zielkoordinaten 182°, Entfernung null zwo acht eins Meilen, Höhe minus sechs Fuß«, befahl Harrisburg mit belegter Stimme.
»Feuer auf mein Kommando.«

Happy Sea Brücke

Herr Winsel, Sie sind der Regisseur!«

»Äh,- ja gut. Herr Verteidigungsmi-mi-minister, wenn Sie die Freundlichkeit hätten, ein www-wenig mehr nach rechts, neben Herrn Strozzi, - ja ssso ist es gut. Herr Rossi als Zeuge bi-bitte hier herüber. - Danke ja so ist es Schön. Jetzt haben wir im Hintergrund den Steuermann und die Sicht durch die Brückenfenster. Kapitän, wenn Sie sich vielleicht nnn-neben den Steuermann, - ja genau so. Rosi, die Lampe hier etwas mehr auf den Herrn Verteidigungsminister! Sollen wir d-d-den Bordfriseur holen? Die Stirn des Ministers glänzt ein wenig?«

»Jetzt übertreib nicht!«, drängte Fritz. »Fangen Sie bitte an Herr Minister!«

In dem Augenblick war draußen auf dem Gang ein Poltern und lautes Geschrei zu hören. Dann erloschen die zusätzlichen Lampen.

»Ich krieg dich du Fümper!! Und dann jag ich dir die Fritze in den Arsch daf du drei Fochen deine Kacke nicht mehr halten kannft!«

Die Tür flog auf und Doktor von Hollerbeck stürmte, nur unzureichend mit einem wehenden Bademantel bekleidet, hinein. Mit einem finalen Rettungssprung hechtete er hinter den Steuermann und hielt sich ängstlich an dessen Bein fest.

»Rettet mich vor dem Irren, der will mich umbringen!!!«

»Du entkommst mir nich!«, mit wutverzerrtem Gesicht, was bei seinem jetzigen Aussehen keine großartigen Muskelbewegungen erforderte, stürzte sich Manni auf den hinter Fiete Olsen kauernden Arzt. Er rammte mit aller Kraft, die Spritze versehentlich in das Bein des Steuermanns und drückte in seiner blinden Wut die gesamte Ladung Botox in dessen Muskelfleisch.

»Aua! Irgendwas hat mich gestochen!«, fluchte Fiete, bevor er erstaunt feststellte, dass ihm sein Bein unter dem Körper wegknickte. Er hielt sich im Fallen am Steuerhebel fest, was zur Folge hatte, dass die vier, um dreihundertsechzig Grad drehbaren Elektromotoren, die Happy Sea in eine scharfe, neunzig Grad Rechtskurve zwangen.

USS Philadelphia

»Rohr Eins und Zwei Feuer!«

Captain Harrisburgh klappte das Seerohr ein und wandte sich ab. Nie wieder würde er einen Fuß auf ein Kriegsschiff setzen. Dies war sein letzter Befehl, das hatte er sich eben geschworen. Er hatte nicht vor, sich jetzt noch das Absaufen von über 2600 Menschen anzuschauen.

Der Torpedomaat hämmerte seine Fäuste auf die großen roten Schalter, als hätte er die richtige Antwort in einer Quizshow parat. Die Torpedos wurden aus den Rohren katapultiert und machten sich auf den kurzen Weg zum Ziel.

Das Ziel hatte sich mittlerweile in Längsrichtung zum Uboot gelegt und die Torpedos suchten vergeblich ihr Ziel. Die Reaktionszeit des Metalldetektors war zu kurz, um bei der hohen Geschwindigkeit seitlich abzudrehen, um den vorbeirauschenden Rumpf des Kreuzfahrtschiffs noch zu treffen. In etwa einhundert Metern voraus machten sie jedoch eine riesige Metallansammlung aus.

Der unter der Flagge Panamas fahrende Frachter Mary Ann war auf dem Weg von New York nach Dubai, um dort seine als landwirtschaftliche Maschinenteile deklarierte, hochexplosive Ladung abzuliefern.
Die Mary Ann dampfte gerade hinter der Happy Sea durch, als Torpedo eins und zwei ein riesiges Loch in ihren stählernen Rumpf rissen und Teile der Ladung entzündeten.

Ein Feuerball aus Granaten, Patronen und sonstigen Geschossen beleuchtete den Nachthimmel, als sollte etwas gefeiert werden, dann ging der Frachter auf Tiefe.

»Treffer Sir.«

»Ja, ich hab`s gehört.«

»Wollen Sie nicht nachschauen?«

»Nein, aber wenn SIE möchten, bitte.«

Der erste Offizier klappte die Griffe des Seerohrs auseinander und drückte den Knopf zum Ausfahren. Angestrengt schaute er durch das Okular.
»Da ist nichts, nur schwarze Nacht, Sir!«!

Dann richtete er seinen Blick weiter nach oben und erkannte die Kommandobrücke der Happy Sea, die gerade genau auf sie zusteuerte.

»Schiff auf Kollisionskurs!!! Tauchen!!! Alarm!!! Sofort!!! -«

Es war zu spät, das Kreuzfahrtschiff traf sie genau vor dem Turm, riss Teile davon ab und drückte die USS Philadelphia dermaßen ruckartig in die Tiefe, dass einige Nähte aufplatzten, was massiven Wassereinbruch zur Folge hatte. Wie durch ein Wunder wurden die Antriebspropeller der Happy Sea bei der Kollision nicht beschädigt.

»ALARM! Sofort alle raus! Wir sinken!!«

Happy Sea Brücke

»Was war das?!«, rief Holger Pfeifer entsetzt.
»Vermutlich ein großer Container, Holger. Die schwimmen schon mal auf dem Meer herum. Da kann man froh sein, wenn man einen stabilen Rumpf hat.

»Können wir jetzt endlich den Film drehen? Ich hab heute Nacht noch etwas Anderes vor!«, sagte Bellmeyer ungeduldig und zwinkerte Rosi zu.

»Also los, Ka-Kamera läuft! Herr Verteidigungsminister, bitte!«

Nachdem die Botschaft abgedreht war, sendete Martin Winsel den Film an mehrere bekannte Presseagenturen in Ost und West, die ihn weltweit weiterverbreiten würden.

»Käpt`n ich spüre mein Bein nicht mehr!«

»Ach, dich habe ich ja ganz vergessen Fiete. Ich weis gar nicht, was in den Manni gefahren ist, der ist doch sonst nicht so.« Er schaute in das entstellte Gesicht des Entertainers. »Hast du das gemacht Fiete?«

»Nee, der sah vorher schon so aus, ich hab ihm nur eine verpasst, als er nochmals mit dieser komischen Spritze zustechen wollte.«

»Das kann ich vielleicht erklären«, meldete sich Horatio von Hollerbeck zögernd zu Wort.

Epilog

Das Video wurde weltweit verbreitet und konnte daher nicht mehr ignoriert werden. Die Deutschen Behörden machten Algerien dafür verantwortlich, falsche Beweise für den Tod Bellmeyers geliefert zu haben. Die Amerikaner legten Algerien nahe, sich dafür zu entschuldigen, die Welt an den Rand eines großen Krieges gedrängt zu haben. Damit war die Sache aus der Welt. Bei Russland entschuldigte sich niemand für die falschen Anschuldigungen.

Die Morde im Interconti in Genua wurden als Unfälle deklariert und so kam es nicht zu einer Anklage.

Cornelius Bellmeyer machte man zum neuen Umweltminister. Er reichte nach einem Jahr seinen Abschied ein. Er hatte bei der Einweihung eines Windparks eine gut aussehende Umweltaktivistin kennengelernt und wird demnächst mit ihr, in Brasilien eine Dildoproduktion aufbauen.

Neue Verteidigungsministerin wurde die ehemalige Justizministerin Gundular Schnackelmann-Hochsiepen. Sie lernte alsbald einen attraktiven jungen Mann kennen, der ihr jeden Wunsch von den Augen ablas und natürlich von Herrn Josef Schmidt finanziell unterstützt wurde.

Bosco Strozzi bekam ein lukratives Angebot der Rüstungsschmiede Moselblech für den Posten als Chef der Sicherheitsabteilung. Dafür musste er lediglich eine umfassende Verschwiegenheitserklärung unterschreiben.

Gegen ihn wurde nie Anklage erhoben.

Biagio Rossi zog sich auf einen Landsitz in der Toskana zurück, der ihm von einem ihm bis dahin unbekannten Verwandten vererbt wurde. Er hielt es für ratsam, das nicht weiter zu hinterfragen und genoss seinen Ruhestand.

Larissa Belmonte kaufte zusammen mit Hop Sing ein asiatisches Restaurant in Hamburgs bester Lage. Sie zahlten bar.

Holger Pfeifer und seine Frau Samantha lockten neue Kreuzfahrtgäste mit Zirkusworkshops.

Fritz Hellemann blieb weiterhin Kapitän der Happy Sea.

Auch Fiete Olsen blieb Steuermann bei der Nautilus Reederei.

Waldemar Ganthäuser gewann das mit 50.000 Euro dotierte Golfturnier auf Teneriffa.

Hobbygolfer Egon Schmelzer und seine Frau Renate, rangen sich nach einer Zeit der sexuellen Eintönigkeit dazu durch eine größere Bestellung bei einem online Sex-Shop zu tätigen.

Rosi, alias McGiver wurde auch ohne Cornelius glücklich. Ein Teil von ihm war jedoch immer greifbar.

Captain Bobby Stout reichte seinen Abschied ein. Er gründete eine Amateur-Band, die Songs von Manfred Man`s

Earth Band coverte.

Die Agenten Hammer, Butcher, Duster und Hellboy, um nur einige zu nennen, hatten nie für die Regierung gearbeitet. Eigentlich hatten sie offiziell nie existiert.

Captain Harrisburgh reichte seinen Abschied ein und war insgeheim froh, das Schiff verfehlt zu haben. Auf seine Anfrage, wo denn nun die Atombombe gewesen sei, erhielt er keine befriedigende Antwort.

Jacopo Colombo erhielt von Bellmeyer die versprochenen 20.000 Euro und verbuchte zusätzlich eine sehr gute Wintersaison auf Teneriffa.

Rebecca fungierte wieder als Zielscheibe für Pietro.

Von den zweihundertfünfundzwanzig Teilnehmern der Single Reise, endeten nur drei vor dem Traualtar.

ENDE

Anmerkungen des Autors

Unsere Welt ist nicht sicherer geworden. Wir stehen noch immer am Abgrund.
Aber möglicherweise sind wir ja bald einen Schritt weiter...
Die da oben, wer auch immer die sind, geben sich sichtlich Mühe das Feuer weiter anzuheizen und wir stehen drum herum und starren wie hypnotisiert in die Flammen...

Anfangs hatte ich Bedenken, mit der von mir konstruierten Vita der Figur des Cornelius Bellmeyer.
Die Realität hat mich inzwischen jedoch, gelehrt, dass es tatsächlich Politiker mit erfundenen Abschlüssen und unrechtmäßig erworbenen Doktortiteln gibt.
Ich bin gespannt, wann der Erste eine Dildoproduktion in Brasilien beginnt.
Wundern würde mich nichts mehr.

Habe ich die False-Flag-Aktion erfunden?
Die hier Beschriebene ja...

Wer steckt hinter solchen Aktionen?
Nun, jeder engagierte Hobby-Kriminalist würde der Frage nachgehen, wem nutzt so eine Aktion in letzter Konsequenz?

Falls Ihnen das Buch gefallen hat und Sie mehr über die chaotische, erste Reise der Happy Sea erfahren möchten, während der, der Reeder Hans Werner Klose spurlos verschwand, besuchen Sie meine Webseite.

www.meerschreiber.de

Dort finden Sie Links und Beschreibungen zu »*Kreuzfahrt mit Hindernissen, ein bisschen Verlust ist immer*« und zu zwei weiteren meiner bisher erschienenen Bücher.

Die Crew der Happy Sea, hat mittlerweile schon wieder eine total verrückte Seereise hinter sich gebracht. Holger Pfeifer hat mir davon berichtet und ich arbeite gerade daran, alles zu Papier zu bringen.

Wolfgang Müller